U0909727

香墨弯弯画

悄然无声 著

中国画报出版社

目錄

香墨弯弯画
燕脂淡淡匀
揉蓝衫子杏黄裙
独倚玉阑无语点檀唇

人去空流水
花飞半掩门
乱山何处觅行云
又是一钩新月照黄昏

南歌子·香墨弯弯画

起之卷
燕脂淡淡匀

暮夏时，午后下了一场雨，东都的天气便见了秋意的微寒。

香墨拿着美人锤给榻上午睡的陈王妃李氏捶着腿，四下里寂然，唯有雨落之声隐隐传来。由于下雨，室内一排六扇格的窗子都关上了，红木的窗子上镂雕为花，花下为蝙蝠，取的是洪福齐天之意。室外昏暗的天光顺着精巧的花样漏了进来，几丝极细微的光线，一浓一淡之间，犹如淡淡的水渍，在绣着繁花盛放的波斯地毯上晕开。

过得半个时辰之后，雨声渐渐地低了下去，香墨不禁也见了困意，手下的美人锤便也有一下没一下地落在陈王妃身上，榻上熟睡的陈王妃似是觉察了，懒懒地翻了个身，口中低低呢喃了一声："好闷……"

香墨一惊，忙从淤积的光烟中慢慢起身，放轻脚步打开了窗。雨后的寒气顺风蓦然扑来，混着泥土的味道。陈王妃所居的来凤楼位于高处，在窗外乍青还灰的薄雾的笼罩下，陈王府就在眼前。碌灰筒瓦塑龙脊的屋檐幢幢相衔，一色高高的水磨青砖墙内长廊蜿蜒，月牙门洞叠叠，本是精致秀美已极的景色，在雨后却呈现出一种沉重的令人窒息的错觉。

香墨不禁一个冷战，忙放下了蝉翼窗纱。窗纱刚放下，珠帘后的外室就传来一声极低的咳嗽声。香墨转头看去，悬挂在珠帘上的松花色璎珞微微动了动，帘外隐约可见一个青色身影。

香墨掀了帘子出来，就看见外间侍奉茶水的青儿。不由一紧眉头，往门外一扬下颚，青儿忙跟她一同到了门外，香墨这才翘指一点青儿的额头，开口训道："装神弄鬼的做什么，不知道王妃在午睡吗？越来越不知道规矩了！"

青儿极委屈，但也不敢回嘴，只颤着声音道："香墨姐，五夫人来了说什么也要见王妃，燕脂拦着就被打了一记耳光，罚跪在前厅呢！"

香墨一愣，怒极反笑："养你们也不知道干什么吃的，你们才是王妃面前的头等丫头，平时有了喜事好事就知道你争我夺地往前冲！燕脂不过是个二等的粗使丫头，端茶侍水的差使什么时候轮到她了？还不是你们几个打量着事情不好，黑了心肝地推了她上去顶罪！"

说完也不待青儿解释，就急急地往前厅走。才到了廊下，里头的丫头早把帘子高高地打起来，见了救星似的笑道："五夫人，香墨来了。"

厅上高坐着一个二十七八的美妇，一头乌油油的头发高高挽着，攒珠累丝金凤口里衔着一粒硕大的珍珠，严妆浓粉却掩不住凤目下的深重黑影，已是半憔悴的模样。妇人的脚下跪着一个青衣的侍女，虽低着头，但面上那记鲜红的掌痕依旧清晰可见。

"五夫人。"

香墨上前两步，笑着给那妇人福下去。五夫人知道香墨是陈王妃身边的头等得意人，连忙要起身搀住，却不想香墨一闪身，便来到跪在地上的燕

脂面前，抬手挥下，一记极为响亮的耳光声顿时响彻室内。

王府里打人也是有一套规矩的，声音越是响，落在面上的力道就越是轻。嫁入王府多年的五夫人又如何不知道，只是不想如此当面的遇到难堪，伸出的手僵在半空中，面上阵青阵白。

那边的香墨却不看五夫人，只掐着腰指着燕脂骂道：“下作的小娼妇，府里的规矩都不知道了?！这里是什么地方？王妃又是什么身份？从陈王府正门大红花轿抬进来的正经主子，王府里几百口的琐事已经够让她操劳的，每日能稍作歇息的午睡还要来吵，也不看看你什么身份，哪里就容得你在这里撒泼放肆！”

跪在地上的燕脂也不回嘴，只掩着面无声流泪，香墨骂罢转头又对守在门口的丫鬟婆子道：“看着干什么，燕脂没眼色你们也没有吗？还不快把她拖出去！”

门口处的婆子此时才毫无声息地步入厅内，不动声色地拉起燕脂就拖拽了出去。

香墨此时才把眼睛轻轻往五夫人身上一落，浅笑开口：“五夫人，您找王妃有什么事?”

彻底白了一张脸的五夫人已经说不出话，转身就走，走到了院子里又住了脚步，强笑着回头对香墨道：“王妃午睡我就不打扰了，晚上我再过来。”

香墨倚在门上，一手环在胸前，一手拿着手帕掩唇笑道：“真对不住，五夫人，今晚王爷要领着新进门的七夫人来给王妃进茶。我想您也知道，这种场合，您还是不在的为好。”

这么说时，香墨那丝毫没有笑意的眸子噙着一丝极深的讥讽，斜斜一瞥。

五夫人身子一晃，便栽在身旁的丫鬟身上，凤目里几乎是含恨怒视着香墨。香墨也不胆怯回避，仍是看着五夫人，唇角的一缕笑意丝毫不减。

过了半晌，五夫人才在随身丫鬟的搀扶下踉跄着离去。香墨这才转身对站在廊下的燕脂道：“怎么样？还痛吗?”

燕脂勉力一笑，微摇了摇头：“姐，我没事……”

只摇头的功夫，那一双如水银般清冽的眸中含着的泪珠就又掉了下来，大滴大滴地沁湿了衣襟。泪水和着面上那抹鲜红的掌痕，竟然依旧是清丽得动人心魄。

香墨只觉得胸口蓦地一紧，仿佛一支无形的针刺入，牵扯得直直痛入骨血，半晌，方拿起手帕为她拭了拭眼泪：“好了，别哭了，没事了，万事有姐姐在，谁也欺负不了你。”

燕脂抽噎着还待说什么，青儿已经走了过来，讨好地笑道：“香墨姐，王妃找你呢！待会我来帮燕脂上药就好了。”

香墨不敢耽搁，转身又回到后院。此时陈王妃已经起了身，想是刚刚梳洗过，几个丫头手里捧着银盆、手巾、胰子等物刚打了帘子出来，看见香墨忙都站住了，未语先笑道：“香墨姐。”

里面的陈王妃听到声响，便唤道：“是香墨吗？进来吧。”

雨后的天光正好，窗外的一架蔷薇依旧开得极为繁盛，映在蝉翼窗纱上花枝随风摇影，带着雨后的湿意在室内潋滟。紫铜熏炉里焚着百合香，极为馥郁的味道。陈王妃在这一片影与烟的芬芳中懒懒地坐在梳妆台前，一头乌发如流水一般披散着，在半旧的湖青内衫外蜿蜒而下。

陈王妃喜静，香墨便放轻了脚步，走到她身前曲一曲膝，福了一个常礼：“奴婢见过主子。”

“她们几个手就是不如你巧，还是你来帮我梳头吧。”

陈王妃一手撑着下颌，绣着杏黄缠枝花卉的宽袖由倚在案几上的手，自乌木的棱角铺泻而下，懒散中拢了一袖的尊贵与跋扈。

香墨便接过了一旁丫鬟递过来的白色绣巾，披在陈王妃肩上，然后再拿起木梳，将一头乌发对镜一点一点拢起。陈王妃向来不喜欢素净，但也自恃名门出身，不肯过度张扬，所以香墨便选了两只金镶玉的步摇，配上了几色杏簪花。

梳好了妆，陈王妃拿起一面铜镜，前后相映中，乌发杏花金镶玉，更加衬得人面胜花。她已是三十过五的人，年华不再，笑起来已难掩眼角细小的纹路，她自己也知道，所以再满意也不过一副半笑不笑的模样：“做得很好，香墨。”

见陈王妃满意，香墨方才撤了垫在她肩上的白色绣巾，然后笑着福了福身，回着陈王妃一语双关的话：“您不怪奴婢多事就好。”

陈王妃拿起簪子挑了一点胭脂，却不着急抹，只拿在手中把玩，面上的笑意愈见浓重：“我怎会怪你，你做得很好。我要是说她，毕竟有失了身份。不过是个失宠的妾侍，又是个烟花奸籍出身，凭借着自己得过王爷几年的眷宠，竟然还敢到这里来做出那副张狂的模样！”

话说到最后已经勾起了李氏的隐恨，银簪子在手中越攥越紧，手指一个恍惚，银簪咔吧一声断成了两截。挑在上面的胭脂落在手上，一点暗红，淤血一般异样芳香。

香墨并不惊慌，只拿起一旁用上好的纯白敬尧棉布裁成的手巾，在银盆子里沾湿，一边为陈王妃擦手一边道：“主子莫嫌弃奴婢张狂了就好。”

“你啊，越是张狂越好，我偏偏就喜欢你这副张狂样！”

陈王妃一手掩唇，声音轻颤，细白若葱尖的指下漾出了几许沉沉的笑意。过于矜持的笑声，让人猛地一怔，心颤不止。

“主子也不知是夸奴婢，还是贬奴婢。”

“燕脂是你妹妹吧？明儿叫她进内堂来服侍好了。”

闻言，香墨惊诧抬头，正对上陈王妃用螺黛画得高挑的眉峰下微眯的眼。那样的眼神映着阳光灼灼闪耀，似两簇刀光，隐隐含着锋利。

她微微打了个寒噤，面上仍带着笑意：“主子对奴婢太眷顾了，奴婢感激得都不知道说什么好！按理说奴婢不应该推辞主子的恩典，可是燕脂虽有几分容貌，手脚脑筋俱是笨得出奇，进了内堂怕帮不了主子，反而惹主子心烦。”

陈王妃这才满意地弯下眉眼，亲自用一双保养得精细的手握住了香墨。

“瞧你这孩子，真是的。那就让燕脂继续留在外堂吧，那起人想来看在燕脂是你妹妹的分上，也不敢为难了她。”

香墨福身言谢，转身时才暗暗呼了一口长气。

晚上，不轮到香墨当值，她就去看望燕脂。燕脂所居的丫鬟们的院子里此时甚为冷清。香墨落步极轻，无声无息地推了门，正碰见小丫鬟巧蓝拉着燕脂看着什么，见香墨进来，巧蓝一下子猝不及防，手忙脚乱地把一个物件藏在身后就要往外跑。

香墨一把抓住她："作死的小蹄子，做了什么亏心事，见了我就像老鼠见了猫似的！过来，我能吃了你不成！"

巧蓝几乎要哭出来："好姐姐，我再也不敢了，你饶了我吧！"

说着把藏起的物件递到了香墨的眼前，原来是一件红色肚兜，上面绣着一枝烟霞色的双头并蒂花。

香墨一愣，随即面红耳赤。她的父亲是王府中的账房之一，也曾教过她和燕脂读书写字。最初学的就是蔡邕的《女诫》，其中讲穿衣服的颜色和打扮代表了女子德容，所以正经人家的女子即便是成亲时也是绝对不能穿红色的内衣。眼前的肚兜不仅是大红色，还是并蒂花的图样，一望便知是娼家女子的东西。香墨气得啐了一口，骂道："小娼妇不学好，一天调唆着燕脂也跟你们不学好，弄了这种肮脏的玩意进来，看我不打断你的手！"

骂罢就伸手去拧巧蓝的耳朵，燕脂连忙上前拉住她，哀求道："姐！你就饶了她吧，她还小呢！柳大娘进来送绣样，她看见这个新做的肚兜觉得新鲜才留下的！"

香墨见燕脂秀眉半蹙，脸色苍白没有一丝血色，更显得那掌印殷红，握着她的手指尖冰凉，竟没有一点温度。香墨心下一软，于是回手一握，又用另一只手在巧蓝额头上一点，只板了脸训道："再敢有下次，看我不禀了王妃把你撵出去。"

巧蓝知道没事却也不敢再待，一溜烟地跑了出去。香墨这才转头对燕脂道："这里人多嘴杂的，到我那里去吧。"

香墨因是陈王妃的得意人，居处专门独设一间，位于陈王妃所居的来凤楼之后，极为幽静。燕脂关了房门，方面露忧色地问道："姐，你晌午那么做好吗？那毕竟是五夫人，她是主我们是奴，虽说她现在失了宠，但是……"

"你啊！榆木脑袋什么时候才能开开窍。"香墨找出了药膏，一边为燕脂抹在颊上一边低语："我之所以敢这么做，不过是打量着五夫人大抵活不了多久了。"

燕脂悚然一惊，失声道："什么?！王妃要……"

香墨急忙掩了燕脂的口："嘘……小声点儿！"

燕脂沉默了半晌，便仿佛累了，慢慢地躺在床上，睁着眼看着床上的幔帐。屋外暮色已浓，前院想来是喜好热闹的陈王又在宴客，笙鼓丝竹之声隐约可闻，那样的极盛繁华，明明很近却又极远，茫茫然，她们仿佛终其一生也抓不到繁华里的丁点梦境。

"爹病着，肺痨那种病人人都怕，主子们没撵了出去也不过是看在你面上。我和哥哥又都是没用的，帮不了姐姐反而拖累你。姐姐只比我大一岁，却要负担全家……"

燕脂缓缓地阖上眼，垂下的睫毛在眼下投落两道阴影，晦暗沉重，然而十六岁的花一样的年纪，无论怎样的表情都是极美丽的。

香墨的眼却渐渐起了一层潮意，连忙也躺在燕脂身侧，勉力笑道："刚才王妃说要提拔你进内堂，我给你辞了。你啊，就是吃亏在太漂亮上了。咱们注定了是奴才命，还不如长得丑点，才好安然过活。"

燕脂张开眼定定地看着香墨，明眸似弦月，已经笑出了声："说的好像你长得多丑，丑得能让咱们王妃安心似的。"

"我倒是不丑，只是黑了点。"香墨心中一沉，冷冷地笑道："咱们王爷向来喜欢像你这样的白皙美人，所以王妃才放心把我当心腹用。"

她这样的神色让燕脂也不禁面上一暗，随即扑进了香墨的怀中，一阵地上下其手："姐，你刚才那么骂巧蓝，可是我看见你脸都红了，肯定也好奇那肚兜吧？"

香墨最怕痒，偏偏燕脂的手指极凉，仿佛细小的冰块触在肌肤上，她忍不住笑出声来："有什么好奇的，跟咱们穿的不过就是颜色不一样罢了。"

"那你穿来看看嘛!"

说着扯了香墨的衣衫，就要把艳红的肚兜给她系上。香墨一迭声地惊叫道："别把这没羞的玩意往我身上弄!"

"我偏要!"

两姐妹的笑闹中，东都天街的鼓声响了起来。

东都的传统，鼓声代表着宵禁的开始，一天的结束。

第一声雷在天际响起的时候，耳所闻让人只以为是哪个顽皮的孩子点了一只炮仗，但紧接着连串的轰鸣汹涌地铺天盖地，那几乎已不是雷声，而是天空被撕裂之后崩落的声音。

香墨就清醒在雷电交加的清晨，起身的时候身畔的燕脂已经没了踪影，窗外雨落如洒，天色黯淡似暮。

室内变得异常的阴沉和闷热，瓢泼而下的雨水被热气一蒸变为潮气，一点一点粘稠地贴在肌肤上，一层湿漉漉的重汗就披了下来。

陈王妃素来在雨天困顿，怕不会那么早起身，香墨索性只披了小衫坐在妆台前，拿着杨木的梳子有一下没一下地拢着头发。

陡然，哐当一声，门扉豁然洞开。朔风杂着一个闪电凛冽地划过，耀目的光亮瞬间照亮了室内，亦照出那人被拉得长长的影。在闪电熄灭前的刹那，那人已经扑到了香墨的背后，力道大得扯落了只是半披在香墨肩上的内衫，被雨水打得湿透的衣衫瞬间贴服在香墨的脊背上，冰凉的气息让她不禁一个冷战。然而揽在腰上的还未成年的孩子的手，又让香墨慢慢地放松了紧绷的脊背，缓缓地转过身，尽量放低声音温和开口："世子爷，怎

么了?”

刚满十岁的男孩子,极度惊惧地趴在了香墨膝间,满面不知是雨水还是泪水,颤声说道:“香墨!我怕!”

在见到那孩子面容的一刹那,香墨不由微微眯起双眸,仿佛是被闪电的眩目刺到一般。

男孩子有着一双绚丽的眼,仿若桃花不笑亦含情,束发的头巾已被扯落,被打湿的一头乌黑的发散落下来,有几缕黏腻在面颊上。

他——封荣是陈王妃唯一的儿子,长相肖似其母,陈王妃年轻时便以艳丽如蔷薇著称。而此时一缕电光闪闪,从摇曳的雨雾里落下,冷冷勾勒出封荣一弯精致的下颌,细密的睫毛犹在轻轻地颤着,沾染着零星泪珠,碎玉似的。就是平常见惯了的香墨也不禁有一刹那失神,不由得唤上他的名字:“怎么了,封荣?”

“香墨,我怕……”

陈王妃并不得陈王宠爱,因而对儿子十分严厉。所以封荣便一向亲近每次在他被陈王妃责罚后总是温柔安慰他的香墨。

香墨当他又受了李氏的责罚,只拍着他的背柔声道:

“别怕……到底怎么了,封荣?!”

“今早哥哥来找我,说下雨前的草丛里蝈蝈最多也最好,我便同他一起去找。结果就看见娘身边的李嬷嬷带着一群人进了五姨娘的院子,我和哥哥偷偷趴在窗户上看……李嬷嬷拿白巾子勒死了五姨娘,还把她作成上吊的模样……五姨娘的眼睛都凸出来了,舌头也伸得好长……”

封荣的手紧紧地环在香墨的腰上,香墨的内衫已经落在地上,身上便只有一件肚兜,掌心滚烫的温度直直地灼在肌肤上。香墨已经管不得这些,紧紧地拥住封荣:“没事了,没事了。”

晨曦中,窗外雷电交映,雨丝针落雨雾如烟。封荣伏在她的膝间,全身颤抖得几乎带着香墨也要跟着颤抖起来,薄薄的赭色锦袍犹在滴滴答答地往下淌着水,渐渐沾湿她秋香色的内裙,湿衣贴在身上寒凉入骨,连一颗心也渐渐发冷。她想到陈王妃会下手,却没想到这么快。可怜封荣只是个才十岁的孩子,就亲眼目睹这些,不知道这算不算是天理循环报应不爽,可封荣毕竟是无辜的……香墨只长长吐了口气，轻轻拍着封荣的背。怀里的封荣并没有察觉香墨的心思，停顿了片刻，重又抖着声音开了口："哥哥说娘身为陈王妃却心若蛇蝎，他要去回禀父王，说让父王把娘休了……我拉住他不让他去，结果……结果……他的头就碰到了石头上，留了好多血……香墨，我怕！"

一记响雷好似落在耳畔，轰鸣得香墨五脏六腑都抽搐成了一团，难以言喻的惊恐从身体深处卷上来，在意识到以前，香墨已经一把推开封荣，紧紧地抓住他的肩膀，厉声道："你说什么？你把封旭世子怎么了?!"

封荣则被她吓得大声地泣叫着："香墨，哥哥会死吗?!"

香墨这时才看见封荣胸前的淋漓的血迹，一片鲜红蘸在赭色衣衫上，刺目得让人惊骇。封荣的哭声越来越大，香墨只觉得全身的气力都仿佛被这哭声一点一点抽光。虚弱到了极处，香墨反而镇静了下来，抓住封荣肩膀的手加了些力道，一字字地说："听我说，告诉我他在哪里，我保证他不会死！"

封荣这才渐渐地止住了哭声，抽噎道："在五姨娘屋子后面的草丛里，碧液池的旁边。"

"你现在就悄悄回房，别让人发现，知道吗?"交代完，香墨才起身，头未梳衣未穿，一时间仓皇地站在那里，竟不知道应该先穿衣还是先梳头。

已经走到了门口的封荣回过身，泪痕犹未干的苍白的颊上竟有了一丝红晕："香墨……你的……是红色的……"

说完急急离去。

香墨不由得低头，借着又一记闪电的光亮，方才看见自己身上仅着的却是昨日从巧蓝那里收来的红色肚兜，那重重瓣瓣的并蒂花竟是由七彩金线绣成，映在电光中仿若雨后的彩虹，盛开一朵靡靡一片艳色。一时香墨自己也面红耳赤，但没有时间换下，匆匆地穿衣梳头，往碧液池边走去。

雨下得那样大，一把竹伞根本挡不住四面扑来的豆大雨滴，片刻香墨的衣裙就已经湿透。顺着青石甬道向前，转过假山，沿着长廊向下，却见碧液池畔垂杨匝地，千条绿绦随风狂舞。碧液池中盛夏时曾千朵盛放的荷花如今都已凋零，雨落之下更是如暮年老妇，残败地荡漾在水面之上。

五夫人的屋子后临着的碧液池是一片芦苇荡，与王府内美轮美奂的精致出奇地不衬。这还是五夫人得宠时，怀念幼时居处，陈王一时兴起派人修建而得。如今半人多高的芦苇密密挡住了视线，香墨索性丢开伞，也不管撒豆似的雨打在身上的痛，一点一点拨开芦苇，艰难前行。

一枝枝芦苇划过指尖，刺刺的痛，雨水又蒙蔽了视线，花了一炷香的工夫，香墨才看见了躺在芦苇丛中的陈王的长子封旭。他身躯周遭的芦苇随风前后起伏，残枝碎叶落在封旭的身上，想是在草丛中挣扎着往前爬了许久，周边的草上沾了斑斑点点的血迹，和着雨水仿佛烟墨似的化开。而封旭的额头上血肉模糊的伤口仍在淌着血，一滴滴顺着满头散乱的发，缠溢着滚落下来，濡湿在家常的锦缎袍子上，跌入盈盈碧草间。

封旭的生命仍是顽强的，察觉到了有人来，他挣扎着抬起头，一双碧绿的眼睛，虽有惊惧神色，却在看见香墨的一刹那放松下来，他断断续续地哭道："香墨，救我……"

封旭的母亲是波斯贡上的胡姬，一双蓝目肌肤赛雪，曾经甚得陈王宠爱，可是生下的男孩却是一双碧绿眼眸。那时陈王日日同胡姬腻在一处，虽明知胡姬不可能偷情，但仍旧是心有芥蒂，于是慢慢地疏远了胡姬，连带着对这个长子也不甚喜欢。

香墨长嘘了一口气，快步上前蹲身抱起了封旭。比封荣大上一岁的封旭身量修长，香墨几乎抱不住，手臂一个失力几乎脱手，封旭想是怕得极了，生怕香墨丢下他不管，死死地抱住她的脖颈，不肯有一点松懈。

香墨心下更是怜悯，就强撑着抱紧了他一步一歪地走出芦苇荡。

突的听见一声冷笑，就看见陈王妃的乳母李嬷嬷领着一群婆子，带着一身狼藉的封荣站列前方。

李嬷嬷一脸狞笑地走过来："香墨姑娘，你且不要管这事。这胡子杂种早该处理了，今日就交给我吧！"

这样的话便已经注定了封旭的命运，大雨滂沱中，香墨湿透的身上被风一吹都冰得透心凉，惊恐不忍却又无计可施，只能眼睁睁地看着李嬷嬷抓过了封旭。

封旭似乎察觉到了什么，蓦地紧紧抓住香墨的衣袖不肯撒手，嘶声喊道:“我是陈王长子,你们这些恶妇,今日杀我,我就是化成厉鬼也会回来报复你们!”

此时的封旭,碧绿若阴火的眼神煞气瘆人,整个人也因而显得强硬凶狠了。李嬷嬷和香墨俱是一抖,李嬷嬷则因做多了这种事,胆子更大一些,狠命一扯,呲啦一声,香墨的半幅衣袖已被封旭拽了下来。

封旭毕竟是皇族血脉,几个婆子无论李嬷嬷怎么呵斥亦不敢上前,急了的李嬷嬷索性扯过封旭手中的半幅衣袖就缠在他的脖子上,下手便勒。

杏子红的衣袖勒在封旭细腻青白的肌肤上,一时间,香墨只觉得眼里所有的颜色都没了,只记得杏色与惨白中,封旭的脸慢慢涨红。他碧绿的眼前还垂着被打湿的一绺一绺的发丝,眼中的憎恨和哀求交织着落在香墨的眼中。

远处在伞下站着的封荣已经哇的一声,哭了出来。

哭声仿佛一记重锤击在香墨的心上,香墨觉得胸口忽然有什么往下不停沉陷,她猛地上前抓住李嬷嬷的手,抖声喝道:“你疯了!五夫人就算了,他毕竟是世子,勒死他王妃也会说不清的!”

李嬷嬷虽觉得香墨说得有理,但仍不肯松手,枯树似的面皮上,皱纹纵横着聚拢在雨水里,便是冷笑的时候,那眼核亦往外瞪着,仿佛要吃人一般:“那你说怎么办?!”

香墨手心里密密的也不知是雨水还是冷汗,却不再犹豫,一把从李嬷嬷手里抢过了封旭,嘴唇则忽地扬起一抹笑意,声音中的尖刻及冷酷,连自己都吓了一跳:“就说他是失足落水淹死的好了。”

手中的封旭由窒息得了空,还在咳嗽,加上额上伤势太重,根本无力挣扎,香墨一咬牙,抓着他一把推进了碧液池。

连惨呼都来不及发出的封旭,在水面扑腾了几下,天青色的锦缎袍子在水间漾起,簇拥着雨落的涟漪,片刻之后就被微浪卷了下去,碧液池的水面只遗下一缕鲜红,在水面上留下的斑驳痕迹,晕开后瞬息间恢复了平静。

香墨痴呆了似的看着,那红影里仿佛有哭唳的声音存在。

此时,下了一个早上的暴雨已经渐渐止了,可香墨心中的惊惧依旧止不住地直溢了出来,凉彻了背脊。

封荣挣脱了婆子，一下子扑到香墨的身上，放声大哭："香墨！"

温热的感觉迎面而来，反而让香墨手足无措，过了半晌，方才揽住了封荣。

"世子，没事了！记得，今日的事以后谁问你都不能说！"

她的指甲深深地陷入封荣的肩膀，每一个字吐出时，胸中的气血都在翻滚，就像有汹涌的浪头一浪高过一浪似的拍打着。然而这样的汹涌却让香墨的心智渐渐清明，眼中仿佛有火在燃烧，爆发出骇人的光亮。封荣在这样的光亮下，呆住了，痴痴地看着香墨，不由自主地点了点头。

一旁的李嬷嬷这才反应了过来，勉强笑道："香墨姑娘，还得向王妃复命呢！"

香墨一颤，仰头才看见不远处打伞而立的婆子们满脸的惊惧，她也没再说什么，沉默地在清晨乌云后一点晨光的掩映下，迈步走向来凤楼，那样缓慢轻盈的步伐，看不出一丝一毫的痕迹。

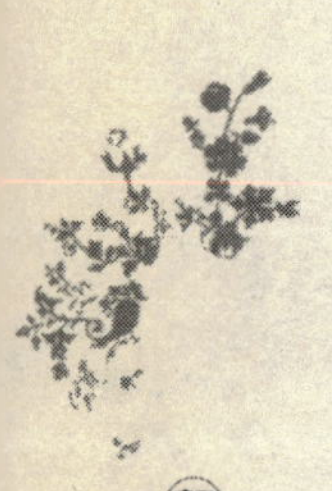

来凤楼内因雨日天色阴沉掌了烛火，反倒比屋外要明亮。陈王妃已经起身，室内照例静悄悄的，只听得见檐下落水的声音。早点已摆上桌，青儿带了几个丫鬟摆箸盛粥之后就退下了。陈王妃坐在桌前沉默地听着李嬷嬷的回禀，久久不曾出声，几让人疑为是一个只着华服的影子罢了。

在漫长的等待里，窗外的乌云已经彻底散去，太阳露了颜面，赫然又是一个明媚的晴日。逐渐灿烂的光镂穿了雕花窗子，弥漫着一种令人沉迷的尘埃，落在陈王妃无波的面上，几乎透明的晨曦给她赋予少许珍贵的生气，然而转瞬即逝。

"好了，你们都下去吧。"半晌陈王妃才缓缓开口，描画优美的眉下，眼角勾画着冷清的线条，只对着香墨说："香墨。还没吃早点吧，来跟我一起吃好了。"

"谢主子。"

香墨微垂下细密的睫毛，唇线一抿，轻应了一声半坐在圆墩子上。

白玉镶金边的碗里盛的是陈王妃每日必食的首乌芝麻粥，味道并不好，取的只是它的药用。陈王妃最恐年华逝去，也最厌华发早生，首乌、黑芝麻俱是养发精品，因而陈王妃一头乌发到现在仍是墨一般的乌亮，不见一丝的白。

拿着象牙勺子一点点以无可挑剔的仪态喝完了小半碗粥，陈王妃才一面尖起手指拈一颗胡桃糖，一面笑说："做得好，香墨，到底是你心思玲珑。"

香墨急忙起身，福礼道："为主子分忧，本就是奴婢的本分。"

正说着，守在门帘外的婆子大声禀报道："王妃，德保求见！"

陈王妃一如既往地半笑模样，微一颔首。李嬷嬷便挑了门帘，在陈王身边伺候的德保带了两个内侍，捧了几匹新纱走了进来。

德保就要行跪礼，香墨急忙上前拦了，德保也不推辞，就势起身笑道："回王妃，这是江南道新贡上来的，皇上刚赏下来，王爷叫奴才赶紧呈给王妃。一匹是镜花绫，两匹是单丝罗，两匹大绸锦，还有五匹八答晕锦。"

说着叫内侍一一展开给陈王妃细看，一时间只见满屋花团锦簇，晃得室内的人都不禁瞪大了眼，陈王妃却只淡笑道："不愧是贡品，好精致的花样。"

一旁的香墨看了陈王妃的脸色，忙上前接过一匹单丝罗呈到陈王妃眼前，转头却对德保道："劳烦德保公公了，这么精细的东西，王妃也不能独享，怕是也得给几位姨娘送去点才好，尤其是刚进门的七夫人……"

德保暗地里一个激灵，感激地看了香墨一眼，忙躬身回道："其余的王爷都交给奴才按规矩品级配好，只先给了王妃才给各位夫人送过去。"

陈王妃这才加深了笑意，一丝似有似无的矜傲从高挑的眉角处扬起来："来人，赏。"

德保等人领了赏下去了，陈王妃转头又对香墨道："今年的衣料早就齐了，这些花样又太艳，这些个镜花绫、单丝罗和大绸锦就赏给你了。八答晕锦花样平常些，你拿下去给李嬷嬷她们吧。"

说完又从头上拔下了一支金錾福字簪子亲自戴在香墨的头上，用刻意拖得柔长的口吻道："你平日也太素净了一点，这样才好看。"

香墨一时少许怔然地凝视陈王妃，随即俯跪在地，喜极而泣道："奴婢谢主子赏！主子对奴婢的恩德，奴婢就是粉身碎骨也难以报答！"

陈王妃唇际噙着一抹嗤笑，眼睛盯着香墨，身子却丝毫没有移动的意思，只高傲地站着。

"快起来吧，跟着我早点也没吃好，下去好好吃完了再来服侍吧。"

香墨磕了头出来，回到自己房间时方才摘下了头上的金錾福字簪子。

纯金上镂着精巧的花纹，镶在其上的顶级鸽血红猩艳得好似一汪血，冰凉地沁在香墨手中。她慢慢抚摸着，面上浮起了酸涩讥诮的冷笑。

窗外明晃晃的阳光下，一早的暴雨早就蒸腾了个干净，一点痕迹都没留下。

香墨净素的不戴什么插饰，静静地倚在窗前。

夜晚时分，陈王妃早早睡下，香墨守在屋外，前院传来的丝竹歌舞之声本属平常，然而今夜完全不像平日里那种软侬温和的曲调，更加的喧哗热闹，已经过了午夜，不见停止反而有越演越烈之势。香墨本就心绪不宁，此时更是觉得这不合时的喧哗，仿佛含着针从耳入侵，瞬间犀利地刺入身体。

香墨起身来到屋外，茫茫夜色中，微寒的风激在肌肤上，眼前的陈王府无数宫灯燃起。

陈王是当今皇帝英帝的幼子，英帝子息单薄，只得三子。陈王的两名兄长因为争夺皇位，最后蓄谋叛变，已被流放多年，陈王虽未被立为太子，但已是英帝唯一的儿子，朝中百官无不争相讨好巴结。陈王喜好奢华热闹，所以偌大王府内处处皆是精心构筑。放眼望去，灯火不息，穿梭如织，一切楼台亭阁都拢在薄薄的光晕之中，照得繁华似烟。

丝竹之声愈加清晰，一曲奏罢一曲又起，香墨觉得一颗心实在是跳得越来越厉害，那一盏盏宫灯仿佛一双双碧绿的眼，含着哀求含着悲愤……

心跳得仿佛似要自体内蹦出，她狠命咬住自己的嘴唇，才能压抑住心中的念想。

同样当值的青儿也起了身，站在香墨身畔，一脸沉醉地听着鼓乐，艳羡道："好热闹啊！"

香墨勉力一笑："是好热闹，今儿是什么日子啊？"

"姐姐好糊涂，今儿是怎么了，一天都心不在焉的？"青儿一惊，奇怪地看着香墨："定安将军大败了鞑靼得胜归朝，万岁久病不理政事，王爷率百官摆接风宴啊！听说是带着七夫人过去的呢。"

青儿紧接着又往室内瞄了一眼，做贼似的压低了声音："她们说，今儿王爷听说五夫人自缢身故之后，发了好大的脾气，所以今晚本应是王妃相陪的晚宴就偏偏带了七夫人过去。"

香墨有些呆呆地听着，片刻以后，才意识到心口有着那么一点疼痛，也不知是为了那日自己张狂欺负了一个将死的人，还是为了那个落在碧液池里的碧眼孩子。

"就为了五夫人的事吗？没有别的？"

"还有什么别的？这还不够严重?!"

对着青儿惊奇的目光，香墨笑着转眼避开，一只手下意识地捂在胸口，疼痛在掌下片刻地延迟后，汹涌地涌上来。但是她压抑着，不敢出一点声音。

此时青儿轻呼道："香墨，你看，是巧蓝?"

香墨低头，也看到巧蓝站在来凤楼下朝着自己猛挥着手。她不禁一皱眉，踌躇了一下，转眼对青儿道："你帮我看一下，我下去看看出了什么事。"

说完就下了楼，巧蓝见了香墨，一下子扑过来，低泣出声："香墨姐，不好了！"

香墨愕然，随即狠狠地训道："怎么了？大惊小怪，越来越不知道规矩了！"

巧蓝并没有像以往那样惧怕她，只急切地叫道："燕脂被送去飨客了！"

香墨只以为自己听错了："什么?!"

"王爷今儿在七夫人那，燕脂正巧被派去送新培出的菊花，王爷就多看了燕脂几眼。结果晚上的时候，七夫人屋里的人就叫了燕脂姐过去，也不知怎么的就让定安将军看上了，所以王爷下令，让燕脂飨客！"

香墨模模糊糊地听着，但是声音那样遥远。丝竹的声音、歌舞的声音、

巧蓝哭泣的声音，混杂在一起，几乎淹没了她。心底如同着了火，焚着五脏六腑都疼。

飨客，女子就仿佛餐桌上最华丽的一道点心，呈给来客，用自己的身体博君一笑。王府里飨客的女子，好的被客人领了去做了侍妾，然而出身低微怎能不受人欺凌？更多的飨过客的女人，则是被分到了北苑，等待着下次的客人，俨然就成了家妓，那样的命运只是想到全身的血液就已经凝固。

香墨转头就走，最后索性放步飞奔，耳边有人急急呼唤，她听到了，却停不下来，身体似乎被禁锢着竭力向前拽着。

那是她的妹妹，一同玩耍长大的妹妹，骨肉相连的燕脂为了减轻她肩上的担子，自愿卖身进了王府，她怎能、怎能看着燕脂就这么毁了自己的一生？

穿过了重重叠叠的月牙门洞，闯过九曲十弯的长廊，过了影壁就是前院。香墨放慢了脚步，深邃乌黑的夜色之中，屋檐下的盏盏琉璃宫灯赤霞朱锦地燃着，映着青石的甬路都成了火红。香墨就仿佛踩在火上，煎熬着维持着步伐。

前院有三厅，陈王用来待客的通常只有牡丹厅。牡丹厅厅门前有内侍把守，见了香墨忙伸手相拦。香墨举手一记耳光就挥了过去，打得那人一个趔趄："王妃叫我来传话，拦什么拦，不认识我啊?!"

内侍捂着脸，因素来知道香墨的脾气，也不敢动恼，只苦着脸赔笑道："香墨姑奶奶，我们本也不敢拦你，但是里面……"

"少在这里给我装神弄鬼地做出一副猥琐相，都说了我是奉了王妃的命来的，给我滚开！"

香墨一把就推开他，顾不得其他直直地往里就闯。

定安将军的侍从本守在外室，冷不防见房门推开，香墨闯了进来，不由得一愣，待回过神时，香墨已经推门进了内室。

牡丹厅的内室是赭色的木门，门角包有暗红的刻花铜皮，磕在墙上哐当一声，因室内极为宽敞，隐隐就带了回音。

床上的人一惊，开口问道："怎么了？"

低沉而威严的声音，带有惯于发号施令的自信，隐约能听到香墨熟悉的低泣声，香墨只觉得心肺瞬间纠结在了一处。

抬眼望去，却见极大的内室用两个雕透雕黄花梨木落地罩隔成了三层，香墨处在梢间之内。只见内间的月牙落地罩垂了金纱纹绣牡丹的幔帐，纱幔后的落地烛台上点了一盏红烛，光晕漫漫，从漏雕有花篮牡丹的雀替间望去，却又见一层床幔，便如蒙蒙细雨间，只影影绰绰地看见里面的月牙花架床，其余俱不真切。

两名侍卫也快步追了进来，却被里面的问话声给震住，愣在当场不知如何回答。香墨一咬牙，跪在织锦地毯上，大声回道："将军，奴婢是奉了陈王妃的命来的。"

里面的定国将军似是一愣，随即极静的室内便静得只听得见窸窣的穿衣声，片刻后纱幔便被掀了起来。香墨抬眼极快地往里一瞄，只见燕脂半倚在床上，虽然满面泪痕，衣衫却还算整齐，正满眼惊喜地看着她，香墨悬起的心悄悄地放了回去。

"王妃有何急事，非得这时候传话？"

香墨陡然一惊，这才发现定安将军陈瑞已经站在眼前。

已过而立之年的精壮男子，因只披了外衫，结实的黝黑的胸膛半裸着。他缓步行至梢间的八仙圆桌前，倒了一杯茶轻抿一口，漫不经心地看着香墨，虽然不悦，但唇角仍微微扬起。

香墨倏然有一瞬间僵住，四周死寂下来，黄梨桌上的一盏红烛在上好的丝绢里跳跃。她单薄的背脊上已是密密地一层汗，黏腻在肌肤上冰冷得似是在冻结着她，令人绝望。

是的，绝望。

她一路飞奔而来，却不知如何才能救出燕脂，或者说，她清楚地知道自己根本救不出燕脂。

心一直坠落下去，往下，往下，香墨却轻佻地站起了身，脸上带上了微笑。那微笑从眼梢唇角泛出来，竟然染了红烛的绯色妩媚。

"王妃的命令就是……叫奴婢好好侍候将军……"

香墨伸手将外衫缓缓解开，里面白色的内衫亦在指下带着轻微的声响向两边散开。

香墨的身上穿的还是那件未及换下的红色的肚兜。一瞬间，陈瑞锐利的眼不由一滞，香墨肤色微黑，肌肤在灯火下，呈现出一种细致的蜜色，甜腻的仿佛被抹上了层枫糖。

唇舌微动，仿佛舌底压着一块纯黑的糖，甜到有毒，又蜜入骨髓。

七彩的并蒂花在烛下如虹，嵌在一片放肆轻佻的猩红上，带着毫无羞耻的诱惑。凝视了半晌，陈瑞嗤笑出声，似是极为不屑道："服侍我？"

那两名侍卫似也见惯了这样的场面，也都笑出了声，亦带着无比的鄙夷。

香墨仿佛没有听到他们的笑，手指轻抬，绕过颈后。肚兜的绳结亦为金线镶绣，自她的指间滑落，好似有了生命的蛇一样，爬过腻滑的肌肤。

杏子红衫连着白色内衫半褪下堆在肘旁，暴露出了蜜色的肩和半裸的前襟。许是因为羞涩，香墨双颊泛出异常的红晕，仿佛一朵盛放到了极处的牡丹，只待君采撷。尤其她的眼睛，眼波流转，异样明亮。

陈瑞的眼难以掩饰地氤氲了起来："你叫什么名字？"

香墨弯目笑得更是媚意横生："奴婢香墨。"

陈瑞沉思着，看着香墨，从头发看到腰身，最后缓缓地伸出舌尖，舔了舔嘴唇。

"你们都出去。"

两名值夜的侍卫一脸暧昧地退了出去。

陈瑞一步一步逼近香墨，香墨只觉得自己连血液都在颤抖，几乎就想这样夺路而逃，然而她还是站在那里，纹丝未动，笑意嫣然。

陈瑞已站在香墨的身前，那样的近，近到了呼吸可闻。精壮赤裸的肌肤上散发出的热力，让香墨裸着的肌肤顿时起了战栗。

陈瑞凝视着香墨的时候，目光已经被欲望淹没，他忽然伸手，手指探下去，慢慢地抓住了肚兜的绳结，将她缓缓拉向自己。

艳红的绳结，布料并不名贵，然而在夜晚的灯火下看起来，闪烁着金丝的微光，也柔得像一片云。

香墨的心瑟抖了一下，却不是为了身前的男人，而是男人身后从纱幔中探出的犹带泪痕的面容。

“那么她呢?”

陈瑞只扫了燕脂一眼,伸手扳住香墨的下颌,低笑道:“自然是留在这里,你若是服侍不好,我就要她。”

“那奴婢可得好好服侍大人才行了。”陈瑞的手稍一用力,引起了香墨略微的疼痛。她不经意地“嗯”了一声,引得陈瑞的手指缓缓转动,抚过她的脸颊,而后是嘴唇。

香墨终于控制不住自己,颤抖了一下,张口便含住他的手指,露出皓齿如玉:“奴婢可不要在这里。”

说罢转身,走了两步停住,回眸一笑,眼角展开的时候,竟是极致的艳丽:“不如将军随奴婢到外次间吧……”

艳丽的笑颜带着艳丽的火,顺着陈瑞手中的肚兜绳结燃烧过来,带着剧烈的欲望燃烧着,陈瑞忍不住发出了长长的叹息声。

外次间只有一张单人的藤床,想是为值夜之人准备的,被褥俱不是十分精细。陈瑞刚一皱眉,香墨却已经失了骨支撑似的软了过来,细腻温热的肌肤贴合在身上,陈瑞便一下子失去了力气,被扑倒在床榻上。

香墨倚在他的身上,一件一件轻解罗衫,王府侍女的服饰统一的都是杏子红衫秋香色裙,她穿在身上本就摇摇欲坠,不多时便整个滑落于地,露出蜜色的姣好的胴体。

那件猩红的肚兜甩在陈瑞的面上,他还没有来得及恼怒,香墨已经像极度饥饿的野兽见到食物一样,在他的身躯上唇齿一路吸食着……

绯色的灯火透过猩红的丝绢,落在眼中,竟是孔雀翎羽一样流光溢彩的斑斓。

这光华让陈瑞一时迷失了,如同坠入五色的梦中,这样的女人竟似颠倒红尘的一场迷梦。

当香墨舔食到他的手指时,灵巧温热的唇舌将他的手指深深舔舐进去,又缓缓推出来。陈瑞猛然感到,自己的欲望已经迸发到了顶点,再也无法忍耐!

陈瑞反身将香墨放在床上,继而是霸道而猛烈的深吻,肆意汹涌,香墨只觉得自己连呼吸的气力都没有了,不能透气的窒息感觉涌入四肢百骸,身体便僵硬在了那里。

陈瑞也僵住了身体了，撑身愕然道：“你还是处子？你这样大胆，我以为……”

随着陈瑞的放肆，身子被点燃起来，香墨本能地想要张口呼痛，但又紧咬牙关忍住，抬首环住陈瑞的颈项，强笑道：“是不是有什么打紧，奴婢不过在图今后的荣华富贵罢了！”

她的声音甜腻地划过耳畔，可无法抵住陈瑞的厌恶，对贪婪的厌恶。

他带着这种厌恶凶猛起来，疯狂得几乎丝毫不留余地。深入骨髓般，一点一点，久久不歇，似乎痛已变成习惯的快乐。

聚集在眉端，堆蹙在痛苦与快慰之间。眼前的烛光亦模糊起来，落在墙上蒙蒙一片。手挣扎着伸出又无力地落下，手指触摸到了床侧的墙壁，凹凸不平的精巧纹路摩挲着指尖的肌肤。那是牡丹繁复的花雕，牡丹厅的东墙整面嵌有“凤凰牡丹”砖雕，故此厅得名为牡丹厅。而今香墨的手指不由自主地在其上抓挠着，可上等的砾石砖又如何会留下一丝的痕迹。

香墨听到自己的喘息声……低吟声……混合在陈瑞一阵急促的喘息中，在一种压抑到痛苦的折磨之后……爆发的感觉终于崩散开来……

陈瑞沉重地倒在了香墨的身上，室内一时只听得到两人深深的深深的喘息声。

她竟天真地以为已经结束了，但也只是片刻的功夫，陈瑞却又俯身过来，她再也忍不住哀呼道：“不要了……”

“还不够……”陈瑞呼吸急促地一面咬着香墨的耳朵，一面缓缓道：“你若不要，我就去找她。”

冷酷的声调，唇中呼出的热气，等待着她的决定。香墨紧紧咬着牙，半晌抬起酸痛得几乎没有了知觉的腿，柔软地缠上了他的身子，像妖媚的白蛇。唇贴住了他的耳鬓，绯红的舌尖从嘴唇里探出来，若有似无地轻撩着他的耳廓：“只要你还有力气……”

香墨翕动的长长睫毛下，黑色的眼睛里带着异样的光亮。陈瑞再也无法忍耐，狂野的亲吻席卷而来。

从暖色烟罗罩遮住了红烛的千重泪里，透出柔和的烛光，映在香墨的脸上，唇上便染上了烟罗的灰，苍白而柔弱。她抽搐般地哽咽着，手环住了陈瑞的脖子，用力地抓着，像是溺水的人攀住那段浮木，死也不肯放手。

奇异的声音夹杂着喘息声再次响起……

身旁的陈瑞很快沉沉地睡去，四周逐渐静了下来，窗外天色已经微亮，浅青的光亮在犹有黑暗的室内脆弱得令人绝望。

香墨起身抱膝拥着被子，微微叹息一声。一滴泪就落了下来，只有片刻间隙里，她才能露出伤心，只是无人可知。

起身穿衣，然后自衣物中找出自己的杨木小梳，香墨坐在圆凳上轻轻整理着一头乌发。

“她是你什么人?”

身后蓦然传来沙哑的声音，香墨脊背一僵。她几乎忘记了他是沙场上纵横千里的将军，她又如何瞒得过。握住杨木小梳的手指抽搐似地收紧，手指几乎被木齿刺破，嘴唇不觉已经咬破，欲恨起，转眼千念百转，却没有回身，只是缓缓地、静静地梳理着头发，隔了很久才道：“是我妹妹。”

伍

香墨来到内室的时候，燕脂正蜷缩在床的一角，眼睛瞪得浑圆，只向着前方，清澈的瞳孔里空空的，仿佛她的神智正飘荡在远处，逃避着眼前发生的一切。

香墨不由叹了一口气，拉了她便往外走，她便也痴痴地跟着。待到了后园的假山下没有人会看见的角落里，燕脂突地跪倒在香墨脚下，痛哭失声。

香墨只觉得她断续的哭泣声音被不断地放大，空落落的，反复回响，心就有了一把火在烧着。半晌，才能俯下身拥着她，眼睛虽酸楚难耐，仍旧强笑着开口：“没有事了，万事有姐姐在，谁也欺负不了你……”

闻言，燕脂哭得更凄惨：“姐，我对不起你，我到底还是拖累了你！”

“哎哟，姐妹俩这是唱的哪出？都攀上了定国将军这个高枝了，还哭什么啊？”

两人一惊，却见青儿款款自假山后走了出来，讥诮一笑道：“香墨，王妃找你呢！”

不只是眼神鄙夷，连语气也极为的不客气，要是以前，青儿是万不敢跟香墨这样说话的。到了现在，香墨也没心情跟她计较，放开了哭红了眼的燕脂转身跟她回了来凤楼。

陈王妃李氏斜卧在贵妃榻上，穿着蜜合色外衫，玫瑰紫缎裙，想是气得头痛病犯了，剪了两个浑圆的膏药贴在两鬓。满地的婆子、丫鬟都垂手而立，几乎连大气也不敢喘一口。

香墨忙跪在地上陈王妃面前，陈王妃扬手就给了香墨一记耳光。

“香墨，你对得起我！”

陈王妃素来自恃身份，虽为人阴厉但从来不曾亲自动过手，如今必是气极了，连声音都变了调。

香墨硬生生接了这记耳光，陈王妃的指甲划破了脸，从香墨的眼睑划下腮颊，带着一串血珠，淌落眼角，宛如血色泪痕。一点点的温热，然后方知是痛不可抑。

原来女子没了贞洁，便是千夫所指，哪怕那是被迫，哪怕那是不情愿……

然而，她终究不能反驳陈王妃，只是垂下头：“奴婢自甘下贱对不起主子，千刀万剐死不足惜！”

陈王妃听了香墨的话，脑内轰然一声，更加气得面孔青白。站在她的面前，骂道：“我是恨不得千刀万剐了你，你为了你那个妖孽妹妹连自己都不要了，贞洁廉耻都不要了，枉费了我这些年栽培你的苦心！”

香墨怕得连呼吸都紊乱了，忙抱住陈王妃的腿哀求道：“主子，千错万错都是奴婢的错，与燕脂没有任何关系！”

见她还这样维护燕脂，陈王妃恨极了，手指抓住了案几的边缘，用力的指节都发了白：“你！”

还未说完，外头有人回道："主子，德保来了！"

这一声打断了陈王妃即将喷薄而出的怒火，李氏忍不住气涌上来，随手一扫。案几上一个五彩琉璃盏被扫到地上，啪的一声摔作粉碎："叫他滚进来！"

德保亦是没见过陈王妃如此失态，进了门也不敢再往前，只跪在了门口："奴才参见王妃！"

"什么事一大早的就急急过来？"

陈王妃已经压下了火气，落座开口问道，只是她的脸越来越白，额角隐隐的脉络便愈发明显。

"回王妃，定安将军看上了香墨，向王爷开口讨了，王爷命奴才给香墨打点了，下午就送过去。"

跪在那里的香墨几乎是倒抽了一口冷气，不可置信的惊慌直进入身体，连呼出的气息都是颤抖的。

"是吗？"陈王妃则是微微一愣，随即慢慢落下高高挑起的眉梢，满面愠色尽消，若有还无地轻笑了出来："香墨也跟了我这么些年，冷不防的我实在舍不得，再让我跟她说两句话吧！"

"奴才这就去外面候着！"

德保极为识得眼色，说完就起身而出。

陈王妃又对屋里的人道："你们也下去吧。"

一阵衣物窸窣声后，室内又变得如死寂静，洞开的窗外，晨间的雾气未散，隐隐约约在苍青之中透出浅金。桌子上仍是一盏首乌芝麻粥，陈王妃也不说话，只将粥端起来，轻轻抿了一口，复将放下，才发话道："起来吧。"

见香墨仍旧迟迟不敢起身，竟亲自拉起了香墨坐于自己身边："我刚也是气极了，没打疼吧？"

蓄意柔和的声音，让香墨的身上不由得一阵阴寒，只打起十二分的精神回道："主子将来是要做皇后的万金之身，即便是责罚奴婢，也是对奴婢的恩典。"

"就是这张嘴好，模样也不赖，难怪陈瑞看上你。"

金色的光照射过来，香墨的脸庞有一半在柔和的阳光里，虽毫无妆痕，

仍带了一种奇异的浓艳。陈王妃伸手托住香墨的下颌，细细地看，那近似凌厉的眼里血腥沉淀下去，而浮在表面的，只剩下温和愉悦。

“待会我叫人打点些簪环首饰，就当是我给你的嫁妆，也算你没白跟了我这些年。”

说完又拿起贴身的丝帕，细细地帮香墨擦着因自己的指甲划伤而流出的血迹。

手势轻柔，语调却是哀伤的：“你就这么名不正言不顺地送过去也是委屈了你，可俗话说妻不如妾，将来没准你就是将军夫人了。”

“主子，奴婢出身寒微，过了昨晚此生已不做他想。可是燕脂，她是我妹妹，才十六岁而已，奴婢走了，她又生得那副模样……”香墨一颤，忙起身重新跪在李氏眼前，满面哀求：“奴婢只求主子看在奴婢服侍您这么些年，没有功劳也有苦劳的分上，求主子开恩，脱了燕脂的奴籍，放她出府！”

陈王妃并未扶起香墨，只是定定地看着，放在膝盖上细长白皙的手指有意无意地握紧，抿了抿唇，嘴角现出一丝上挑的纹路，像是在犹豫着什么：“那你父亲……”

“我爹他一直是肺痨缠身，承了主子的恩典才在王府一处别庄里养病，如今我去了，燕脂也去了，他自然也是随燕脂去。奴婢虽然不才，但手头还是有些积蓄，足够他们买上一处院落过活下半生了……”

陈王妃这才搀起了香墨，轻轻笑了一声：“好了，起来吧，我答应你就是。”

笑过之后，面上又有了些惆怅。

陆

香墨回到屋子里收拾行李时，青儿带了一个小丫鬟在院子里，张口就是：“不知廉耻的人就是不一样，上赶子爬上人家的床！”

闭口又道:“一副卑贱奴才样,就是爬也爬不了多好,要是真爬得高了掉下来也是个摔死的命!”

按以往香墨的性子早就开了门骂回去,可是经历的一夜欢爱的身体现在连动一动都不禁微微颤抖,哪里又还有气力。

过了片刻,青儿的骂声停止了,片刻功夫门被轻轻推开,双眼已经哭红的燕脂走了进来。

“姐!”

彷徨的失了颜色的神情让香墨心中猛然一滞,好像被人狠狠拧过地痛着,可面上仍得换上一张愉悦的笑脸,轻轻拉过燕脂,叮嘱道:“你听我说,我已经求了王妃把你脱了奴籍,明儿你就带着爹离开王府,知道吗?”

耳边是夏日的蝉在唧唧地交鸣,内心如刀,此时生别,不知何时再能相见,姐妹的胸腹之中俱是一阵抽紧的绞痛。

香墨的脸上因为勉力笑了,略微带了些僵硬,除此之外,没有半点波动的神色。

燕脂凝视着她,眼睛深长缱绻的悲怜,远远甚于疼痛:“我对不起你,姐姐……”

“没事,你自己要多加保重,找个好人家嫁了,富不富贵都不要紧,最重要的是人好。以后姐姐自顾不暇,怕也护不了你了……”

“以后我来护着姐姐!”

没等香墨的话,说完,燕脂便缓缓接口,声音清柔。哭红的眼此时弯弯地笑起来,竟带了很坚定的意味。

“傻丫头!”

香墨并未多想,哽咽着将手伸出去,抱住了燕脂。然后在门外德保的催促声中,慢慢松开了手。

而这,是她们姐妹间最后一个拥抱。

定国将军陈瑞位属封疆,在东都并无官邸,按例下榻在皇城之南的贤良祠。

陈国历二百二十四年,英帝靖元二十四年九月初七酉时,一辆单骑马车载着一个飨客的女子进了贤良祠。

那马车虽是上好的青花呢纹装饰，虽全黑骏马马鬃飞扬，丰姿俊秀，虽连车檐所悬鎏金铃铛都刻了陈王的徽记，却仍旧改变不了离别的痛苦，以及女人卑贱的身份。

柒

英帝靖元二十四年九月初八，午后收拾好出府行装的燕脂，随着监管的婆子在青石路上缓步走着。

路旁虽花木扶疏，然而天空云层渐渐如浪翻涌，天气亦变得阴冷起来。燕脂不觉抬头一望，只见台阁重重，一座座青灰色的兽脊几乎也变成铅色。

远远的有一名青衣的内侍走了过来，见了她们眉头一皱，尖着嗓子呵斥道："王爷说话就要过来了，你们还不一边跪着去！"

两名婆子一惊，忙拉着燕脂避让在侧，跪伏路旁。

燕脂并不吃惊，这条路这个时分，陈王定是要去七夫人那里的，她早就偷偷打听清楚了。

月门洞出远远走来几人，居中的陈王年过不惑，身材已经开始发福，一身家常的蓝缎团福长袍，腰上束了一条螭龙玉带。

偷眼瞧着陈王到了近前，燕脂一颗心不由狂跳起来，狠狠地咬住唇。能不能做到自己的承诺，就在此一举。

两名监管的婆子还来不及反应，燕脂已经霍然地扑在了陈王的脚下，未待随侍的内侍们惊呼出口，她已经抱住陈王的双腿，哀哭出声："王爷！奴婢的爹重病在身，不堪劳顿，求王爷开恩，让奴婢继续留在王府服侍王爷吧！"

那声音哀柔婉转，只是听了便不由得魂酥魄软，然后燕脂缓缓仰起了头。

只这一瞬，陈王倒抽一口气，由慌便转了惊，得遇美人的惊。

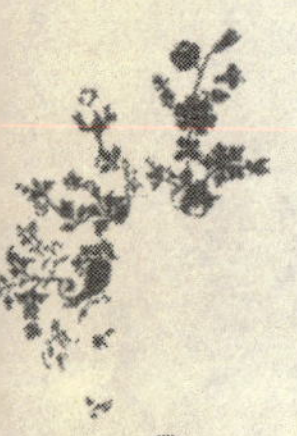

燕脂的脸色很苍白，如雪般近乎透明，更显得一双眼睛大得可怜。唇轻轻地抿着，因未涂胭脂，粉中便带了灰的颜色，犹含着泪的眼波流转，说不出的潋滟妩媚。

陈王不由自主地伸手扶起了燕脂，柔声问道："你叫什么名字？"

燕脂福身一礼，垂眸笑道："奴婢燕脂。"

秋香色的裙系了两条长长的丝绦，越发显得那腰不盈一握。

陈史记载：英帝靖元二十四年，燕脂以侍婢之身初见陈王面，陈王油然赞叹："如此绝色方称得上天下第一！"时年英帝崩，陈王登大宝，号宪帝，王妃李氏为后。燕脂初封为昭仪，同成二年无嗣封妃，满朝哗然。重臣跪劝，御史力谏，宪帝皆置若罔闻。宪帝好奢华喜淫乐，但对燕妃宠爱，十年不衰。燕妃满门荣升，其父追封文安侯，其兄世袭，其姐本为定国将军陈瑞之妾室，陈瑞妻系名门，犹在，无法扶正。宪帝对燕妃笑曰："已无法恩赏。"燕妃嗔道："赐为国夫人即可。"遂其姐被赐封为墨国夫人，封户五百。时公主的封户：皇妹千户，皇女五百户。

陈国历二百三十四年，同成十年，宪帝崩。

李后之子封荣即位。

捌

已近了晌午，春日的雨季里，燕脂自梦中醒来，全身亦是难耐的酸涩，仿佛潮气沁了骨髓。燕脂刚一起身，守在床前的宫女的便掀起了素纱幔帐，一旁的巧蓝打了金铃，宫女们鱼贯而入。

她懒懒地洗漱罢了，巧蓝拿出了胭脂水粉，宫女将捧在手中的黄花梨木连环妆匣打开，一时间静安宫内缠金洇翠，绚烂如霞。

巧蓝上前要给她上妆，燕脂厌倦地一挥袖，道："不要了，你们都下去吧。”

巧蓝略一踌躇，仍是开口劝道：“主子，这不合规矩。”

燕脂信手自装匣里拈出一枝一雀七华、贯白珠为桂枝相缪的金步摇，冷冷一笑道：“少跟我提什么规矩。”

说罢，放下那步摇，金玉在桌面上一磕，闷闷地响。

巧蓝不敢再说，只领了人下去。

一排向南的长窗，全用雨过天晴的窗纱糊了，窗外阳光明媚，竟是一个难得的晴天。燕脂索性除了薄丝的绣鞋，在特别软厚的地毡上行到了窗前。微眯着双眼望去，服丧白日刚过，大陈宫已经撤下了铺天盖地的素白，显出的朱墙金瓦，更衬得碧天如洗。然而，也只能看到这么多，这座静安宫与先前住了十年的含珠宫不同，枯静闭塞，无论从哪里看景物似乎都是一样的。

想到了此处，燕脂心中涌起的竟不是烦躁不甘，而是一种无法言语的空洞。转身复又对了铜镜自照，镜中的女子仍旧貌若春花，美得不见一丝的瑕疵。

燕脂怅然地望着，胸口的空洞越来越大，直至淹没了自己。自从宪帝驾崩的那一刻，她就已不必再做盛装打扮。她成了太妃，二十六岁的太妃，富贵繁华就像水流一样从十指缝里溜走，只把轻微的辛酸和寒冷留在手心。

这一生已穷途末路。

那日在宪帝的灵柩前，她只是拿绢帕掩了面，帕子干涩如新，她竟做不出一丝一毫的痛不欲生。在嫔妃们呼天抢地的哭嚎中，也只有她和跪在她身前一步之遥的李氏以帕掩面，无声无息。李氏也仿佛察觉了，转头看向她。

李氏的眼映入眼中，承载的是满溢的恨，而她映在李氏眼中的则是毫无波动的空洞。

东都雨季的春日，天气变换若女人的心，刚刚还是晴空万里，转眼就乌云密布，雷声轰鸣。

割裂似的雷声里，燕脂身上只着了一件内衫，拿着白玉梳子对镜慢慢地梳着一头散发，微弱地在唇边扬起一丝没有任何温度的笑。

蓦地，寝殿外宫女们一阵惊呼，燕脂一愣，还来不及转身，一人就扑在了背后，紧紧揽住她，哀叫道："不要！不要！！"

揽在胸前的是一双保养得十分精细的手，苍白的手指纤长而骨节微露，在乌云遮蔽的光线里，骨节拗折过来的地方，透着令人惊慌的青白。

那手腕覆着的家常便服，金色浅得近似牙色，袖口用玄线绣出翟纹，那是燕脂十年来见惯了的，陈国皇帝御衣专用的花纹。

燕脂脑海里仿佛有什么轰然一声炸了开来，本能地挥手想要挣开。然而对方的手劲极大，撕扯间，燕脂本就未系严实的内衫已经滑落到了手肘，蟹壳青的肚兜带着细腻仿佛白瓷的肌肤裸露了出来。

带着雨丝寒凉的气息喷薄在肌肤上，燕脂一抖，遂迅速地冷静了下来，再不挣扎转头望去。

一记电光带着霹雳之声闪过，封荣年轻的面庞被隔着纱帘的光抹上一层金粉似的影，二十岁的年纪，桃花双目正凝视着她的双眸，比燕脂还要美上三分的容颜犹有泪痕，竟然是仓皇到极的模样。

"我怕！"

孩子似哀求的声音让燕脂不由一愣，僵着的心不知道为什么便渐渐软了："陛下怕什么？"

"我怕打雷，怕得要死……你不要推开我，抱着我，行吗？"

封荣头巾也歪了，几缕黑发从束发的金丝带梢绞卷下来，狼狈无措的模样。眼中则是带着如在梦中的神情，迷惘地看着燕脂。

那迷惘在乌黑映着电光的瞳中，比最深的夜色还要深，仿佛要吞噬一切似的。

燕脂脸上，不由自主也迷惘了起来。封荣看着燕脂的神情，看着她半裸的身体，蟹壳青的肚兜，眉眼之间就渐渐有一种出奇的妖冶，那本该属于美艳女子的神情出现在那深黑色的桃花眼角，让孩子似的迷惘瞬间消失了，带着些微的萧索与亢奋，仿佛受伤的兽遇到新鲜的血肉，正微微翕张了利爪。

燕脂看着他的脸越来越近，最后觉得一个柔软的东西落在了唇上。她惊了一惊，下意识地反手想要推开，封荣却抓住了她的手腕。

两人缓缓地倒在了红线毯上。

封荣用力虽然不大，她却挣脱不得。

彩丝茸茸香拂拂，线软花虚不胜物中，她宁愿相信这挣脱不得，是因为自己气力不济的缘故。

到了日移西山时，暴雨如初至时一样，骤然地停了，窗半开着，粼粼碎金的日光透过了雨色天晴的窗纱涌了进来，落在七尺宽的红木雕刻、螺甸镶嵌的床上。

绣有五彩云纹的被衾上，怀纹绮的青绛黄白皂紫，眩的光滟七色，变幻迷离。然而这样极好的纻罗织就的被褥，人就是睡得再久也是温凉的，几乎感觉不到一点的温度。燕脂在其上睡了十年，十年的寒凉，如今竟第一次觉得自己有了一点暖意。

封荣睡得深沉，乌发遮掩的脸孔偎依在燕脂的胸前。燕脂懒懒抬手，以指尖轻轻地拂开丝缕缠绕在他面上的发，封荣的面容一点一点展于面前。他的唇角即便是睡时仍是微微地抿着，那样的容颜，是冰冷的却也是艳丽的。

燕脂低头细审着，缓缓地，极尽温柔与沉痛的，笑了一笑。她第一次这样抱着一个人，满心满意都是切切温柔，幸福的窒息感早已淹没了十年空洞，充实得令她惊惧。

燕脂的手指自封荣的面颊如柳絮绵绵落在他的唇上，封荣轻轻皱了皱眉，不胜其柔似的抓住了燕脂的手指，微微睁开了眼，视线上抬，以困倦的眼神凝视着燕脂。

半晌，他的眼黯然了一瞬，忽又扬了扬眉，笑唤："太妃。"

燕脂的手蓦地从他的指间抽出，僵硬了片刻，才顺势摸索下去，在封荣裸露的胸际轻轻抚动，淡淡地说："叫我燕脂。"

说完，她抿了抿被啃噬得异常红润的薄唇，现出一个愉悦的浅笑："我叫燕脂。"

那样浅浅的笑，笑意一如春风过水。

封荣眼飞快一转，然后在燕脂的唇上偷了一个吻，笑问：“燕脂，打雷的时候我可以过来找你吗？”

“不打雷的时候你也可以过来。”这样的孩子气让燕脂不由得轻笑出声，可笑罢不知为何复又轻轻一叹：“为什么这么害怕打雷？”

封荣的眼骨碌一转，还没待燕脂反应过来便扑在了她的身上，那双炙烫的手摸过她的脸颊、她的颈项，好像是把她整个都拢在手心里，有些稚气，又有些恶狠狠地说：“忘记了。”

说罢，手脚便不规矩起来，燕脂一惊，抬手似要推他，却被封荣牢牢地束缚住了。强悍的手指在肌肤上流连，力度肆虐更甚于宠溺，贪婪地像是怕她丢了，怕她逃了，那么紧地抱着，骨头轻微的“咯咯”的声响，仿佛整个人要被他生生地揉碎了。燕脂痛了，从喉中发出了破碎的呻吟，很低很软。

本一直心惊胆战守在殿外的巧蓝，听了人声刚迈步进来，却又被这声低呼逼得蹑手蹑脚地退了下去。

待封荣起身离去时，已经是月上梢头。离去时，封荣忽然抱住了燕脂，将脸贴在她的耳鬓处磨蹭了很久，口中喃喃地诉着她听不懂的情话。燕脂伸手欲环住他时，封荣又自放手，毫不留恋地走了。

燕脂倚靠在雕花窗前，推开窗纱，风穿过整个大陈宫，吹入殿内，伴着榻前的佳楠香，清甜若蜜。月色似纱，笼在那浅浅的金色身影上。夜虫唧唧中，封荣并没乘辇，九名内侍前后跟随，却只有德保手中执了一盏琉璃宫灯，引着大陈的皇帝悄无声息地离去。

未梳的发凌乱极了，燕脂抬手掠了掠，指尖触着发梢，似乎还能感觉到那个人留下来的体温，不知怎的，心思竟有些怔忡。半晌，猛一转身，唤道：“巧蓝，为我梳妆！”

见燕脂高兴，巧蓝就着人将静安宫闲置了多日的紫金八方烛台燃起，照得殿中恍如白昼。

鸦黄黛眉、口脂花钿、翠翘宝钿玉搔头一迭一迭相续落下，几乎耗了半个时辰，才上好了繁复晚妆，燕脂整个人都淹没在饰物的光华中。

起身缓步轻旋，裙裾荡漾。此裙名为凤尾，折折数幅，每幅中都垂着一种颜色的彩缎，缎上绣着花鸟纹饰，金线镶边，更加衬得她腰若纤柳，仿佛漾着春色。宫中品级严苛，即使晋为太妃亦是不能着红，此时深紫裙在烛火下，曳着烈焰，竟似一团火，将息犹盛，太过于炫目的美丽，带着不祥。

“今日陛下也不知道为什么看御苑里蝴蝶不顺眼，命人大肆地扑杀，自己坐在沉香亭内，谁知道天忽然就变了，还没待内监们反应过来，陛下惨叫着抱头冲出来。横冲直撞的，也不知怎么就进了咱们静安宫。”巧蓝一反往日的沉默，在燕脂身侧喋喋不休地说着：“还是德保奸猾，不多时就找到了，可是那时陛下和主子……于是便一直守在殿外……”

燕脂宁静地转回身来：“我知道你想说什么，可是……这样很好，你也不要管，好吗？”

巧蓝一叹，福身一礼道：“主子放心，奴婢知道，就连今日当值的奴婢都已经安置好了。”

燕脂仿若未闻，幽幽地立在那边，唇上染着小红春的胭脂，然后，微微地抿嘴，也不知是不是在笑着，清清浅浅的艳，却是刺到人心里。

三伏夏暑，东都的天炎热起来，日头明晃晃地悬着，耀得人眼花。巧蓝虽然坐在静安宫前的老柳下，手中执了团扇，仍旧抵不住愈加强烈的燥热，大半日下来，汗已经透了薄衫。

远远走来几名宫人，巧蓝因为燥热分神，待人到了近前才看见，惊得几乎跳起，失声道：“李嬷嬷，太妃还没起呢！”

李嬷嬷为太后李氏的乳娘，素来蛮横，听巧蓝这么说，不由得一嗤道：“这都快晌午了，太妃还没起，莫不是病了吧？”

巧蓝已经惊得失了方寸，李嬷嬷见她神情闪烁，便不和她多说，自己就径直进去。一面走还一面骂道：“你们这些个奴婢也别仗着入宫多年资历老了，就可以怠慢了主子！”

她轻车熟路地穿着小径，经过静安宫的廊下，这样就避过了宫人轮值的偏殿，直到了寝殿外。

巧蓝不敢阻拦，只能跟在后面一跌声地叫道："李嬷嬷止步，不可擅闯！"

由于天热，寝殿门大开着。李嬷嬷刚要一把掀了帘子，就听见燕脂的声音道："外面吵什么？"

李嬷嬷不敢造次，忙跪在帘子外行礼道："奴婢请燕太妃安。"

燕脂懒懒地问道："什么事？"

既不叫起也不宣入，李嬷嬷更加起疑，也顾不得规矩，起身就撩开帘子进了内殿。

燕脂正坐在妆台前，像是刚起身，身上只穿了件素白色的内衫，连头发也未曾挽起，一直淌至脚下的红丝毯上。见了李嬷嬷闯入也不恼，右手执着一柄团扇，懒洋洋地扇拂，转头轻笑一声，又问道："太后有什么事？"

明眸朱唇，容光慑得人几乎呼吸窒息。

李嬷嬷只觉得难以逼视，低头回道："江南道今年的雨前新茶贡上来了，太后想找您一同品茶呢！"

燕脂理了理鬓角，自若地道："知道了，我回头就过去，你下去吧。"

李嬷嬷不敢多言，转身退出，掀起帘子时仍不死心地回眼张望，而这一望之后，她抑制不住地失声惊呼："太妃，您身上穿的?! 这是男子的内衫！"

那声惊呼伴着琉璃冰盘里盛满的冰凉气息，一路跌在燕脂的身上，她不禁一个冷战。浑身无力得连站起都不能，仿佛一只落入网中的虫，只能惶然着。

殿外，凄凄切切的虫鸣飘散，殿内，静寂若死。突地，一声轻笑带着微微的呼吸，像一只透明的蝴蝶，很妩媚地，在空气中飘忽地游离着。

"叫你着急，穿错了吧？"

在封荣低低颤动的声音里轻纱床幔掀了起来，入眼的轻软锦绣衾褥散乱着。自里面走出来的封荣，裸着上身只穿了件雪白的绸裤。待走到燕脂身后时，灵活的指三两下就剥下了燕脂身上的内衫，披在自己身上。

没了内衫的燕脂，身上就只着了一件捻金牡丹肚兜，露出的肩背，凝脂

一样的肌肤上红痕斑斑。她仰头怒瞪着他，在封荣看来竟也似双目柔媚如丝，他心神荡漾，顺势弯下身将手探入燕脂的肚兜，唇亦啃噬在她的肩胛。

李嬷嬷此时才如梦方醒，颤声呼道："皇上！"

却正迎上一双眼，清澈得没有一丝阴影，孩童似的天真无邪，却又凌厉得噬人恐怖。

"没眼色的奴才，还不滚出去？"

皇宫里的规矩，叫滚就不能起身，李嬷嬷忙不迭地重重磕了几个头，跌爬着离开了。殿外明媚的阳光笼着她离去的背影，拖出一道深色的灰来，一路狼狈而去。

燕脂看着那背影，一把抓住封荣犹不老实的手，恼也不是，恨也不是，空自把牙咬得痒痒的："冤家，你要害死我吗？"

"哎呀，你在撵朕走吗？"封荣眼一转，就抽出了手，动作快得不见一丝缱绻，转身站在窗前，轻轻笑道："长日漫漫，没了你可真难熬啊！"

说完，回眼斜斜地看了过来，眼波流转，虽弯若弦月，却是冷冰冰的。被那样的冰冷望着，燕脂反觉得身上有火烧起来了，炙热得她扑在封荣背上，紧紧拥住他："真的有那么难熬吗？"

封荣身体一颤，含着一点嘲讽的笑声便化为涟漪，一层层散在燕脂身上，带着麻醉的成分："在这陈宫里，你不觉得难熬吗？"

为了怕人窥视，窗前垂了陈国做工最精致的蝉翼青纱幔，光和影徘徊在其上，阴郁而暧昧地潋滟似的漾开来。燕脂自封荣身后拥着他，纯白丝罗凉滑地浸淫在她的肌肤上，有种近似晕眩的疼。好似春日的雨，看得见，摸得着，却抓不到。饶是如此，幸福的感觉依旧胀满了心口的空洞。胀得一片片，一层层，剥开她的骨与魂，仿佛要爆裂开一般，无法磨灭的惨烈。

燕脂咬了咬嘴唇，微微地蹙起了眉，在封荣看不见的背后露出了脆弱的神情，低低地道："以前经历过更加难熬的，所以便也不觉得现在怎样了。"

燕脂的额头抵在封荣的背上，许是因为看不到封荣的神色，她蹙起的眉端就宛如藏在花萼下面的刺，尖尖的怨毒："那一夜我最亲的人，为了救我，去顶替了本应是我该受到的耻辱……我们离得那么近，她有勇气救我，我却没有勇气救她……那些声音比钢刀还锋利，一声一声地剜在耳内，剜在心头，一夜竟仿佛十年，长得没有尽头……”

封荣身子一动想要回身，燕脂却抓住他，伸手掩住他的唇。

“封荣，我死了你会伤心吗？”

指下的唇呼出一抹温热的气息，似是一声嗤笑。他的唇柔软温暖，轻轻慢慢，不怎么经心的吻落在指间，像小孩子在撒娇一般。

封荣的身上是她惯焚的佳楠的香气，这香气第一次让燕脂觉得头晕目眩，仿若是毒药。然而，怨毒的尽处仍旧现出了三分柔情露在眉间，燕脂轻缓絮语着：“我那样的爱你，即便是我死了，你也要记住，知道吗？”

语罢一笑，七分酸楚掩入眼底，笑声低微而支离破碎的近似哭泣。燕脂的影即便是印在封荣的影上，仍是淡得像是伫在海边的沙垒，海浪一碰，便要成灰。

次日的午后，热得一丝风都没有。整块的冰搁在梨木的冰桶内，被暑气蒸得丝丝冒起白烟，冰下隔的铜格子下放着描花的瓷盆，一滴一滴冰融水落，一爿湛青的荷叶铺在融开的水上，就几似无声。

封荣照例在钦勤殿内午睡，模模糊糊中就听见远远的金钟之声，一声一声似是永远没有止境。他最厌烦有声响吵了他睡觉，遂不耐地翻了个身。

守在帐外的德保极为警觉，忙轻声开口道：“陛下醒了？”

睡意还浓，封荣就只含糊地问了一声：“外面怎么了？”

德保沉吟了一下，方才回道：“燕太妃薨天了，陛下。”

半晌不见金丝帐里出声，却原来是又睡着了。金钟敲了半晌也止了，而后，夜深了。

封荣这一觉睡得极沉，到了午夜才起身。德保守在床前，拍手就待唤人，却被封荣扬手止住。

“好闷，朕随便走走。”

说着封荣连鞋子也不曾穿，赤足就往外走。信步走到宫人轮值休息的侧殿，就听见里面一个尖锐的声音：“燕太妃出身卑贱，不过是靠狐媚子功夫才撑了十年,她一死那些个凭着裙带关系鸡犬升天的什么文安侯,什么墨国夫人我看都得倒了!”

封荣站在那里,仿佛没听见里面的人在说什么,一双眼骨碌乱转。殿外星光漫天,银白的月却只在墨色的天空留了一弯微痕,原来是弦月。

跟在封荣身后的德保眼看他这样的神色,不由惊得眼皮一跳,忙把头低下去,也不敢作声。

封荣转身缓步走回内殿,素白的烛光照耀下,他的一双赤足亦恍如白玉,踏在乌金的地上无声无息。

待回到了内殿,封荣重又躺在床上,孩子似顽劣地在锦褥上滚了两回,才对德保道:“叫人把四达拖出去,杖毙。”

四达正是刚才说话的内监,德保不敢多言,忙跪在地上应道:“是!”

起身时,封荣已经闭上了眼睛,仿佛已经沉睡,只有胸前的玄丝团龙在灯下熠熠生辉,宛如鲜活。

拾

康遥宫是历代太后所居之处,封荣除了登基那日上过朝,来过康慈宫之外,就再也没来过,自然也再也没上过朝。

而今日被太后李氏诏来的封荣坐在美人榻上,窗外的老榕树影映进来,他一身都是阴阴绿意。

新贡上来的西瓜切成小块盛在玉碗里,封荣也不用勺子,直接用手拈了放在嘴里,然后随口一吐,一旁抱着金钵子的内侍急忙后退几步,左摇右摆,几粒西瓜子正落进了金钵子里。

封荣不由得一乐,信口道:“好奴婢,赏。”

内侍伏地谢恩,封荣却趁内侍不备的功夫,又吐出了几粒西瓜子,不想一人打了帘子进来,被吐了个满脸。

“哎哟，皇上，您怎么还爱干这等小孩子似的事儿呢?!”

说话的李嬷嬷一边用帕子擦着脸，一边谄媚笑道，半晌，见封荣不理她，笑容就不由变得讪讪的。

李太后一直在一扇簪花仕女的沉香屏风后礼佛，此时方起了身，簪环摇曳的影映在其上，竟比屏风上的侍女图还要婀娜上几分。

李太后绕过屏风，坐在南墙红檀榻上，没有依着背靠与引枕，端端正正地直坐。她仪态端庄，气定神闲地淡淡对封荣开口：“皇帝，听说你最近彻夜饮宴？现在还是燕太妃新丧，你不知道吗?”

说完抬眼看了封荣一下。见他面上没有丝毫的变化，暗忖了稍许。才将手搭在李嬷嬷手上，起身来到封荣身旁道：“太妃新丧，宴会歌舞都是必须止了的，这是规矩。”

李太后说着，伸手便想要摸上封荣的面颊。封荣却似不经意地一侧头，望着窗外，微微牵了牵唇角，表情似笑非笑。

封荣蝶翅一般的睫毛，在脸上投下晦暗的痕迹，窗外绿阴浓重，微风中树叶一直在沙沙作响。李太后的手僵在空中，只能长久地凝视着他的侧影。

“母后。”他的睫毛盛着细密低迷的微光，抬起，轻轻一唤：“真可惜，我很喜欢那个女人呢……”

李太后受了一惊，只看见封荣盯着自己的那双眼睛，黝黑而清澈，笑得竟如从未见过风雨世事一般。

簪花屏风后，花枝交缠的红铜香炉里燃着异域的沉香，袅袅在康慈宫里纠缠升起，聚散如烟花。

李太后缓缓收回手，心中忖道：“究竟是从什么时候起，他已经跟我生分到了如此地步?”

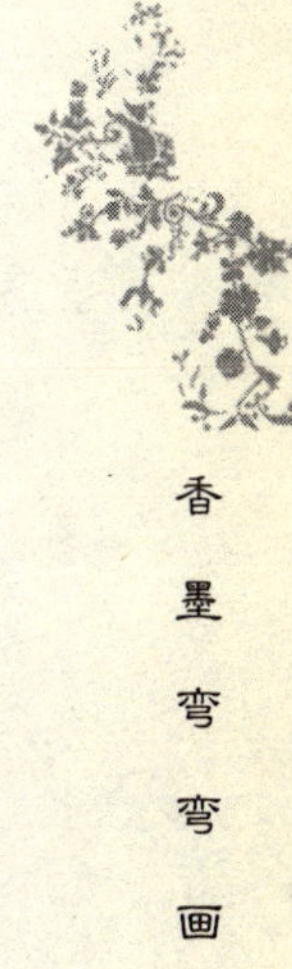

承之卷

香墨弯弯画

巧蓝是早于宫使一日到的平洲。

定安将军十年来第一次返回东都，朝谒新皇。然而本应一个月前就到东都的队伍，被突如其来的暴热耽搁在了平洲。

平洲的驿馆是两进的院落，七月里的天气，即使是夜晚也似燃着火，炙热得连呼吸都被凝结住了，而巧蓝依旧披着一件漆黑的斗篷，在侍女引领下进了内堂。

院子里几株狭长的白玉簪开得如月皎洁，巧蓝身上犹带着玉簪的清香跨过门槛，伸手掀落兜帽的同时，一股极其浓郁的香气向她扑来，巧蓝一愣，细细分辨，不由一惊，长居宫中的她知道，那正是长期礼佛的人才能沉淀凝结出的檀香。

侍女朝向室内帷幕之后，轻声说："夫人，人来了。"

片刻后，帷幕动了动。

室内数盏灯火光芒通彻，隔绝内外的锦帘，明明布料厚重，此时在灯下也变得极轻极软。交错绣着葱倩与黛紫飞鸟的锦帛帷幕，内室的人影淡淡地照在其上。半晌后，内里才伸出一只蜜色涂着丹蔻的手，慢慢拨开了帷幕。

松花色的缠枝袖下露出手指，一串沉香佛珠漫不经心地在指间绕着。一百零八颗佛珠，佛头上的藏青色流苏一直垂在桃红色的裙上，随着微缓的步伐，慢慢扬起又慢慢落下。

看着那张因眉深目重而变得浓艳的面容，巧蓝的眼渐渐模糊，只觉得香墨周身笼了一层晕光，她骇得缓缓跪在地上，颤声道："私逃宫婢巧蓝，见过墨国夫人。"

香墨上前扶起她，微微蹙着眉，问："巧蓝，出什么事了？"

巧蓝抬头警醒地朝四下看了看，方才眼神闪闪地看向香墨。

"有什么话就说，无妨的。"香墨遣下了侍女，才偏着头看她，那双似是被香火迷蒙了一样的眼睛微微眯起来，说："那人近两三年都不曾进过我的房间了。"

香墨说得毫不在意，巧蓝却不禁陡然一惊，沉默了半晌，方才哽咽出声："主子她……在一个月之前已经薨天了……"

香墨闻言，只觉得心突然涨大了，挤得她透不过气来，耳朵里听了一个夏天的蝉声，像耳鸣一样震得她缓缓后退坐在椅子上。转眼盯着窗下白玉簪花，眼睛渐渐模糊，但她马上低头垂下了浓密的长睫，掩住了泪光。神态端然，可手死死攥住佛珠，心跳还是慢慢慢慢地沉重起来："她最后都说了什么……"

巧蓝低泣："主子说，她很幸福，请夫人您不要挂念……"

香墨鸦翼似的睫毛瑟瑟地抖着，良久，方道："她是被太后怎么送走的？下毒？白绫？还是五马分尸？"

"那日主子去了康慈宫喝完茶回来，睡了个午觉后，就腹痛不止，然后就……”

却不待巧蓝说完，香墨猛地睁眼，几乎是恶狠狠地瞪着她，厉声道：“太后为什么突然对她下手?！我以为就算她忍不住，也要等一段时日，为什么这么早?！”

巧蓝本不想说，却在此一瞬间，瞧见香墨眼中已凝了一团戾气，不禁心头一突，一时也不知如何，只嗫嚅：“因为……因为……主子和陛下有了私情，被李嬷嬷撞见……”

室内的檀香气息愈见浓郁，巧蓝的声音在耳边隐隐回荡，如同远在千万里之外。香墨手指与沉香佛珠紧紧纠结，全不知自己身在何处。这一阵恍惚，似是有一生那么长，却只是一刹那。

“所以，她说很幸福?”

巧蓝再也忍不住，掩面而泣：“是的，夫人，请节哀……”

“我知道了。我这里你也不能久留，你仓皇出逃，看来也没带什么，我给你准备些银钱，你走吧！走得越远越好……”

待侍女送走了巧蓝，香墨坐在那里很久很久，发不出声音，眼却愈来愈模糊，只在朦胧间看见室内的灯火，明亮地照着。一片耀眼到了极处的光芒里，燕脂的笑颜是恍惚幻在眼前，她看见燕脂站在陈王府的角门外，暮夏时落日迷离，明明是泪流不止，却依旧勉力笑着。

那是姐妹最后一次见面时的情景。到现在，连她最细微的神情都还清楚记得，只是今生连最后一面都没见到。

香墨缓缓松开自己的手，狠力地将手中的佛珠扯下来，念珠穿在藏青的丝绳上，非常结实。只扯下了一个，剩下的珠子在线上轻轻地滑下去，哗啦啦地洒满了一地。这一响，让香墨一惊，方回过神从椅子上起身。全身没有一点力气，勉强微微颤抖着手脚来到内堂。一把将佛龛上供着尺余高的白玉观音惯在地上，羊脂白玉断成几截。她随即抄起鎏金香炉又砸向那些碎片，一下，又一下，直至将白玉观音砸得粉碎。

身上被汗湿透了，沿着身子淌下，倒似被刀子一道道地割开，血涌了出来。

第二日，天气仍是炎热难耐，即使平洲驿馆花木浓阴，还是抵受不住暑气。陈瑞不耐，索性叫了戏班进来，在临水而设的亭台里喧起了鼓乐，曲目是《伍子胥传》。一时水清乐来，倒也清凉一片。

平洲并不是什么繁华之地，因而不论伶人怎样将声音掐得凄凄切切，仍旧让人只觉得厌倦。香墨强打精神去看，一旁坐着此次一同赴京的陈瑞和他的正室夫人安氏，新纳的第七房宠妾契兰。

安氏到底是名门出身，此时一面摇着手中内制团扇，一面蹙眉对陈瑞道："按例先皇守丧三年，此期间不宜乐宴吧？"

还不等陈瑞答话，契兰便拿着丝帕掩唇娇俏一笑，接口道："姐姐，出来了哪里还有那么多忌讳，咱们只图个高兴就好了。"

安氏以扇掩唇，微微一笑，一派大家闺秀的仪态。只有坐在她身侧的香墨，才听见极为轻微的一声："蛮子！"

而契兰正是出身南夷。

台上的人刚唱完伍子胥自刎前的最后一句唱词："吾死后，将吾眼挖出悬挂于吴京之东门上，以看吴灭亡。"

那时香墨还在想，这个可怜的人，到死都无法看一眼自己的故乡。然后，宫使的报丧信就到了。

香墨面色如常，倒是安氏面上神色几转，脸上浮起一层十分奇异的微笑，慢慢地对香墨说："妹妹节哀。"

语音温柔，仿佛感同身受的哀怜。

"也好，去了也是孝敬先帝爷，不算她福薄。"香墨扬声极为爽脆地一笑："还好这出戏刚好唱完了，不然今晚可得惦记呢！"

契兰冷冷一哼，毫不客气地揶揄道："倒真想得开呢！"

香墨则仿佛没听出话外之意，仍旧笑说："妹妹谬赞了。"

契兰还待说什么，陈瑞已经状似随意地开口："你的佛珠呢？"

香墨的声音与神情一样含笑无波，一字一字都咬得极清楚："不小心扯散了。"

戏散人散，难得陈瑞也跟香墨回了房，在室内绕了一圈之后，伸手捏住香墨的下颌，细细地打量着她，微笑着说："你那尊专程请了活佛开光的白玉观音呢?”

香墨仰首迎着他,嫣然一笑,眼神晶亮,不答反问:“我们什么时候走?”

陈瑞忽地恍惚了一下,随即不禁失笑:“你究竟是聪明呢,还是糊涂?”

说罢忍不住伸手,抱住了香墨,香墨挣了一下,然后还是乖乖地把头靠在他肩上。

“有的女人高兴时笑得最漂亮,有的女人喜欢上一个人时笑得最漂亮,有的女人生气时笑得最漂亮。而你,别有所图的时候笑得最漂亮。”

陈瑞掌心的温度透过薄薄的纱烫在她的肌肤上,近在咫尺的一双深不见底的眼眸,不带一丝一毫的感情。

香墨难以自制地起了一身寒栗,然而他们离得那样近,她连躲避也无处可去,只得任凭他用极冷的目光寸寸钉住她。

“我就是别有所图,你不也是十年阻我赴京?”

陈瑞轻笑:“你知道了?有这么明显吗?”

他的声音在耳畔,那样坦然,坦然得令香墨生出一种难言的滋味,细细分辨,竟像是怨恨。

戏台是搭在平洲城内一处偏僻的空场上,锣鼓丝竹嘈嘈切切响起时,台下的人则是寥寥无几,戏台上的人已经见怪不怪了。在陈国,胡人的戏班在每个城镇初时受到的都是冷遇。

不多时,饰演卓文君的莫姬款款而上,金花银底子的长缎水袖轻振,髻上插着的金步摇顿时摇曳生姿,流水一般地淌出汉时往事,重重楼台下痴情男女,又是一场戏开锣。

微倾头,司马相如不用弹奏,只扬声高唱,唱的是一曲凤求凰。

凤兮凤兮归故乡,遨游四海求其凰。时未遇兮无所将,何悟今兮升斯堂!有艳淑女在闺房,室迩人遐毒我肠。何缘交颈为鸳鸯,胡颉颃兮共翱翔!

眼风若有若无地扫下台去,台下不知何时已是人头攒动,众人兴致勃勃地看着听着。

待见到他目光转移时,不约而同地猛然爆发出阵阵喝彩之声。

他扬眉一笑，抬眼既不看卓文君，也不看台下，只是看向天的尽头。

尽头之处，一个烧得火红的圆日正在落下，火红霞云，横卧苍穹。映得他的眼及眼下的平洲都染了一层橘红，然而似只是转瞬之间，圆日已经落在天尽头，黑暗迅速铺陈而出。

他目睹此景，本应哀愁感伤的心蓦然就被一种莫名且强烈的情绪所感染，不禁扬眉深深地吸了口气，接着朗声高唱道："凰兮凰兮从我栖，得托孳尾永为妃。交情通意心和谐，中夜相从知者谁？双翼俱起翻高飞，无感我思使余悲。"

音色间已无了缱绻柔情，而是说不出的豪情壮志。

唱罢下台，后台是一间阴凉的屋子，青红碧翠的廉价戏袍累累地堆满了临墙几个木箱子，当中一排桌椅，桌子上是一排铜镜。他接过手帕胡乱地擦了汗，正看见数十名官兵在后台翻箱倒柜地搜索着什么，不由皱眉问道："怎么了？"

班主阿尔江犹坐在那里悠闲地抽着旱烟，道："好像是哪个大户人家的侍妾跑了。"

说完，磕了磕烟杆，冷不防一阵风扑来，磕出来的烟灰又都落在阿尔江一直吹落在胸前的苍白胡须上。夹了烟灰的胡子一路垂在天青的胡服襟前，也不在意，继续抽着旱烟，倒是他看不过，弯身替阿尔江擦着胡子。

莫姬坐在妆镜前一边卸妆，一边朝着镜里一笑，讥诮道："蓝青，是不是你又把人家的魂给勾跑了啊？"

蓝青并不理会莫姬，见搜索的人走远了，才迅疾地敛起眉峰，微微上挑的眼角，忽然散射出凌厉的寒意，对着阿尔江身后的幔帐道："我知道你躲在里面，人走了，你出来吧！"

那帐幔泛着焦黄的颜色，已是陈旧极了。蓝青说完半晌，幔帐微动，自里面走出一个女人。

蓝青眯起眼睛看着她。

出来的是妇人装扮的女子，看起来二十四五的年纪，身量不高，浓丽眉目倒也称得上是个美人。

"唉？还真是躲在咱们班子里了?!"莫姬惊得一呆，懒洋洋地站起身，

擎了烛过来，上下打量了一番，尖锐地笑了起来：“不管你是谁，快走吧，别给我们添麻烦！”

烛光晃晃地落在女子身上，如同游动的小蛇，粼粼照耀下，清晰可见女人身上月牙白的纱裙已染了沙尘，昏黄的污渍中仍能看出其上纹绣繁复的精巧花纹。蓝青不禁眉皱得更深，戏班子里这样的绢纱衣裳即便是上台也不用，不耐脏，不耐洗，禁不起任何撕扯，价钱却昂贵无比。

女人在蓝青冰冷目光的注视下，仍坦然地微笑着，浑不畏惧，只是面上遍是尘土。她目光缓缓转过蓝青和莫姬，最后落在仍旧抽着旱烟的阿尔江身上，于是迈步上前，福身一礼道：“老爹，求你带我走。”

这样大胆的说辞，连蓝青都不禁一呆。

阿尔江磕了磕烟袋，笑眯眯地问：“你想去哪？”

“东都。”女人毫不犹豫地回答，眸子里映着火，犹如火烧云霞，散发着炙人的灼热明亮。

迟疑了一下又道：“即便不能带我去东都，哪怕带我出了平洲也成。”

蓝青唇角不耐地抿成一条直线，打破了面上一贯的冰冷，现出了焦虑和讥讽掺杂在一起的神色：“老爹，别惹麻烦。”

女人似乎误会了蓝青的顾虑，迟疑了一下便很快地褪下了手腕上的一对翡翠镯子，颈间的金锁以及发上的簪钗，流丽的金翠之光一股脑地都塞进了阿尔江老爹的怀里。

蓝青、莫姬以及阿尔江一时皆被骇住，蓝青呆了片刻抬手，细而长，尖细若女子的手指，似乎是不堪重负地擎着宝石戒指。其实不用看也知道，只戒指上镶嵌的锡兰猫眼就已经能买下十个这样的戏班子。

蓝青抬眼再次看向女子，蓝宝石似的眼瞳泛起微淡的波纹。像是在冷笑，又像是在嘲讽：“你把你身上东西都给了我们，就不怕我们私吞了然后赶走你，就是到了东都，你没有银钱，难道去乞讨？”

“我娘家在东都，家境十分殷实，倒不用我去乞讨。至于你想私吞赶走我，我便去跟我丈夫说你们拐带了我私奔。”

女人悠然说着，声音柔和。因簪钗都卸了，本就凌乱的发髻就散了半边，戏台后的烛火并不明亮，斑驳的光影里，女人明亮到藏不住一丝阴霾的眼神看向蓝青，眼睛笑起来的时候弯弯的，竟有一丝很无邪的味道。

自知已经惹上了麻烦的莫姬，头痛似的摸了摸额头："原本跟你私奔的情郎呢？"

女人的眉微微纠结了一下，沉默了片刻，才道："卷了我的东西跑了。"

事实证明女人的同情心是极容易泛滥的，上一刻还在想怎么赶走女人的莫姬转眼就有些眼泪汪汪地看着阿尔江老爹和蓝青："算了，我们留下她吧。"

阿尔江老爹笑意更浓："路费虽然不怎么够，正好咱们也缺人，叫她帮把手打打杂也好。"

"老爹！"蓝青一惊，声音也不由高了："这怎么行?!"

女人却不领情，冷冷一笑："你们别在这里唱红白脸，那些个东西够你们在平洲和东都之间走上十趟了！"

蓝青也不由得轻哼一声："你不过是个逃妾，走出去你自己看看，除了我们谁敢带你?!"

说完，毫不客气地将阿尔江老爹怀内的钗环掷到地上。已经被踩得乌黑青绿的地毯上一时珠光飞溅，一枝金花簪子落在女子脚下，缀饰的璎珞犹在沙沙作响。女子一僵，但只能恨恨地站在那里，手指不受控制地蜷曲起来，似是用了极大的力，已将自己的裙捏出一条紧促的折痕，那双眼因怒瞪得浑圆，倒似一只被惹怒的猫，天真而倔强。

连莫姬都觉得十分有趣，嗤笑出声："走吧，我带你出去。"

女子垂着头就待随莫姬出门，走至门口时不知是想起什么，缓缓回过头，一对清澈的眼失了焦距似的，带着迷蒙的光一瞬不瞬地看着他。

蓝青心中猛地泛起一种怪异的感觉，这感觉仿佛是熟悉的，然而面上依旧淡漠，只一双蔚蓝的眼似是深不见底，在烛光下流转动人："你叫什么名字？"

"香墨。"她缓缓开口，眉宇间锁着浓浓困惑："我们是不是在哪里见过？"

蓝青的眼不禁微微一眯，唇边轻轻抽搐，冷声对一脸讪讪的莫姬道："你带她下去换身衣服，她身上这身皮你也别贪小便宜偷藏下来，记得一定要烧掉。”

莫姬不敢再笑，连忙带了香墨出去。微摇的烛火落在窗纱上，一点点跃跃的光，而香墨从窗前走过的影，投到了窗纱上，剪影纤柔秀逸。

直至那影渐渐从薄纱上消失，不过是短短几步的瞬间，反而漫长得犹如徒步走完整个黑夜。

而后隐隐传来莫姬肆无忌惮的笑语：“你可当心，别被蓝青锁了魂去。”

蓝青才知道自己一直屏住了呼吸。

一旁，阿尔江老爹蹲在地上一面抽着旱烟，一面拾起地上的金钗，呵呵笑道：“赚到了，赚到了！”

在平洲又逗留了两天，甚至曾到驿馆为定安将军唱了一出《凤求凰》，蓝青等人才出了平洲城，往北而上。二十余名胡人组成的戏班子，人多得无法负担客栈的费用，大多时都是在郊外露营。

过了平洲的地界，酷热难耐的暑意便消散了许多。这一日戏班因休整所以不急着赶路，蓝青一觉睡到了晌午，出了帐篷，走不了几步便来到蜿蜒的小河前。河里几名胡姬在洗着衣服，岸边树与树之间系了很多绳子，洗好的衣服就晾晒在上面。有些是戏服，有些是胡姬们日常穿的胡服，衣色灿烂，缠花绣金簇拥着枝条一样垂下来，尽管有绳子支撑着，仍然快垂到了地面上。绚烂中莫姬和几名同是伶人的胡姬坐在如茵草地上，远远望去锦绣胜戏。

莫姬等人和正在晾衣服的香墨说笑着，胡姬肤色都极为白皙，香墨夹杂其中，更是衬得肤色若蜜。她的发同所有胡姬一样打散了披下来，青丝绳结上扭了桂花枝的花样，廉价的五色石榴石混着琉璃珠子在一股股细长发辫中填合，折射着阳光不断摇曳着。她画目艳唇，倒比因是混血的缘故黑发黑眸的莫姬更像是胡姬。

蓝青走得近了，看得更加清楚，香墨每说一句话都引得胡姬们开心大笑，自己也跟着笑，只是她的笑不似他见惯了的陈国女子矫作地掩唇轻笑，而是露出一口白亮整齐的牙，同胡姬们一般，爽朗的笑声几乎掩住了河水的哗哗声。

蓝青不禁冷冷一哼，这几天莫姬就一直在他的耳边唠叨，说香墨这样好，那样好，性子爽朗得不像是陈国朱门贵户的女子。可蓝青却嗤之以鼻，那女人明明热络地同莫姬她们说笑，可眉目灵活已极，显然是在察言观色，转眼垂眸时，就掩不住层层叠叠的堆花珠珞下眼角眉梢的愁意。不高兴还强作欢颜，在他看来，这不过是奸狡的陈国人惯常笼络人心的手段罢了。

蓝青再看过去时，才发现香墨已经看到了他，就听她扑哧一笑。迎着日光的乌眸随着笑意晕开来，蔚蓝的天影水色溶散在其中，蒙蒙一片，竟让他觉得微微地眩晕。

蓝青并不想理她，对她的笑视若无睹，正要离开。香墨却向他走了过来，她的身上穿着一件织着丁香花的素净薄青胡服，腰束的郭洛带上系着一串铃铛，金灿灿的在有些黯淡的半旧胡服上跳脱着，伴着发间成串石榴石与琉璃璎珞长长地垂下来飘在胸前，随着她轻盈的步伐，碎玉似的清脆作响。

而她脚步移动时，蓝青才发现她并没有穿鞋子，条纹裤脚也并未束起，散散的贴着赤裸的足，每迈一步，便会带动一阵微微的清风，惊起脚下的草轻轻摇曳，恍似绕着她的赤足不舍盘旋一般。直到走至蓝青的身前，那铃声才终于停歇。

香墨立在蓝青眼前，肆无忌惮地打量了一番，才问："咱们还有多少天能到东都？"

蓝青被她看得一窘，依旧不想理她，转身就走，香墨却笑着拉住了他的袖子。他无法脱身，就只能冷冷地瞥了她一眼，道："还有半个月。"

说完蓝青抬起袖子，想挣脱她的手指，哪想扯了几下都没有扯出来，也不知道为什么忽然地一阵怒意从脚底蹿上来，一直到头顶。"怎么，你很急吗？情郎都跑了，还急着赶路做什么？还是……你吃不惯凡事都得动手的苦啊？"

她的脸色倏然一变，咬了咬嘴唇似想说什么，然而终究什么都没说，拽着他袖子的手缓缓松开。

蓝青走了几步，又停住脚，转头对一脸看好戏神色的莫姬道："厨房里缺人手，叫她过去帮忙。"

莫姬一愣，随即就想要说情，但看见蓝青的神色后，便嘿嘿一笑，轻咳一声后附和道：“都听大爷你的。”

蓝青迈步离去，目光从香墨脸上迅速扫过，不曾停留半分。

晚饭前，蓝青晃进厨房的帐篷时，正看见香墨对着那只足有五个脸盆大的锅子和媲美铲子的炒菜勺子发呆。

“你还是不是女人？连做菜都不会？”蓝青几乎是用平心静气的甚至带点温柔的口气，“啊，我忘记你是从大户人家逃出来的和人私奔的侍妾。”

眼看着面前的人脸色骤变，他的唇际不觉已擒了一抹笑意。

香墨沉默了一下，然后转头背过蓝青，非常轻地嘀咕了一句。

蓝青的只听到几个模糊的字节，不由扬眉冷声问道：“你说什么？”

香墨见他没有听清，侧过头，立刻就颇为神气地翘起嘴角，灿烂地笑了：“没什么。”

一片烟火的油腻中状极狼狈的香墨，此刻却站得笔直，烛光将她蜜色的脸孔涂泽金红，廉价的石榴花在她乌密的发辫间却开得如火如荼。她的眸子甚至带着两三分得意地直视着他。

本来在心中得意的蓝青，看着眼前这场景不禁有了些挫败感和一些其他的东西，可面上仍是维持着冷漠，眼在简陋的帐篷里一转，随即有了一抹小小的恶意：“我晚上要洗澡，记得烧一桶热水。”

然后看她呆住的样子，心里就忽然涌起了难以言喻的欣快。走出帐外时，连自己都不禁纳闷，为什么就是喜欢欺负她呢？

“热水来了。”

清脆的声音响起时，泡在浴桶里的蓝青还来不及反应，帘子就被掀开，香墨拎着一桶热水走了进来。

一盏笼在牛皮纸里的灯，在青布织成的有些脏污的帐帷上晃动，不大的帐篷当中，一只木桶散发着腾腾的雾气，蓝青的面孔就变得有些影影绰绰。香墨又走近了几步，才看清了蓝青打湿若缎的长发下，平滑舒展的眉端，和嘴角略上翘的弧度，英俊已极的样貌，不知怎的，香墨又一次忽然觉得似曾相识。

恍惚中蓝青几乎全身都缩进水内，羞恼交加地道：“怎么是你?”

香墨本转身想走，可是看蓝青的面颊不知是羞的，还是被热水蒸得透着红晕，越发衬得他的肤色若羊脂白玉。不由眼转了转，不退反进，走到浴桶前，勾起一个笑容，向前探身，深深望住蓝青湛蓝的眼睛，一边将一瓢热水浇在桶内，一边微笑说道：“诺古闪了腰，只好我来了。”

“看什么看，放下热水还不快走?!”

杨木的浴桶内，水蒸雾气缓缓上升到了尺许的高度，向四周溢开，腻腻地黏结在肌肤上，带着一股暖暖的气息，在这盛夏的夜里，几乎让人窒息。

蓝青那乌黑发亮的发飘荡在水中，香墨伸手抬起他的下颌。他的脸上棱角鲜明深邃，覆盖着额际的刘海也被水打湿了，水珠从发际至眉梢，再至眼角，一直向下落在香墨的手心里。然后，香墨就看见了他右额上那道疤痕，许是受伤的年头长了，已经成了淡淡的一道白痕，但依旧掩饰不住的狰狞。

这狰狞忽然在香墨心底引起轻微的颤抖。

她笑，然后微微摇头，决定不去思考这无聊的颤抖的来由，只道：“美人如花隔云端。”

蓝青是个极度骄傲的人，此时面孔赫然一熏，火辣辣的，是耻辱，又似乎还夹有别的什么，他自己也分辨不出。先是垂下头，随即马上又抬头，毫不闪躲，直直望回去，将一个貌似含情的诡异凝望维持了片刻后，道：“这是调戏。”

香墨轻笑出声，却伸出双手，用食指的指尖放在蓝青脸颊处，往两边扯：“调戏？小孩子，你才多大?”

她的指尖因沾了热水，触摸到蓝青皮肤的那一瞬间，蓝青心尖似被烫一般猛地收缩一下，一股温热的暖流从心口波动到全身，血脉突如其来地层层扩张开，心在胸口猛然就剧烈地跳动起来。他失措得几乎连面孔都淹进水中，涨红了脸，“你……你……”

你了半天也没能接出个下文。

香墨已经笑着转身离去。

戏班走了十数日就到了风吉，已经微微凉爽的天气又陡然变得炙热起来。戏班照例先在城外搭了帐篷，要先派人到城里探查情况，原来应和蓝青一起的莫姬中暑晕倒，就变成了香墨陪他一起进城。

本来由东门进城的他们，在说了此行的目的之后，士兵毫不迟疑地举枪一拦，道："去西门进城。"

他们一愣，但只得无奈又绕道西门，这次倒是未被阻拦，顺利地进了城。

风吉城内雕楼华阁，鲜衣怒马，密集的黑色的瓦砾在烈日下发着耀目的白光，没有一丝风，反复暴晒的街道都笼在几欲窒息的热气之中。

蓝青和香墨往东北绕，走过一条长长的街道，然后就看见一个巨大的木栏杆拦在了东城与西城之间。

一栏之隔的东城破败得惊心触目，饿得筋骨分明的人，尽量避免被太阳烤焦而躲在残垣断瓦下。还有数十个衣衫褴褛的人被把守的兵勇放进了西城，头上插着稻草，跪在栅栏旁的空地上待价而沽。有的则倒在地上，紧闭双目仿若死去一般，听到脚步声才又勉力抬起头。蓝青一身胡服，赤紫缠银极为炫目，却不过是让那些混浊的眼晃动一下，随即重又阖上。

香墨一皱眉，拉过蓝青欲往回走，然而蓝青已经止了脚步，平日总是冰冷一片的英俊面容，此时一瞬间面上神色异常悲怜。

还不待蓝青上前，一队人便从他们身侧张扬走过，黑色锦衣家奴装扮的中年男子，拿着皮鞭在一众人中不由分说地挥下。人们不闪不避，偶有一两声低呜，挤挤挨挨地缩成一团，目中却露出了希冀的神色。

中年男子围着他们转了一圈，才用皮鞭挑起一个抱着几个月大婴儿的妇人的下颚，扬声道："我家主人只要一个女仆，不要孩子，你扔了孩子跟我走吧。"

妇人眼中本充满了狂喜，却在男人一句话间跌个粉碎，伏跪在地，哭求道："老爷，你行行好，连着两年的旱灾让所有的收成都没了，我若扔了我儿，他就断断没有活路了！只要你让我带着他，我做什么都成，我保证不会耽误干活的，我保证！"

男人将皮鞭一甩，啪的一声脆响，如同他的神色一样的无情："不成！

要不都饿死，要不你跟我走！”

妇人抬起头，脏污的面上转动着惶惑的眼，犹豫了许久，终不肯撒开手。她怀中的婴儿，似是明白了自己的处境，慌乱地发出哭喊，细细的仿若猫叫一般。

香墨狠狠吸了一口气，强迫自己别开眼，就看见她身侧的蓝青，手紧紧地握着，指节都攥得发了白。

蓝青茫然四顾，守卫的士兵和身后偶尔经过的齐整明丽的人，面上皆是一片淡漠，人人都视而不见。

他忍无可忍，大步走上前，把怀中的财物尽数掏出，一部分给了那妇人，一部分给了其余人。

“拿去吧。”

妇人和众人愣了好半晌，然后猛地磕头：“公子，您的大恩大德，我永世不忘！”

那本来要买妇人的家奴也没恼，只是看着蓝青冷冷地讥讽地笑着。

香墨的脊背猛然僵住，面上依旧是一片淡漠，只有背在身后的秀丽十指，不可遏止地颤抖着。

直到蓝青在她肩上推了一把，她才回过神来。蓝青一面拉着她走，一面道：“还不快走！”说完湛蓝的眼扫过来，那目光却也是淡漠得仿佛带着一丝鄙夷的凉意。

“真不明白你们陈国人，心肠怎么这么狠，这要是在陆国，才不会有这种事情。你们这里的女人也是，身份越是显贵，就越是不笑。即便是笑，也是皮笑肉不笑的，真是搞不懂你们陈国人。”

香墨跟着他越走越快，天若燃火，脚下则仿佛生了烈焰，一步一步灼烧沁骨。

两人到底是耽误了出城的时辰，城门上了锁，无奈就在城中一处客栈住了一晚。辗转了一夜的香墨天还未亮就醒了，偷偷穿衣出门，来到东西两城的交界处。果不其然就看见那一大一小两具尸体，衣衫破烂，面孔肮脏地满是沙泥。

她拿钱雇了辆马车把两个人拉到城外挖坑埋了，母子两人共一处新

坟，她站在坟前的无字木碑前。

“你们也莫要怨，世道循环就是这样，下辈子投胎托生个好人家，要不就别做人了。”香墨低声自语，眼睛望着无字木碑，烈日映着烤焦的黄土，她摘下自己发辫上的一束石榴石，系在木碑上，难得一阵风起，石榴石在风里轻轻地飘着，倒像几双蝶儿在飞。

“我知道，不给你们食物钱粮，你们就会饿死，可是给了，还这么多饥饿以待的人……给不给你们都得死，这就是命，下辈子还是不要做人了。”

她哽咽了一下，又道：“对不起，帮不了你们……”

四下里静极了，陪着香墨的只有路边纹丝不动的树影。冷不防一声石子跳落，“噼啪”一声，香墨惊得一颤，抬起头惶惶地朝四下看了看，忽见树后的蓝青脸色略有些灰白，目光定定地看住自己。她一震，随即低下头，避开了那刀子一样的眼神。

“原来是这样。”

蓝青微微蹙起眉，慢慢地点了点头，瞧着那处新坟好半天没有说话。然后也低下头，一滴泪就落到了干裂的黄土之上，溅出一点阴暗的尘土，徐徐道：“原来我以为救了人，没想到是自己害死了她们。”

香墨猛地抬头，目光灼灼看住他：“你救不救，他们本都会死，难道你要说普天之下的灾民都是你害死的？”

“可是……”

此时日已中天，灼灼的似下着火，枯树上的蝉音杂着干涩的呜咽传入耳内。香墨本以为自己已经麻木了，这样的声音早就听而不闻了，然而不知怎的，此刻却心底一阵发酸。

她伸手抚上蓝青白皙的面颊，那双晶透蔚蓝的眼眸几乎是哀求地看着她，显出了意外的脆弱。她咬紧牙关，忍了一忍，终于还是没忍住，说：“害死他们的不是你我，不是天道，不是人道……”

“而是王道，是吗？”蓝青低低苦笑，然而马上又高声道，“我若是陈国的王，绝不会让自己的百姓过这样的日子。”

那气势则似吞没了万里江山的蛟龙。

香墨那一瞬不禁心生惊骇，但随即便只以为自己眼花了，笑了笑，拉起他的手，说："走吧。"

走远了的蓝青悄悄回头，几只乌鸦掠过。焦土千顷，鸦声嘶哑。浮华饿殍，因这王道而死的这对母子，都只不过是沧海一粟。身居皇位的皇帝，高高俯瞰着这一切，不知是没有看到，还是看到而无动于衷。

不论是哪一样，这个国家都病了，病入膏肓，苦的却是在这片土地上用自己的手和身躯生存的人。他想帮助，不是一个，而是所有，可是他终究是无能为力。

回了营地的当夜，蓝青就开始发热，阿尔江老爹仍是抽着烟袋，不紧不慢的模样，只差人拿出配好的两服药给蓝青送去。香墨一路走来，知道胡人一向粗心大意惯了，想了想还是不放心，刚要举步，一直蹲在地上抽烟的阿尔江老爹磕了磕烟袋，缓缓道："那孩子，从小到大生病都是这么过来的，你去不去看他，他都能熬过来。"

香墨吃了一惊，蓦然停住脚步，迟疑了半晌，终究还是往蓝青的帐篷走去。

冰冷的水里，蓝青在做着梦。

梦里的自己，还是很小很小的样子，一双冰凉的手臂抱着他，穿梭在密密的芦苇当中。

那人的手很柔软，然而冰冷。

他深深呼吸着，片刻后，才意识到口中弥散着浓重的苦涩，在他的呼吸之间，已经灌满他的胸口。

蓝青缓缓张开眼睛，正看见香墨，一身淡色胡服，发辫中凝结的石榴花已在昏暗的烛光下失了颜色。那双同样朦胧了的眼，不闪不避，定定地望住他。

蓝青不知为何就满足地叹了一声。

那一瞬间，似乎有什么熠熠的光芒点燃了昏暗的周围。

"既然醒了，就起来自己把药喝了吧。"

香墨一手端着药，一手禁不住又伸出，将蓝青略长的刘海向两边掠了掠，然后覆在他的额头上。

她的手暖暖的，这样的夏日里覆盖在额上并不舒服，反而有些腻热。

然而蓝青并没有推开，也不起来，只躺在那里缓缓闭上眼，懒懒地有些无赖地道："你喂我吧。"

香墨愣了愣，俯身下去扶起他，把药送到他的唇边。

蓝青喝过药却依旧偎依在香墨的臂弯中，一缕发辫顺着她的肩颈飘垂下来。他随手绕在指间，香墨一震刚要挣脱，蓝青却忽然捉住她的手，呼吸软软地吹在她耳边，轻声说："不要动。"

香墨的身体立刻僵住，想要伸手推开，但看他因发热而烧得赤红的面颊，便又不忍。

蓝青却只是伸出手，将她的手放在自己的面颊上，他抬起眼，很柔软地笑了一笑，轻声说："就这样陪着我。"

他的手纠缠住香墨的手指，发出一声轻微的叹息。叹息的尽头，她只觉得自己从指尖到发梢，都有一种被依恋的感觉。

蓝青闭起双眼。

他做着这样的梦，许多次。

但是这一次，他希望这样一直不要醒来。

戏班子没有进风吉，而是在蓝青病好之后继续北上，这一夜照例扎营在荒郊。蓝青半夜起来，再无法入睡，于是披衣出了帐篷，却看见香墨在篝火边，席地而坐。她举坛而饮，举止豪放爽朗，毫无陈国女子的扭捏姿态。夜已深了，篝火也燃得将尽，但仍映得香墨半面流金，衬着她发间的璎珞坠饰，似铺开的点点繁星。

蓝青坐在她身旁，接过她手中的酒坛子，仰头就饮。酒刚一入口，蓝青便不由撇唇道："对了水的烧刀子，这么烂的酒你也喝？"

香墨好像喝多了，并不理他，闭着眼好半晌才低低地道："你多大？"

蓝青恍惚了一下，那张苍白的脸迎着忽明忽暗的火光毫无表情地昂起，又是一大口，辛辣刺烈的劣酒，让他不由皱紧了眉："不知道。"

香墨望了望他，又立即低下眼去。

碧蓝的眼被酒气所迷蒙，细密的波光漾起，满目皆是脆弱。

"我真的不知道，大约十岁的时候我被阿尔江老爹捡到，以前的事情都不记得了，所以连自己多大也不知道……名字都是老爹给的。”

香墨一时语塞，眸光转动间便不由细微地颤动着。蓝青本是一脸不在乎地笑着说的，然而她那一瞬的波光，潋滟而温软，柔软地带走了他的哀伤，他的心痛，一切都似融化在她的眼波间，竟想从此沉沦。

“可老天毕竟待我不薄，把你给了我……”他看得入神，不自觉地说出了心里的话。猛一惊醒，竟不敢再看香墨，转头望向篝火急急地想找些别的话来岔开：“不说我了，说说你吧。你那个丢下你跑掉的情郎是个什么样的人？你去东都是不是去找他？”

香墨拿着酒坛的手微地僵了一下，终于举起，仰头灌下一大口之后深深地吸了气，才道：“我其实说了谎，我没有什么情郎。我跑出来只是着急去东都，而我丈夫不准我去。”

蓝青一惊：“为什么？”

“这话说来就复杂了，十年前我是飨客给我丈夫的女人，恰巧被他看中带回了府中。以色侍人焉能长久……到了现在他已经有了第七房侍妾，不过也没关系，我们彼此都没多少感情。按理说，我这个不得宠的妾境况应该很糟，可是我的妹妹为了保护我，嫁给了我原来的主人，那个比她大了整整三十岁的男人。于是我娘家满门皆有了金钱、地位，我则可以与我丈夫的正妻得以平坐。”

香墨把酒坛重又递给蓝青，神色倒是神情淡然，仿佛只是说着极寻常的一件事。

蓝青心里却一紧，任凭平日心思机敏，一时也不知该说什么，只望着她掩着那一双眸子的低垂睫毛微微地颤动。

“这样不是很好？”

“十年后今日春时，我妹妹的丈夫死了，一个月前我妹妹也死了。报丧信到平洲之后，我的处境有了一点变化。我丈夫和我……妹婿的正妻关系不是很好，甚至说彼此忌惮，而我一直被怀疑是她派来的密探，所以十年来他从不让我上京，连东都来的书信都是被他先拆阅再给我。如今形势险峻，他更加不会贸然赶赴东都，自然也不许我去。”

干柴烧尽，火猛然蹿升，爆出毕剥声响。香墨说到此处五内如煎，烧刀

子的酒气仿佛真的化成了一把刀子刺进了心口，一腔沸血似要喷薄出来。她以手掩面，用尽全部气力，将那一腔悲愤强咽下去。

“十年……我七岁卖身为奴，十七岁离开。给了她的只是十年不怎么安逸的日子，于是她还给我，也是十年。她只道是我舍身救了她，可是我只知是自己害了她……她的丈夫性好渔色，喜新厌旧，那样一个人！她丈夫正妻的手段，是怎样厉害，我比任何人都清楚！我的妹妹，她处在其中，日子是怎么熬过来的……我连想都不敢想……我礼佛念经，日日求的拜的，只是她的平安。可是求有什么用?！拜又有什么用?！”

“她死了，我连最后一面都无法见到，现在我就是死也要到东都去……无论如何也要赶到东都，哪怕是一具骷髅，我也要……”

猛然袭来的泪意几乎冲出了双眼，她紧闭着眼，极力压抑着，最后还是嘶喊出声来。

蓝青一时五味杂陈，也不知道该说些什么，心中千言万语几经几转最后到了唇边只化成淡淡的一句：“好了，我都知道，难过就哭出来吧。”

这样淡淡的一句，却让香墨心里面忽然安定了不少，她猛地抢过酒坛，仰头就饮，眼望着天空，酸涩地逼回了泪，心间虽仍旧疼得厉害，却也不那么难熬了。

“没什么好哭的，在陈国，女人不过是餐桌上的一盘点心，任人品尝狎玩。这是命，我早就认了。”

蓝青半晌无语，香墨她自顾擎着一坛烈酒，便如身后倚着的杨树般，一动也不动。蓝青见她仰着的脸上露出极惨痛的神情，以致令人心惊。一路行来，以她的性子，这样袒露自己的情绪，倒是第一次。于是，蓝青缓缓地叹了一口气，面色渐渐温柔起来：“其实，我去东都，是想看看能不能找到自己的父母，因为我心底总有个声音对我说，一定要来东都。但我也清楚，十有八九是找不到的。”

“这些话除了老爹我没跟任何人说过。记得第一次见面时，你说好似在哪里见过我，其实我也这么觉得。”说到此处，他有些羞涩地笑了一笑，也仰头看着夜空，看那乌黑如墨锦的天上，织绣的星斗无声闪耀于上。

他慢慢呷着酒，一字一句说：“等到了东都拜祭了你妹妹，你愿意跟我回陆国吗?”

听见这样语带羞涩的话,香墨似稍感意外,慢慢地转过眼睛。眼前的篝火顺着微风,在风中摇曳起伏,正映着她那一双波光流转的眸子。蓝青突然发觉,这双眸子此时矇眬得竟无法分辨清楚她的神情。

半晌,她脸上才露出一丝浅浅的苦笑:“我已年老色衰,你才多大?最多二十一二,小孩子……”

“我不小了,我是认真的!”

蓝青几乎是嘶喊出声,香墨茫然地眨了眨眼,似乎此时此刻才明白他说了些什么,过了一刻工夫,手掩住唇却仍止不住颤抖,颊上晕染了两抹嫣红,血脉中急速奔流着酸楚的幸福。

蓝青伸手抓住她的手,低声道:“香墨,到那个时候,你愿意跟我回陆国吗?”

香墨许久不言语,蓝青碧蓝的眼滟光交织暗涌,稀薄的火光映在其中,变幻迷离。她缓缓地抽出手,慢慢喝尽坛中最后的酒,才说:“让我想想好吗?”

说完时,她已缓缓倚在他的肩上,蓝青便不由粲然一笑。

从钦勤殿出来过了肃政阁前的烟柳夹道,就是含珠宫。一个女人的十年荣华便都在这座奢华的殿阁中,如今没了主人,却仍是陈宫中最耀目的一处宫殿。含珠宫前的那棵梅子树压满了熟透了的青梅,仿佛是知道自己命数已尽,不顾一切地用所有气力压弯了枝头。

封荣信步走到树下,照着树干就是一脚,树一颤,枝上的梅子就落到了封荣兜起的前摆上。他拿起一个,余下的一股脑地落到了地上,极尽华贵细细织了翟纹的浅天青色衣摆,却已经是脏污一片。

封荣将梅子拿在手里,也不擦拭,更不待跟在身后的德保阻拦,就咬了下去,随即酸得他皱紧了眉眼。

还要咬第二口时,张扬的声音就传了过来。

“哎哟,万岁爷,您怎么跟个小孩子似的,那青梅里是有轻毒的,可吃不得!”

封荣并不理会，倒是德保一惊转头看过去，太后李氏一身铺金茜红的薄绡衣裙，乘在步辇上，在十数花团锦簇的宫人围绕下，已经到了近前。而说话的则是走在前面的李嬷嬷，德保连忙领着内侍将身子往旁边一避，跪了下去。

李嬷嬷看封荣站在树影下，因是背对着，所以瞧不见他的神情，但仍不自觉地打了个冷战，仿佛有冬日里带着刀子的风，刮到了身上。她一个寒战，忙跪下叩见。

李太后从步辇上下来，走到封荣身前，略带了焦虑地轻呼道："皇帝！"

封荣这才转过头，又把那颗酸得要命的梅子凑到嘴边，轻轻慢慢地咬了一口，语气倒似小孩子在撒娇一般："母后，我每日都服毒，这点怕什么？"

李太后脸色微微一白，不由得想起封荣小时接二连三地中毒的事情，心悸得到现在还在后怕。她因今日接见外臣，妆饰也分外隆重，发髻上凤凰步摇上足赤黄金的璎珞坠着，也随着颤颤地轻微作响。

封荣则并不看她，两三口抽紧着五官吃完了梅子，便看到李嬷嬷怀里的两卷画轴，眼睛转了转，笑问："那是什么？"

李太后脸上这才微微浮起一抹笑意，伸手抓住封荣，将他引到梅树不远处的凉亭内坐下。

"按例你要守丧三年，所以不宜喜庆之事。可是你已经是皇帝，就应该充实后宫。"

亭子里的石凳上铺设了杏黄锦垫，黄缎毡子铺了地，亭外烈日下一个内侍手中还捧着纯金的鸟笼，笼子里的一只黄鹂，毛色是极为清澄的碧绿。黄鹂叫得清脆，李太后声音轻柔温和，柔软地伴在黄鹂的叫声中，仿若一个慈母。

"你那个皇后，现在就是个药罐子，指望着她开枝散叶是无望了，这些你看看好不好，好就招进来。"

德保接过李嬷嬷手中的两卷画轴，呈在封荣面前一一展开。他打着哈欠，扫了一眼，然后看着左面的执扇清丽少女，不由微微凝视片刻。

"跟子溪好像。"

子溪是丞相杜江的长女，比封荣大一岁，十六岁的时候嫁给了十五岁的封荣，如今已经是陈国的皇后。

李太后描画极为精致秀丽的眉不由微微蹙了起来：“那是杜丞相的幼女，皇后的妹妹。”

封荣又指着右面的红衣少女，道：“这个跟母后好像。”

李太后的眉端这才缓缓放开：“这是你表妹李芙，你父皇葬礼的时候，不是还看过她。”

封荣只含糊地应了一声，就不再言语。

太阳渐渐转移，午后的阳光仿佛暴雨般倾泻进了亭子，极为刺目。一名年纪稍长的女官已知情会意，用铜色描金的托盘捧着白玉荷叶盏盛的冰镇玫瑰露，款步走进了亭子。封荣歪在石桌上，并不起身，只仰起脸来对女官一笑：“你喂我。”

女官似早就习惯了似的并不惊慌羞涩，若无其事地拿起了白玉荷叶盏，送至他唇边。封荣几乎是靠在女官饱满的前襟，轻佻得让李太后几乎耗费了全身的气力，仍抑不住直呼其名地喝道：“封荣！”

几乎是置若罔闻地喝完了玫瑰露，封荣仍旧仰着脸，等着女官拿着丝帕给他拭净了唇角，才嗤地笑出声来：“就子溪的妹妹好了，母后也说了，国丧嘛。”

“你表妹呢？”

封荣却不答话，本就不大的亭子内一时静极了，只听见黄鹂有一声没一声倦懒地叫着。午后闷热的光线里，封荣的常服是极薄的浅天青，左襟绣着一条夔龙，血一样重重的鲜艳。他终于缓缓坐正了身子，襟上扭曲了的夔龙便跟着一点点伸直，声音沉静如水，缓慢地一字一句道：“朕不喜欢她，不要。”

李太后什么也没有说，就起了身，待扶着宫人的胳膊坐上步辇时，才说：“由不得你喜不喜欢，你……”

“那就一切都由母后做主好了，朕都听母后的。”

封荣突然开口，丝毫不顾及礼数，截断了李太后的话。步辇已经走出了几步，听到这话，李太后几乎是惊喜地回头。

这样望去，只能看见封荣嘴角竟然挂着讥诮，那双乌黑的眸子中，神色流光闪动得极快，快得让李太后的心骤然就沉了下去。

回了康慈宫，李太后的兄长官拜户部尚书的李原雍已经等了好一会儿，想是等得急了，额上面上密密的一层汗，也顾不上擦，更不顾不上礼数，便急切地朝着李太后问道：“成了吗？”

李太后眼风一转，殿内服侍的宫女内侍就都悄无声息地退了出去，她精致的眉宇间添上一股隐约的愁郁，道：“这事……我看就算了吧，恐怕是不成，给芙儿另在京中旧族里找一处好人家，她将来过得幸福才好。”

“太后说得轻巧！”李原雍闻言几乎是暴跳如雷：“你现在是太后没错，难道你能保证活上百年？永远能保住我李氏？你莫忘了，历朝获罪牵连不过九族，只有我李氏是诛灭十族！你怎么也得为我李氏的将来着想吧！”

李太后没有理睬他，转身来到洞开的窗前，窗外的大陈宫入目，满眼的是孤冷的朱红璨金的颜色。晌午后天闷热得出奇，连一丝风也没有，火燎一样的热，李太后却觉得铺天盖地有寒冰迎面袭来，正从心到身，连同魂魄，都是冰凉。她缓缓扬起脸来，双眼掩盖在睫下，看不出神情，唇角抽起一丝迹近于无的冷笑。

“我为咱们李家着想还不够多吗？”

话一出口，连她自己都惊诧于声音的激扬。李原雍看惯了她平日阴冷暗藏，竟是从未见过如此失态的模样，知道她当真是动了怒，这才缓和了语气：“太后知道，我并不是这个意思。”

李太后亦不由叹了一口气，声音轻弱，像是倦怠极了似的：“那孩子的脾气我这个当娘的如何不晓得，也不知道是我教得太成功还是太失败……他想要的东西不择手段也一定要到手，不想要的宁愿打碎砸烂，拼个鱼死网破也不要。”

“你是太后，他的婚事你说了，他就必须得听。我们不能让杜家专美于前，说得难听些，你死了难道要让杜江那老匹夫在我李氏坟头上拉屎？！”

一句话就仿佛这天气，把李太后的五脏六腑都烘焙着，煎烤着。她两手紧紧抓住刻花梨木窗棂，下唇咬碎了胭脂的朱红，鬓边的黄金璎珞轻轻摆动，却是在笑。

“我知道了，你放心，哥哥。”

最后一句唤得极轻，如耳语一般。

望着那艳丽的与年纪不称的笑容，李原雍的心才渐渐安定了下来。

李太后走后，封荣一个人在亭子里犯了困倦，内侍搬来了织锦的倚榻，他就不觉睡去。天闷热，亭子反倒比殿内凉快些，内侍在一旁执了宫扇，缓缓招着凉风。封荣模模糊糊睡熟了过去，忽听德保的声音轻唤："陛下？"

封荣最厌恶熟睡时被人吵醒，德保明明是知道的，可停了一会儿，他还是轻声道："文安侯府里来人了。"

封荣骤然张开眼，此时日头已近西山，眼光中映进的最后一点沉重灼热，铺天盖地地化成不可直视的炽烈："她回来了？！"

"是，来人说墨国夫人一进府门，文安侯就把他遣来回禀陛下了。"

封荣唇际缓慢绽出了笑容："还算他佟子里识得眼色。"

说毕，风似地起身就走，薄青的衣摆几乎飘扬起来。

封荣微服到了文安侯府时，最后一线夕照隐入天际，黑暗骤然铺散开来。暮色里，满府寂静只隐隐传来几声更鼓，想是佟子里早就提前吩咐妥当，他们一路没有惊动任何人便被引到了内院。

内院的偏厅位置极为隐蔽，南面是粼粼的池水，北面一排紫藤遮了窗子，密密阴浓油绿，内侍手中的一盏灯笼，在眼前扯出一道七彩虹光，藤间夹了一朵朵嫣紫的瘦花，严不透风地遮住了他们的身影，从花藤的隙中却可以清晰看到室内。

文安侯佟子里几乎是伏跪在地，哀哭道："妹妹，自从燕脂死了，这日子就没法过下去了，好歹你也是先帝爷亲封的墨国夫人，咱们佟家满门可都指望着你了。"

从封荣的角度只能看见女子的背影，茶色的裙在灯下如暮色里的一簇花绽开至地，腰系着一条纯白丝带，白得触目惊心。封荣心一紧，一时甘甜辛辣交织而过，周身血脉奔涌，仿佛已是醉了。

"佟家？哪里来的佟家？咱们是连姓氏都没有的奴婢出身，国姓陈字去耳为东，先皇宠爱燕脂，才赐了谐音佟姓给咱们。没错，我是被封墨国夫人，可说到底不过是人家的小妾。你才是先帝亲封世袭的文安侯，你一个大男人，不护着妹妹，怎么好意思就全都指望着我了？我呢？我指望谁去?!”

香墨稍稍侧过头来，仿佛在隐忍着什么，神色全然不似高扬的声音里的又气又恨。

封荣只觉得有一盏炽热的烈酒哗一声泼洒在他的胸臆间，心脉中奔涌的鲜血也带了酒的灼辣，魂魄像是要脱离躯壳浮游起来，滚滚的也不知是痛还是醉。定定地看着，再也无法满足这样的窥视，他扬手打开树藤，迈步而出，沉声说道:“指望朕如何?”

室内的几盏烛火明晃晃地燃着，罩上的灯纱竟是鲜艳以至耀目的红色，仿佛灼人的风拂入满室，香墨猝然转过的身影就深陷在这一片如昼的红色中，联珠团窠纹藕衫，衣袖与腰间的纯白丝带轻轻飘拂。一瞬间他眼前只是耀目的红，像是被一段红纱捂住了眼。渐渐他眼神缓了过来，一直刻骨铭心的人，面目早已在心中模糊了，此时鲜明地映入眼前，倒仿佛只是一个将睡未醒的梦，稀薄脆弱得一触即逝。

夜已深重，但白日的烈热却没有一点消散，而香墨眼前的男子，仍旧披着墨纱的斗篷，身形都遮了大半。十年的光阴，当年近似懦弱的孩童已经成了大陈的帝皇，只有那一对清澈的桃花眸子瞳仁，依然未变。

“陛下……”

香墨望着封荣，惊诧的眼睫扑闪了几下，过了一阵子，才想起什么似的，就跪地行礼。

封荣勾起一个灿烂的笑，没有半点犹疑就伸手紧紧抓住了香墨的手。

“不必多礼。”封荣忍不住一直在笑:“还记得小时候在陈王府，你也常站在廊下这么骂人，脾气大得不得了。”

然后又抓住她的肩，低头凝视着她:“十年过去了，你还是没变，香墨。”

她昂起头，发间簪着一朵硕大的白缎花，坠着的同色的流苏自她左鬓上垂了下来，颤颤地拂在耳畔。血雾一样的火光闪烁在封荣脸上，眼眸和笑容都是一片清澈，而他的手却使出那样凶狠的气力，几乎要将香墨寸寸捏碎。

香墨犹在清澈与疼痛间恍惚，蓦然的就觉出有一片温软贴了过来，触在唇间。她猛地一震，封荣已经撤回，那触感还在，她由诧到惊，由惊到惧又由惧到怖，打了个寒战。心思几转，最后只用幽瞳望定了他，勉力笑道："我叫人给陛下准备茶点。"

香墨往后退了一步，封荣上前逼上一步，香墨又退一步撤出身，借着斟茶的功夫转眼四望，背脊就一阵发凉，她的兄长早就没了踪影。

她一路风尘仆仆，一进门就被兄长安排了梳洗，并未来得及打量室内，如今看去，桌椅俱覆了红色的织锦，细密而繁复的花纹，连灯上的纱罩都是耀目的鲜红。

倒似新房一般。

这个认识，让香墨只觉得脑中嗡嗡作响，手中一个不稳，茶盏就摔在了地上，顿时跌了个粉碎。

她缓步向门边退去，仍旧扯着笑说："怎么没变，陛下已经长大继位，臣妾也老了，嫁作他人妇。"

"那陈瑞呢？怎么没跟你一起进京?"封荣轻轻一笑，低低的一声，极艳亦极轻蔑。

香墨再也顾不得其他，转身就去推门，手大力地推在红檀的门上，却没有撼动分毫，香墨尖叫道："开门!!"

"子里都已经替我们安排这么周到了。"

封荣的声音好似幼鸟的翅扑扇在耳边，他的手臂，包裹住腰，他的胸依偎着她的脊背，他的脸颊贴着她的鬓角，他的心跳响彻她的耳朵。她眼前一阵晕眩，他对她说："我等了你这么久……香墨。"

香墨僵直在他的怀里，脊背的衣衫已都叫汗湿透了，狼狈地贴在肌肤上，她的心也被狼狈地纠成一团，脑子里昏昏沉沉，只茫然睁着一对浓丽的眼，望着眼前由外反锁的门。

封荣的手指在她的腰间缓缓滑动，随即用力一扯，"嗤"的一声，腰间用双挽扣子结成的纯白长带，已径自他的手中落下，飘落在了地上。

那声轻响如同乌沉夜色中的一道闪电，骤然击入香墨的脑海，她清楚地明白将要发生什么。那犹带着吻凉的唇和火热的唇正不断在她颈后肌肤上舔摩，一只手也已经覆盖到了她的胸前。

她狠狠咬住自己的唇，眉峰高挑，面上渐渐显出一种凄厉的神色。她

的手缓缓抬起覆在胸前的手背上，不自觉地紧紧抠进了他的肌肤。

她告诉自己，绝不认命，这一次绝不认命。

于是香墨好似一条在案板上的鱼一样，激烈地扭动身体，从他的桎梏中挣脱出来。

她急转身向内室退去，而她退一步，封荣就上前一步，修长的手指上还有几道被划出的血痕，黝黯深沉的眼睛，里面有莫名的异光，每迈出一步，便都落下一声极轻的足音，却像一道道雷声，重重地，击在她的心口。

香墨拽紧了手心，颤抖着。封荣已经缓步走了过来，将香墨搂到怀中，她吓得更厉害，不由开始挣扎。

说是挣扎，其实只是一种无力的阻挡，他的肌肤偶尔会被她的指甲划伤，可是她始终不敢去肆意厮打，更加不敢去碰他的脸。只为，他是君，她是臣，她不敢去触犯天颜。

仿佛知道了香墨的无力，封荣面上露出愉快的微笑，有些孩子气，却同样透着孩子般肆无忌惮的残酷。

挣扎中碰倒了兰膏雁足灯台，红烛都已然过半，一汪泪珠滚滚而出，凝了一地，满眼皆红。

封荣的动作一点也没因她的挣扎减缓，香墨只觉得漫天漫眼，都蒙了一层血雾，朦胧艳色里只看到封荣眼中笑意更绚烂，她则似飞入火中即成灰烬的蝶，振翅不能。

封荣的嘴唇深深压了过来，香墨扭开头，他就顺势咬上颈，一只手撕扯着她的衣衫，她无比惊慌之中只能拼命用手阻挡，却发现一点用处也没有。云緺玉梭，淡衫薄罗裙层叠委靡于一片红蜡之上，倒似了菡萏香销碧叶残。

一时间无数流光碎影在香墨脑中转瞬逝过。河畔湛蓝双眸，破旧帐篷里，他烧红的面颊渐渐模糊……

心痛得无以复加，香墨倾力一挣，将封荣推得一个趔趄，却也拽落了半幅素白内衫，罗袖随着鬓间的白缎花，坠落于地一团团绽开，如素白霰雪。

封荣目光更炙，再次迈步上前，香墨一步一步退后，逼得毫无退路时，脚下一绊仰面跌倒。预想中的疼痛并没有来临，触在肌肤上的是光滑如水的锦被缎褥，红底之上霓色鸳鸯，交颈戏水，一片青莲绿叶。

她衣不蔽体，乌发散落，还来不及起身，他就几乎将整个身体都压了过来。他灼热的鼻息喷在她脸上，带着一股绮靡的熏香之气，浓重且粘腻，如缠住羽蝶的蛛丝，抵死般的纠缠。

香墨心中又急又乱，伸手用力地抓着，指甲掐进了肉里，抓得血肉模糊。她只告诉自己今生今世，再不认命。

封荣钳制住她的双腕扭到背后，他手劲奇大，香墨几乎听见自己腕骨的格格响声，似欲碎裂。她隐忍着，但双目便已有了泪光。

肩膀上传来一阵尖利的痛楚，那是香墨的牙齿在撕咬着他，像野兽一样，恶狠狠地啃着，似乎要把骨头都吃掉。封荣的脸痛苦地扭曲了一下，他的手抓了香墨的发，却是轻柔的。她顺势仰起脸，一泓青丝倾泻在铺金洒赤的锦褥上。

他的手仍旧摩挲着，俯身在香墨的耳边款款地呢喃着："朕是陈国的帝皇，你只能是朕的。"

声音低低的，几乎是耳语，可一字一字，那样毫不留情，打碎了香墨的梦。

夜色中的荒郊，一团将息的篝火旁，那个泛着微微羞涩的男子，远远指着南方灿金碎银的星空，湛蓝的双目闪耀："你可愿跟我回陆国。"

火光摇曳，映得满眼火树银花，满天星斗似都在眼前隔了一道薄纱，而他就在纱的那一头，饱满的额、挺直的鼻竟是那么近在咫尺，可就在指间触及的一刹那，却如泡影般片片碎裂。无数浮光掠影飞逝，有人细细地吻着她的额，香墨凝神望去，封荣的眼睛深深地凝着她，而她仍旧咬着封荣，牙齿都在发颤。

香墨的口慢慢地松开了，想要远离他，却搂住了脖子，吻狠狠地落了下来。封荣的呼吸愈来愈沉，压在香墨的身上，仿佛两个人都要窒息了。手指一寸一寸地滑过她的肌肤，温柔地抚弄，把她整个人都缠绕住。最后的一点衣服被撕去，她只觉得自己似一条鱼，在他的指下剥去皮骨。

他的身子靠了过来，香墨仰着头耻辱地颤抖着，隐忍不落的泪模糊了眼眸，什么也看不见，绷紧的身体和绝望的挣扎亦是什么也不能阻止。

她的身子如同被粗糙的砂寸寸磨过，一瞬间香墨几乎觉得喘不过气来，只是无声地张着嘴努力呼吸。仿佛有尖尖的刺，扎入了心口，绝望痛苦蔓延至骨髓。恨了又恨，香墨口中发出小兽般呜咽的声音，破碎了的指甲抓住了他，狠狠地掐着。

在他的身下，香墨四肢都无力地瘫软了，只觉得自己的呼吸和心跳几欲破碎……再也无力反抗。

他的肆虐就一直一直那么进行着。

“香墨……香墨……”

他在香墨耳边一次次迷醉地低喃，那样温柔而悲哀的声调，一遍又一遍。

夜半醒来时，封荣模糊地注视着芙蓉罗帐上重重红绡绣帏，半晌之后，才忆起自己是在文安侯的府上。

手下意识地向身畔摸去，陡然一惊，披衣就匆匆下床。他惊慌地在室内寻找着，仿若寻找一件失而复得又得而复失的珍宝。

蓦地，一声极细微模糊的啜泣传入耳内，封荣转身看去，隔着那片层层叠叠的云纹织锦纱绡帷幕，香墨掩面起伏的剪影，在深朱浅红之中薄薄如烟。

“香墨……”

封荣掀过帷幕，上前抓住坐在地上的她的肩胛。

手指间传来轻微的战栗，封荣歪着头惊奇道：“咦？你怎么了？”

一面就伸手出去，抬起她低垂的下颚，纤秀白皙的手指抚摸上去，竟触到了一手温热的水。他疑惑地将手指送进唇间，好像有苦涩的味道。封荣呆了片刻，才慌乱地捧起香墨的脸，急急说道：“你怎么了，谁欺负你了？告诉朕，朕帮你出气！你别哭了好吗，你一哭朕也跟着难受了……”

说着，乌灿灿的眸子里渐泛了水光，呆呆地看着香墨，如同受了委屈而无从哭诉的孩子。

“香墨，我喜欢你啊。你还记得吗，小时候母妃对我那么严厉，别人也都怕，只有你……只有你对我是温柔的……可是，后来你被抢走了……”他缓缓地将头依偎在香墨的肩膀上，香墨觉得有冰冷的水珠，一滴一滴落在肌肤上。他的声音随着滚落的水珠，娓娓道来："不过没关系，我现在是皇帝，谁也不能再欺负你。所以，香墨你别怕，我再也不会让人委屈到你！"

香墨吃力地将他话中一个个支离破碎的字眼在脑中拼出意思，茫然的眼睛始终黑洞洞地仰着。

室外，骤风突起，檐下的铁马铮铮乱响，洞开的窗不住碰合，不多时，青蓝电光划裂了沉沉夜色，滚滚雷声中，雨点疯了似的就落了下来。

这是东都入夏以来的第一场雨。

下了一夜的雨，在天明时止住。佟子里进入房内的时候，只看见香墨已经梳洗好了坐在窗前。仍有些乌暗的晨光照在她的身上，眸光流转间，透出难以捉摸的神光迷离。佟子里竟不敢再看她，转头掩着嘴，咳嗽了一声，才道："陛下临走前说，让你今日进宫看看。"

"有这个必要吗？"

香墨说，声音淡得听不出任何情绪，冰凉得让佟子里不禁一个冷战，站立不稳跌坐在仍旧搭着大红锦的椅子上，掩面低泣出声："圣命难违。香墨，我以为你懂的。"

香墨淡漠的神色仍旧像一潭沉积万年的死水，没有任何变化。她的口气听上去，轻淡得连一丝起伏都找不到。

"我当然懂，你一个妹妹给了你十年的荣华富贵，可你还不知足。现在，你卖了你另一个妹妹。"

"可惜，我没燕脂的本事，我给不了你另一个十年。"香墨突然浮起一抹诡异的笑，一个字一个字道："我的哥哥。"

掩面而泣的佟子里只觉得好似有一记耳光扇在面上，火辣辣的带着刺痛。竟没有颜面再待下去，转身仓皇而去。

由文安侯府乘马车到了陈皇宫之南的永平门，就必须得下车步行，由于此处距离内宫还有很长一段路，所以封荣特赐了步辇，以示恩遇。但无论怎样的恩遇过了昌平门就必须下辇步行，下步辇时香墨看着眼前的皇城，金色的琉璃瓦在烈日下熠熠生辉，飞檐几入天际。薄丝的绣鞋步态严谨，连裙裾浮动都是无声的，丈余宽的青砖就走了十数步，日头直射下来，软薄的单丝罗衣已被汗微湿。

香墨走到了内苑御花园一树桂花下时，就听见一声轻唤："香墨！"

转头时一阵风拂过，花瓣如流云，卷在风中恍然开时香浓，鹅黄锦缎一般铺在她浓艳的眉目前。右手廊下华盖辉煌，御用的璨金蟠龙似欲飞出。华盖下那双熟悉的桃花眸子，望着她一脸欣悦，竟是亲自迎了出来。

香墨微微地一震，随即就要跪礼，封荣笑得灿烂："起来！起来！"

一面说，一面亲手搀起她。却被香墨撤身避过，仍盈盈下福，道："请万岁安。"

封荣定定看了香墨片刻也不恼，轻轻一笑，带着一丝孩童似的顽劣，道："想去看看燕太妃生前住的地方吗？"

香墨自从走进陈皇宫就变得迷蒙的眼第一次有了慑魂的光，仰头几乎是焦虑地答道："想。"

封荣身后随侍的一名内侍急急扬声喝道："大胆，怎么跟皇上回话呢?!"

香墨被那尖锐的声音刺得一抖，却迅速地平静下来，扬眉一笑，眸光熠熠生辉。

"回陛下，臣妾想去，臣妾谢过陛下恩典。"

封荣淡淡地扫了一眼那名内侍，然后才转眼对香墨道："走吧。"

封荣也不乘步辇，缓步走在香墨身侧。此时阳光甚烈，路程亦不算近，脚下地砖绵延不断，御苑道路曲折。香墨走了一段，转到一个曲桥上，一时只觉得头上烈日高天直欲扑面而下，严妆之下的额头已是一层细密的汗。

封荣看在眼内，转身一抬下颚，德保极识得眼色，忙呈上了一把伞。封荣接过，放在香墨手中。香墨看着那伞，明黄的龙纹峥嵘，刺得她一时不知如何是好。封荣英挺却秀致的眉不经意挑了一下，也不看她，伸出手去直接按在她的手上，吧的一声，为香墨将伞撑了起来。那伸出衣袖的执伞的手，指节微露，指尖细长，如女子般保养得十分秀美。伞撑起时，鼓出的几丝风落在香墨脸上，她下意识地仰头看去，正好对上封荣的视线。

曲桥之下是小河流水，红锦彩石穿梭交织，远处黄鹂的叫声高高低低，此起彼伏。他们的手交握在伞柄上，碧色春罗和月白的衣袖，几乎是融化在一起。封荣的眸子黑若点漆，带着乞求的温柔笑意。

这一刻香墨觉得自己看见的仍旧是当年那个爱哭而寂寞的孩子。怨，憎，恨……所有积郁的情绪，此刻都无法对着这样的封荣发泄。

于是，抬起的脸庞上就不自觉浮起了一种悲哀的神情，封荣似是被这悲哀引诱了，一点一点倾身下来。两侧十数名一色青绿锦袍的内侍拱手谨立，烈日如火下，仍仿佛两列偶人般不闻不动，似是只有他看到这一切一般。

"陛下！"

几乎就在封荣的唇落下的同时，香墨陡然侧首避过，出声唤道。

这一声，将封荣自恍惚中唤醒过来，眼一转随即以异常温柔的语气说着："走吧。"

说罢一甩袖，走在前面，步态则是蹦跳。

静安宫已经没有人居住，内侍宫女更不会往此间随意走动，于是已经形同荒弃。

一跨进殿门，与殿外炎热截然相反的阴冷让香墨猛地一个寒战。桌椅陈设皆覆了白布，连窗子都被白布盖着。阴暗寂静的殿内，脚步踩在青如水镜般的砖面上，一步一步沿着幽深的回廊向内里走的时候，都带了一种空洞的回声，仿佛在走一个永远走不完的循环。

几转之后到了内殿，入目的是地面上摆放的数十个木桶，隔三步便安放一个，桶里盛满了冰块。森森寒意浸透了静安宫，一时倒似入了冰窖。

殿阁的尽处是一个巨大的白色帷幕，封荣亲自走上前掀起。一层层浅白的纱罗，层层叠叠，仿佛是无数层浮云交叠在了一起。而在云的尽头，燕脂一点生气也没有地躺在棺椁之中，水晶棺盖下容颜宛若生时，看上去人偶一般。

"朕用水银保存，面貌一点都没变呢！"封荣说时，一双漂亮的眼睛依然带着深深的恍若一梦的深情，却是对着香墨："朕想，你一定想看。"

香墨不知道自己是怎样走到棺椁旁的，只觉得自己每迈一步，筋骨就好似一片片，一层层，渐次剥落，带着一种无法磨灭的惨痛。

香墨终于走到近前，一只手扶住棺椁，望着燕脂；一只手按在心口，觉得那里痛得要裂开了。她极力隐忍，极力克制，泪还是无法抑制地流了下来。

那是一具透明的水晶棺椁，里面注满了稀释的水银，无色的水波中，水银圆圆点点，仿佛是来不及融化的碎冰，燕脂的尸体孤零零地漂浮在其中，衣裙就像樱花一样盛开。她的表情非常安静，安静得甚至看不出生前的痛苦，水红色胭脂在两腮和嘴唇上薄薄地敷上一层，金簪玉摇缀满云鬓。许是因为那一点胭脂点缀出来的殷红，看起来竟仿佛是在微笑着一般。

这样似是幸福着的笑，将香墨的神智整个撕裂，所有无法消融的委屈与绝望奔涌而出。她的妹妹死了，一直在心腑内似是隔了一层薄纱的认知，此时此刻薄纱被撕得粉碎，死亡清楚地展现在眼前。燕脂十年恩宠，荣华不尽，她依赖于自己的妹妹获封“墨国夫人”，得到与正妻相同的地位。然而，人之一生，富贵地位毕竟不是幸福。追根究底，还是她毁了燕脂的幸福。

积郁日久的苦痛化为无数毒蛇的牙，啃噬着她。比在初听到她的死讯时更加痛，无可抑制的痛，撕扯着全身。她猛然掩面，刹那间号啕出声。

宫中女子的哭泣也是一种学问，无声的，抽泣的，掩面娇羞的，怎样都不会失了礼节和颜面。而封荣第一次听到这种毫无顾忌的支离破碎的哭声，一时手足无措，只想上前抱住她。

“香墨，你别哭，燕脂走了，还有我，你别哭……”

香墨哭得目光涣散，所有东西都影影绰绰只存下一个轮廓。她盯在封荣的脸上好久，才能看清。他睫毛长长不时眨动着，显得他神情柔软，柔软如同不解世事的孩子。这样的无辜，无辜到她恨极了，扬手就挥。

封荣不躲不闪，执意要抱住她，只听啪的极为响亮的一声，耳光实实地落在面颊上。

香墨一愣，随即挣扎厮打，却不敢再挥手，于是终究落进他的怀中。她不甘心地继续挣扎厮打，而封荣则仿佛在对待一个胡闹的孩子，手指一下又一下地轻抚她的后背。

他的衣料贴在香墨的脸颊上，冰冷滑腻的触感，还有熏衣香的味道。却无法沾上一丝一毫人体的温度，冷得像一块寒冰，冻得香墨的心，也一片冰冷。

她一边挣动，一边放肆恸哭，终究是哭得累了，才倚在封荣的胸前。

静安宫空阔而阴暗，寒冰和熏香遮不住的腐败气息，飘浮于叠叠的白纱之间。

封荣的声音在香墨耳边低徊："对不起……"然后小心翼翼地捧起她的脸，又说了一次："对不起……"

此时，她就看见了封荣手上戴着镯子，那是一只白玉镯子，玉质污浊混沌，还因为磕损被金箔包裹了一处。熟悉得让她莫名心惊，她猛地抓住封荣的手，尖声道："这是什么？你从哪里来的?!"

"燕脂给朕的，她说即使她死了也不准摘下来。"封荣愣了一下才反应过来她在说什么，举起手看着腕上的白玉镯，笑得温柔却漫不经心："说起来，她求过朕的也就这一件事……"

香墨却再也不能忍受，猛地推开他的手。封荣一时都愣住，随即伸手去拉她，香墨狠烈挣脱，转身踉踉跄跄地向殿外跑去。失了神智的脚步被宫门处的高高门槛一绊，就跌倒在了门前。

封荣慌忙上前去扶她，香墨却只抓住他的手，狠命地往下拽着那只玉镯。封荣腕上还堆叠着金丝如意结，陈国贵族男子总是要在而立之年前系着这种腕带，以求能平安长大，长命百岁。此时金丝腕带与玉镯纠缠在一处，无论如何也拉不下来，香墨索性就两只手一起狠命地去拽。

封荣的手上还细密布着昨夜的指甲划痕，虽敷了伤药，但并未痊愈，痛得不由叫了一声。但也只叫了那么一下，随即就抿着唇，自己去拽那玉镯。

"你不喜欢，朕就不戴，这就摘下来。"

香墨此时却狠狠抓住他的手，手指止不住地颤抖着，面色死白，极慢、极坚定地摇了摇头，两点滚热的泪就砸在他手上。

"燕脂爱你。天啊，燕脂爱你！"

她几乎想笑出来，只觉得自己是在一个荒诞无稽的梦里。记忆的堤已决，自己那时才十三岁，已负担了全家的生计。那年生辰，燕脂拿着积攒已久的私蓄，买了一对廉价的玉镯子送给自己。

自己的泪渐渐迷了眼，却舍不得要，最后姐妹一人一只戴在了腕上。晚上，燕脂在身畔，低低说："将来要是有了自己爱的人就把这镯子送给他。

我和姐姐总是喜欢同一样东西，衣服是，镯子也是，要是将来喜欢上同一个人……”

说着，燕脂仰起脸，满月的夜空银镜高悬，水银似的光落在燕脂的脸上，她的眸子潋滟生波：“那么，我一定会让给姐姐。”

香墨轻轻嗤笑：“别傻了，我才不会喜欢上你这思春小妮子爱上的人。”

燕脂抱住她，说话时手已经微微颤抖：“算命的先生曾说，爹娘只有一个半女儿。我要是不长命，姐姐就替我爱他吧……”

没想当时戏语竟一语成谶。

巧蓝来说，燕脂很幸福。只以为是安慰自己，可是……

香墨狠狠地看着封荣。

“燕脂爱你……”

封荣仿佛不知道她在说什么，疑惑不解地歪头一笑。

“你这个混蛋，我……”

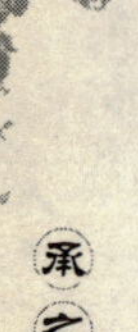

香墨蓦然发狂，死死地拽住封荣的衣襟，大力撕扯着，封荣有些窒息，正要抬手挣开，忽一眼望见香墨紧攥的手，不由一怔。十根纤长的指头不停地颤抖，抖得渐渐失去了力道，摇摇欲坠。

于是，他没有动，只是看着她。

香墨见到他的眼神时，哭喊戛然而止。

封荣的眼清澈地映着她，似望着自己，也似透过她望着极远的地方，然而其中却分明有着一丝令人哀怜的祈望。

我恨死你，这句话已经无法说下去。

一时间，香墨泪如雨下。

无法恨他。

他还只是个孩子，燕脂爱他。

无论是因为哪样，她都无法恨。

泪珠子滴到封荣胸前原本就湿漉漉的衣襟上，月牙白的颜色又深了一层。仿佛她和燕脂十年的光阴逝去，所有的都从指间漏过去了，什么都抓不住，剩下的，也就只有这一眼，这一面，如此而已。

封荣的手毫不迟疑地轻轻地抱住她，她微一挣动，随即缓缓地猫一般缩到他怀内，脸贴着封荣的胸口，再一次哀嚎出声。

封荣的下巴正好抵在香墨的额上，他的呼吸，带着温热的气息扫过她的发鬓，他的手哄着婴儿一般拍着她的后背。

“香墨乖，不哭，有朕在，再也不会有人敢欺负你。”

他掌心的温度透过薄薄的纱衣传入她的肌肤，她竟起了一身寒栗。香墨的手缓缓举起，想要推开封荣，可手指停在半空中，颤抖着。

她看见水晶棺里的燕脂在盈盈笑语：“姐姐替我爱他吧。”

她微侧过头，就看见封荣两道凝视的目光。熟悉的感觉如潮水般漫来，在那个秋日黄昏，她坐在一辆小车里离开陈王府时，他便是这样站在角门处默然不语地望着她。

手指颤抖着，颤抖着，最终抱住了封荣。殿内静极了，只两人的呼吸声交缠地轻响。

陈国历二百三十四年，早秋。

由大陈宫到文安侯佟子里的府邸前，有御林军把守禁止闲人通行这一段路。大朝散了，宫里的传旨内官就直到了府门前。

佟子里将传旨内官引入大厅，乐仪奏乐之后，香墨被引出，传旨内官宣读圣旨。

加封墨国夫人封户至八千户，文安侯五千户。

待传旨内官走后，香墨看着供在香案上的缠金龙绸圣旨，看着又在掩面喜极而泣的佟子里，讥讽一笑。

要知道，封王者万户，郡王五千户。

名无得，实已至。

一入八月，便接连几场小雨，天气凉了下来。玉湖上千株碧荷开得晚，还是明丽如新的模样。玉湖里引过了一池清水，李嬷嬷由廊间走过，正看见几名侍女靠在水亭中的栏杆上，拿了细饵撒在池子里，逗那些朱黄五彩的锦鲤。李嬷嬷见她们一身服饰精致，不似宫女但也不似诰命，便上前问：“你们是哪个宫里的，怎么一点规矩都没有？这池子里的鱼也是你们随便逗的？”

一名女子回转头，也不起身，只对着她嫣然一笑道："奴婢们是文安侯府里的，万岁爷怕宫里的人不可心，特恩典了奴婢等人进宫服侍墨国夫人。"

李嬷嬷一惊："墨国夫人？她进了宫怎么不去见太后？"

侍女只管逗鱼，又抿嘴一笑道："这奴婢可不知道了，夫人正入谒呢。"

李嬷嬷被侍女语气里的轻慢气得直抖，但也不敢生事，转身就回了康慈宫。

李太后躺在榻上看内阁今日呈上来的票拟，李嬷嬷跪在那里，也不管打没打扰，她就添油加醋地说了一遍事情始末。

"太后看看，如今那贱奴真是越来越猖狂了，您也不管管！上了年纪，信了佛，莫不是心肠也跟着软了？"

簪花仕女的沉香屏风后却传出一个带着几分张狂的男声，继而转出一个人影，一身大红官服，前胸和背后均缀有丝巾绣成的华贵仙鹤补子，一品的朝服，正是李原雍。

"芙儿就要入宫了，万事等芙儿进了宫再做打算。"李太后闭目蹙眉，片刻之后再张开眼，双瞳中已燃起了细小的火苗。拿着票拟的手一紧，还是淡淡地说："我到底还是太后，你怕什么？"

"就是因为芙儿要进宫了，我才怕出什么乱子。"听她这么说，李原雍仍旧有几分不平之意，冷哼了一声道："我听说前阵子皇上身边的内侍呵斥了那贱奴一句，回头就被杖毙了。太后管不管都去看看，震一震那贱奴也好。"

李嬷嬷扶着李太后坐起身，也盼着勾起她的火来，就附和着又说："国舅爷说得对，好歹太后您也去看一眼，奴婢怕这么下去万岁爷的心里就只有她，没有太后了啊！"

李太后心里不禁一紧，如同有一滴热水烫在心头，猛地一阵抽缩，最后微不可闻地叹了口气，诏銮驾起行。

李原雍方才满意一笑。

依照礼制，太后步辇都由十八个女官分两行左右行，女官扶太后下辇，她止住了内侍的唱报，进了烟波碧水阁。

殿阁内因天气晴好窗户大开着。窗纱都支了起来，迎面碧波千顷的玉湖，无数株荷花绽开。荷花本是清净雅洁之物，然而玉湖中娇品贵种何止百样，晚秋时节盛放到了极处，朵朵皆明媚硕大，花叶蕊瓣，月白、浅粉、日落红，如一匹靡丽的画卷霍然抖开，密密织出泼天的奢华波涛，一浪浪地涌动。

李太后落步极轻，云履落在乌亮如镜的金砖上，无声无息。

书案前，封荣一身夹纱常服，很闲适地正写着什么，香墨陪站在一侧。此时风起，从玉湖面低低地吹拂而来，像一阵无声的浪将她一身轻薄的妆花纱拂裹在身上。

妆花纱这种料子看着极为素雅，而在日光下则纬丝显花，花明地暗工丽异常，是西南傣族特有的贡品，即便是李太后今年也才得了一匹。走得近了，渐渐看见封荣的左手拉着香墨，书写的空当就附耳细语，想是呼吸离得太近，便如蜂蝶穿梭扑上脸来，烘得人酥酥麻麻。香墨便微微侧首，伸手用指尖轻点在封荣的额头上，不胜其烦似的将他推弄。

听见渐渐近前的脚步声，她诧异地转过脸去，鬓间步摇缀饰的璎珞犹在珊珊作响，微愣了一下，唇边就噙了淡薄的笑。

“太后。”

说罢就要屈膝跪礼，却被封荣一把拽住。他只扫了李太后一眼，随意唤了一声：“母后。”就又低下头去写着，只留给李太后一个石塑般的侧影。

倒是香墨将自己的手收回来，狠狠地瞪了他一眼，蹙眉嗔道：“陛下好没规矩，仔细给太后请安。”

封荣一边笑一边又拉过她的手，拢在自己掌心，当胸一揖：“拜见母后，母后万安。”

李太后唯有颔首，淡淡一笑。拿着几本黄绫票拟的手指无声抽紧，夔龙纹就扭曲在了指间。

封荣垂首又写，李太后和香墨便一个在御案左侧，一个在右侧，各自默然无声。只听到玉湖上蛙鸣之声，远远近近地传入耳内。

“皇帝这是在做什么？”

好半晌李太后才开口打破一殿寂静，话是问封荣，可黝黑深沉的瞳仁一瞬不瞬地向着香墨。

“原来的陈王府空着也是空着，朕想赐给了香墨，可是不知道叫什么府邸好。”

封荣落笔写了一个清俊的“佟”字，细细端详，却见香墨微微摇首，于是毫不犹豫地搓成一团，扔在一旁。金砖的地上，已有了十数个这样由昂贵的御用笺团成的纸团。

清风微拂，玉湖粼粼的水光自密密清脆的荷叶下露出，映在李太后的眼中，愈加变幻莫测。她似乎没有看见地上的御笺，慢悠悠地说：“那就叫墨府吧。”

“墨……”封荣仍旧没看李太后，眼骨碌碌地转了转，伏身向香墨耳边低声说道：“不错，就墨府好了。”

香墨转眼向李太后温柔微笑道：“臣妾谢过太后赐名。”

封荣扬起秀丽的眉，似才看见李太后手中的票拟。

“母后是来盖印的吧？”

各地呈来的上奏，皆有内阁票拟呈皇帝御览批红盖印。封荣厌恶政事，所以交由了李太后，他只负责在批了红的票拟上加上玉玺。为此，朝中老臣已有人放言说，当今的圣上只是一枚印章罢了。

而这个被喻为印章的皇帝，拿起玉玺正待盖上时，桃眸微眯，俊美的脸庞上忽然微蕴笑意，霍然伸手，月白的翟纹广袖飘起，就将香墨拉至了身前。

“来，帮朕盖。”

说着，将秀长的指缠住香墨，抓住玺上玉龙，优游散漫地盖在票拟之上，内容连看也不曾看。

离得太近了，那只手微烫的直欲烧人，温热的气息扑在耳边，香墨不由紧咬住下唇，下意识地手肘向后撞去。

“盖歪了！”

封荣被撞得一个趔趄几乎摔倒，香墨也不管他，只蹙紧眉神色严肃，几乎起了怒意：“陛下有点样子好不好？”

说完转开了脸去看李太后，李太后满脸淡漠，目光恍惚，不知在想些什么。刚刚眼前发生的一切，仿佛半分也未看见。

封荣也不恼，笑嘻嘻地盖完了剩下的票拟，提笔又在御笺上写了“墨府”两字，抬眼咬着笔端想了想，又在旁画了一朵盛开的秀美荷花。

身侧的香墨却冷笑起来：“谁要那什么劳什子荷花，抹下去。”

封荣的声音带有几分戏谑：“你不喜欢荷花啊？那你喜欢什么花？”

香墨微微一抬下颚，冷冷睨视着封荣：“什么什么花，你看谁家的府邸门牌子上刻花的？”

这样全没有礼法的对答，李太后却并没有吃惊的样子，只是淡然看着，片刻之后拿起盖好了玉玺的票拟转身就走。

封荣似并未看见，仍旧拽着香墨的衣袖纠缠，倒是香墨伸手一推他。

“陛下，去送太后。”

瞧见封荣面上首次出现了不耐神色，她便放软了声音，哄劝道：“这是规矩。”

封荣这才笑了出来，拽着香墨将李太后送到了烟波碧水阁廊下。

“恭送母后。”

李太后上了步辇，稍稍侧头看着阶上相依而立的两人，瞳仁深邃难解，像是不见底一般。

待回了康慈宫，李原雍就迎了上来，焦急问道：“怎么样？”

李太后连李嬷嬷都挥退了下去，也不落座，只在金砖地上一步一步，缓缓徘徊。暗紫金凤纹的裙裾拖出极细微的窸窣声音，和映着殿阁之外微风吹过树梢，树叶沙沙作响。半晌才开口道：“万事等芙儿进宫再说，现在你不要去动她。”

她这样的神色让李原雍从里凉到了外，但也只能躬身揖礼道：“微臣谨遵太后懿旨。”

李太后这才坐在了榻上，不胜疲倦似的闭上了眼。

封荣小时候她管教甚为严厉，甚至连他身边的乳娘和内侍都要半年一换。只有一步走错……

李太后叹息出声。

到底是走错了一步……

丞相杜江府邸坐落在离陈王府几座弄堂的北城，占据了一整个弄堂。陈瑞八月中旬到了东都，中午下榻了贤良祠之后，傍晚时分就到丞相府递了拜帖。

此时虽是黄昏，秋老虎仍旧酷烈，四面热风袭来，陈瑞进了府邸，就看见杜江一身家常的青缎锦袍，已经站在廊下亲自相迎。

陈瑞当年本是科甲探花出身，而当时御殿之前将一株簪花插在他乌纱帽间的就是杜江。后他厌倦东都的官场永无休止的争斗，弃文从军，一直对他寄予厚望的杜江也没说什么，一如既往的平静，极寻常的神色，唤着他的别字道："云起，万事小心，别让为师的白发人送黑发人。"

而今陈瑞仰头看去，正看见杜江眉须皆已白如冰雪。陈瑞心中一阵酸楚，脱下乌纱帽才迈前一步，脚下一软就跪倒在阶下。

"受业陈瑞拜见恩师。"

杜江慢慢走下来，伸手搀起他，轻声问："云起，快起来。"

陈瑞这才将微微有些颤抖的手放在他的掌心，站起身来。杜江这才笑了出来，问道："吃饭了吗？"

一旁随侍的管家接过他手中乌纱帽，忙插口道："丞相从晌午就一直在等着将军来，连饭也没吃呢。"

陈瑞一惊，内疚道："弟子人住贤良祠耽搁了，害恩师久等了。"

杜江也不待陈瑞说完，就伸手止住他："吃过了也没事，陪为师我再用一点。"

说着，亲自拉着陈瑞的手进了饭厅。陈瑞搀扶着杜江，侍候着他在圆凳上坐下。厅上紫檀桌上早已备好饭菜，并不是什么山珍海味，都是家常的菜式。杜江世家出身，最讲究"食不言，寝不语"，陈瑞虽行军快食惯了，却还是陪着他一点一点地慢慢用完。

待到吃完时，已经到了掌灯时分，厅里燃起了数盏明珠般的灯光。杜江朝着身后的薄纱屏风后一招手，一个侍女便用添漆的托盘捧了一个玉碗款款而来。杜江接过来亲自放在陈瑞面前，道："这是长白山百年人参熬的汤，西北苦寒，你又常在沙场，多进补一点才不会坏了身子。"

说着又捋着胸前的长髯，紧蹙了眉，叹道："我那里还有，等你离京时，都给你带着。说起来你也有五年没进京了吧？白头师弟相见难啊，下次看见你又不知道什么时候了。"

陈瑞一直觉得喉头哽咽，几乎说不出话来，拿起玉碗走过来重又递给杜江："恩师留着吧，我身体粗使惯了，倒是您明年就七十了，多补一补，长命百岁才好。"

"我年纪大了，虚不受补，用不着这些，就是用了也是浪费。"杜江低头看着玉碗，微微苦笑了一声，说道："你也别跟我推辞，快！喝了吧。"

陈瑞拿起碗咕嘟一口就喝了下去，才问："恩师，最近京内有什么状况吗？"

杜江淡淡一笑，轻描淡写地说道："能有什么状况，外戚李氏嚣张横行也不是一天两天了。从英帝爷开始，皇上都不大理会朝政，到了现在更是如此。然而就是朝政都交了李太后做主又怎么样？子溪还是皇后，我还是丞相，她还是得靠着我的。"

陈瑞却知道政局波谲云诡，远非他说的那么简单。封荣娶了杜江的女儿，表面上是两派的势力均衡掣肘，可实际上相峙更激烈。处在其中正当浪头的杜江的艰难可想而知，但也不好细问，只又道："钧梁兄还好吗？"

"这个世上弟子胜似儿子啊，钧梁他不如你，云起。他不是不好，然而也就这样了，没有太大的出息，在我看也就比李原雍好上那么一点罢了。可是李原雍有个好妹妹，可叹钧梁妹妹身子不顶事，我要是死了，他离死也就不远了。"

想是说得太动情，杜江一口气没匀过来，便咳嗽了起来。陈瑞忙起身，伸手给杜江捶着后背。

"恩师不是还有弟子，就是恩师百年之后，弟子拼上万一，也会保钧梁兄无事的。"

杜江缓缓点头，低头不语。

陈瑞心思素来灵敏，便道："恩师似有难言之隐，出什么事了吗？"

杜江微微摇了摇头，转身喘了口气，若有所思地对陈瑞说："等明天你进宫谒见了太后，咱们再说。"

陈瑞一惊:“恩师明天不去?”

杜江这才冷冷一笑,面露讥讽道:“我没事可不愿去给李氏磕头,算了吧。”

待陈瑞回到了贤良祠,正妻安氏仍旧没睡,掌灯等了他好一会儿。见他进门,便亲自上前一面替他宽衣,一面看着他的脸色,微笑道:“我今日派人到文安侯府里了,香墨已经到了那里,我递了帖子告知她明日进宫谒见。”

陈瑞淡淡地应了一声:“知道了,明儿还得进宫,你也早点歇息吧。”说完,转身就奔了妾室契兰的房间。

安氏面上没有半点怒色,依然站在那里。烛光映在镂刻了喜鹊蝙蝠的梨木窗棂上,缠枝精致的影就在安氏面上投下,仿佛罩着一层阴暗的纱。桌上的一盏温了半宿的冰糖燕窝没人再去动,转眼散尽了浓甜热气,冷透了。

秋老虎炙热,远远的蝉声此起彼伏,康慈宫殿内即使放置了七八块大冰也没有用,仍旧抵不住暑热深深地逼进。

李太后因接见外臣,所以穿了龙凤织金大衫礼服,外又罩了深青卷云纹霞帔,人在一团繁丽胜花的锦绣之中,满脸堆欢地看着陈瑞、香墨和安氏行拜叩大礼。

他们起身后被李太后赐座,只有香墨仍盈盈下福,道:“请主子安。”

她是李太后的近身侍婢,分属亲奴,所以特地行了双礼。而李太后只是微露笑意,转头对陈瑞、安氏和配坐下首的李原雍说话,并不理香墨。

李太后一面牵住了安氏的一只手,一面对陈瑞笑语:“西北边陲,风沙苦寒,辛苦你了。”

陈瑞忙起身道:“太后言重。”

李太后吩咐豁免了虚礼,又亲自拿起上用的点心,放在安氏手中。安氏状似无意地扫过香墨抿唇一笑,香墨只做不觉地坐在一旁。

珠帘掀起,一名女官奉上白瓷青花茶盏。香墨安静地坐在最下首,听着他们的笑语盈盈,便更觉得酷热难挨。刚刚端起茶盏,帘子外就有内侍唱报:“皇上驾到。”

李太后也正拿着茶盏，听到此话，不防手一颤，碗盖"叮"地一响，磕在了茶盏上。

众人忙都起身相迎，一身明黄夔龙纹正服的封荣走了进来，并不行礼，只唤了一声："母后。"转头又对地上要匍跪的诸人一甩袖，漫不在意地说："得了得了，别给朕三跪九叩的，大热的天虚礼就免了吧。"

说罢却没落座，只站在香墨面前，大睁着黑白分明的眼直直看着，紧咬着唇，片刻之后轻声一笑道："你穿的这是什么啊？这么多叠叠坠坠的，不热啊？"

香墨端然正坐。一品诰命夫人礼服极为繁琐，大红织金云霞外衫，胸前是陈瑞的一品武官的绣狮子补子。发上金冠，额上翠博山，灿金打的凤凰口衔细密明珠，摇曳在簪了宝钿的鬓侧。金冠两侧的珠翠翟凤口亦是吐出一条金线，珠翠云片为络坠着，颤颤在面颊旁。领间有一道极窄的牙子花边的领子系着金银扣，加上身上的霞帔，螺钿珠玉带，极尽繁复。香墨与安氏不同的只是翠色百褶裙。而安氏一袭织金缘襈裙，严整的诰命夫人的装扮，竟连一点汗都不见。

香墨面上已是密密一层的汗，热得拿起茶盏，今年新贡的大红袍还滚烫着，无奈又重新放下，便有些不耐烦地道："怎么不热，沉都沉死了。"

语气极是肆意，绝不是御前应有的口气。

封荣却似听得习惯了，并不在意，只把自己的下巴向她一伸。香墨一时不解，愣了片刻，才看见他十二瓣金线压线的乌纱帽已经歪了，无奈只能起身帮他端正。因封荣身量修长，香墨仰面间额上的璎珞、明珠、珠翠云片如水流般四下分散，现出浓丽的眉目。

封荣双手抚上香墨犹发着薄汗的面颊，低笑道："这么多东西盖着，朕还能看见你的脸，可真不容易啊。"

一时殿内静到了极处，乌金鼎里燃着檀木香屑，袅袅的烟雾后面，各人却神色迥异。

还是李原雍实在看不下去，咳了一声道："陛下坐吧，您不坐我们都得陪站呢。"

封荣斜睨了一眼李原雍，懒懒地坐在香墨身侧，本来极白的肤色，想是

刚饮了酒，两颊染了两片嫣红，看去倒像抹了一层胭脂。手里的洒金象牙扇子轻轻地摇扇，眼骨碌碌地四处乱转。

转到殿侧时，骤然眼就一亮，李太后身旁的内侍捧着一只乌木刻花的笼子，里面一只纯白似鹊的鸟，绣花锦帽蒙其面，却仍是十分神气的模样。

封荣将扇子一合，比象牙还要白的牙齿压咬着扇骨，问道："那是什么？"

李太后微微一笑，仿佛哄小孩子的语气道："这是海东青，陈将军的心意呢。"

转眼又对陈瑞说："你别看皇帝都二十了，性子却还比不上十余岁的孩子。"

内侍见封荣眼不住地在海东青身上徘徊，忙把笼子呈到他面前。封荣仿佛听不到李太后说什么似的，不住地拿着扇子挑拨着海东青。

香墨见他逗得有趣，忍不住也探指过去，想要摸摸海东青雪白似玉的羽毛。不想已被驯养熟的海东青被封荣撩拨得火起，一口就叨了下去。

香墨哎呀一声，收手时血珠子一路滚在了大红的外衫上。

"这鸟怎么养的?！到现在还咬人？"封荣忙抓住香墨的那只手，气得挑起一眉，顺手将扇子掼到了地上。象牙工丽镂雕的扇子，精致华丽却不耐用，只听到"啪"的一声，一张上好丝缎扇面与扇骨就分成了两截。

皇帝发怒，殿中众人除了李太后和香墨，就都伏跪在了地上。陈瑞垂下的眼，已锐利如鹰。

"做什么大惊小怪的，不就是咬了一下。"香墨本来疼得厉害，见了封荣发火，反倒平静了，淡淡地道："拿着笼子囚着人家，还不兴人家有点血性？"

封荣听她讥讽反而放下心，接过内侍递过来的纯棉手帕，亲自笨拙地为她包扎伤口。棉帕上似特地沾了酒，凉刺刺的，带着一缕若有若无的甘香气息，裹住了伤处，乱糟糟的辣作一团，他自己还不觉得，用指轻轻摩挲着，轻声道："可咬坏了？"

"没那么娇气。"她缓缓说，转头看着李太后深沉的看不见任何情绪的眼，笑得更加嫣然，微施了一礼。

"太后，臣妾失仪，还是先告退了。"

说完，也不待李太后准许，转身就走，李太后张口欲斥，可是四目相接，只觉得那双不笑亦含情的桃花目虚无冰冷，心就不由得一片寒凉。看着封荣由内侍簇拥而去，李太后斜倚几案，一双凤目中此时终是绽出冷厉的光，刹那而过。

起身亲自搀扶起仍伏跪在地的陈瑞，李太白笑得极为温善："皇帝是小孩子还没长大，难免任性，你可别恼他。"

陈瑞弯身垂目，遮住眼中火光，笑道："微臣不敢。"

香墨出了康慈宫一路快走，直走到御苑的假山瀑布旁，哗哗的水声激在铺满了晶彻的雨花石之上，湿重的凉气瞬时扑来。她蓦然止住脚步，一时间瀑布如银浆在假山上泼洒下来，水波绮色七彩，四处轻漾，烈日映着水光，耀目欲盲，便忍不住闭上了眼睛。

封荣伸手慢条斯理地抬起了她的下颌，问："怎么了？见到你丈夫不高兴?"

细密精绣的翟纹袖口下，手指冰凉得几乎没有什么温度，香墨缓缓张开眼，眼前的封荣笑意更浓，俊秀已极的容貌在潋滟闪耀的日光下，就有了一种邪恶。

"有什么高兴不高兴，事到如今，说这些话有什么意思?"

香墨一把挣开连退数步，翠色百褶裙拖曳迤逦，不慎绊到，眼见就要倒入瀑布下的池中，封荣忙伸手拦腰揽住，但因用力过大，倒使两人歪在了白玉栏杆上。

内侍慌忙上前搀扶时，香墨珠玉翠翟的凤冠业已掉到了池中，发如乌瀑飞散而开。封荣一把挥开搀扶的内侍，搂着香墨纵声大笑。香墨从来都知道他喜怒不定，也不挣扎，想着刚才康慈宫内陈瑞的脸色，不由得也笑了出来。

细小的水花，如同冬日的点点飞雪，繁乱零落地粘在他们的衣服发间，瞬间化掉。

笑到了一半，就感觉有一对极阴冷的视线望定了她。

香墨侧头望过去，不远处宫婢环绕的女子，明眸皓齿十分美丽的模样，

只是失之过于消瘦，面颊尖削得几近刻薄寡情。她并没有着严整宫装，一条鹅黄凤尾裙，裙上条条丝带猎猎飞扬，用金线堆堆簇簇的百翟纹饰，仿佛正在迎日羽化。

此时见香墨望过来，那双沁了刀子的眼里立刻荡漾着若有若无的笑意。一旁本来手足无措的内侍，都匍跪了满地。

瀑布边水声如雷，在耳中隐隐回响，香墨不由一个恍惚。觉得香墨的笑声止了，封荣也转过头，看见那女子稍愣了一下，之后灿然一笑，用一种稚气且依赖的神情轻轻唤她："子溪，你怎么起来了？身体好点了？"

杜子溪这才屈膝缓缓一礼："陛下。"

被封荣拉起的香墨被他紧紧搂着，无法行礼叩见。杜子溪淡淡侧首一笑，没说什么。她身旁搀扶的年纪稍长的女官，轻声极温柔地道："万岁，命妇不叩拜皇后，于礼不合，有失体统。"

封荣双目陡然一横，女官不敢再说，慌忙把头低下去。

杜子溪此时缓缓开口，笑意暖如春风："回陛下，臣妾小半个月前就好了。"

水光将她的身影拉得忽长忽短，波动不定。她声音极细，面上始终是没有血色的苍白。

封荣手中紧紧拉着香墨，眼凝视杜子溪，柔和如水，说："好了就该四处多走走，玉池去了吗？那里的荷花还开着呢，景致不错。"

说着另一只手就去抚摸杜子溪的面颊，她神色一暖，顺势握住封荣的手。

封荣的心境一闪，极快地将手抽出，拉着香墨走开，只留给杜子溪一个挥手的背影："改日朕去看你。"

明黄的背影隔着细细淡薄的水雾，渐渐模糊，不再复返。

杜子溪还是屈膝一礼，淡淡地道："恭送陛下。"

香墨有些跟不上封荣的步伐，脚下被长裙拖得有些踉跄，可他的双手仍旧是紧紧地抓住她，手指依旧冰冷。

她凝视着明黄的背影，微启双唇，轻声一句："陛下很喜欢皇后呢。"

封荣瞬时停住脚步，手缓缓松开。

“嗯，子溪很温柔，朕很喜欢。”

说完才转过头看向香墨，笑了一笑。阳光映着他的脸，纯然孩子气的笑容。

像小孩得到甜蜜的糖，连瞳孔都是闪亮的。

看不见一点阴影的笑容。

“不过朕更喜欢你，虽然你一点也不解温柔。”

香墨好似没听见他说什么，只转眼回望瀑布，杜子溪还是站在那里，眼睛是低垂的，睫毛细密地覆盖下一片浅淡的阴影，勾勒在脸庞深处。她的面颊一半迎着日光，另一半却映着水光，两重光亮到了极处，反而有了一种异样的阴沉。

香墨不禁喃喃低语道：“很像……”

封荣耳尖，仍是听到了，便问：“什么很像？”

“没什么……”

她微弱地笑了笑，蜜色的面颊带着薄薄的光晕。然后一只手极轻柔地，好像要抚摸似的，倘若再扬高一尺，便可以触到封荣的脸庞。然而，终是没有，转身默默地独自走开。

耳畔传来风簌簌吹落树叶的细微声响，略带沙哑。封荣的眼瞬间黯淡，随即快步上前。她的发因为凤冠掉落，披散着几乎蜿蜒至脚下，他紧紧抓住她连脸埋进软浓香密的青丝间，小兽一样依恋。

陈瑞携着安氏出了康慈宫，李原雍就从后赶了上来，行至陈瑞面前，微笑之间露出半丝狡意：“陈将军，怎么这么急着走？我还有话跟你说呢！”

“尚书大人有事？”

对着陈瑞不冷不热的回应，李原雍也不在意，反而亲热地拉住陈瑞，轻笑道：“京中惯例，封疆到京都要设接风宴的，更何况劳苦功高如陈将军你。可是陛下……所以这次就由我招待陈将军，今晚在寒舍就恭迎陈将军和您两位夫人的大驾了。”

面对这半讽半奉的鬼话，陈瑞淡淡一笑，眼却已兀地阴鸷，不着痕迹地抽出手，只道：“尚书大人的美意在下怎敢推辞，今晚一定到。”

说完敛了眼神，转身就走，直至无人处，眼底才寒气四射。安氏一直沉默地跟在他的身后，此时赶上前，一手抚上他的后背，轻语："相公，香墨……"

话还没说完，就被暴怒的陈瑞一手挥开，跌倒在了地上。

"你自己回去。"

说完也不看安氏，转身而去。伏坐在地满身金翠绸缎零落遍地的安氏面色不变，仍是淡淡的模样，只有眼睫抖动了些许，落下一层重重的阴影。

来到杜府时，杜江正在花园内。菊花刚开，满眼灿灿的黄，赤金打造一般。因天太热，反而开得有些凋落了，因杜江不许扫，于是铺了一地的重重锦毯。

陈瑞进来时，杜江正逗弄着他送的雪白的海东青。而这海东青陈瑞重金得了一对，分送给杜江和李太后。

看到陈瑞过来，杜江低垂的头似是不经意间挑起眼帘便又垂了下去。

"恩师，您早就知道了？"

陈瑞说此话时语调十分平静，没有一点起伏。

杜江心口不由一窒，眼前的人，挥手之间笑谈天下，平蜀道，封东漠，统帅二十万大军肆意驰骋，心思早已不可捉摸。于是，神色愈加慈蔼："云起，女人而已，不用那么在乎。"

"弟子在乎的不是女人，而是这种羞辱。"

陈瑞唇上渐渐挂上了冷笑。垂下首，手腕在朱红金丝银绣的沉重官服之下已经没了当年的苍白，黝黑的肌肤，手指间遍布因握剑而磨出的厚茧。

"我二十岁弃文从武，转战南北，有今日的军功，都说是靠恩师的提携。可恩师知道，我身上的几十处伤痕哪样不是真刀真枪拼回来的，西北鞑靼，南之蛮夷。蜀道漠北我都走遍了，我为他陈家称得上殚精呕血，可是他们怎么回报我的？我现在成了整个东都的笑柄。"

然后，他拉长了语调，含着阴狠轻笑道："难道，他们陈家和李家是想要逼我反吗？"

"住口！"

杜江手中拿着盏茶，闻言脸色陡变，茶盏挥去，正好装着海东青的玉笼子便被砸了个粉碎，被金链圈住脚的海东青兀自在那里扑腾。

他一扬手，一记耳光骤然狠狠抽向陈瑞毫无防备的脸，清亮的一声响。

陈瑞并不去捂脸，眼神阴鸷地缓慢转过头，低低地唤了一声："恩师。"

杜江放下颤抖的手，拉住陈瑞，已经有些昏花的眼睛陡然燃烧起来："我知道你难，然而我们是做臣子的，雷霆雨露俱是天恩。陈国是你的家，你的国，保家卫国，你责无旁贷，知道吗？"

"恩师知道现在陈国已经变成什么样了吗？尤其是他李氏一族的封地风吉，民生苦，苦不堪言。我能平外患却不能省内忧。恩师……"

杜江闭目，深重而缓慢地呼吸，猛然抬眼，盯住陈瑞，白如霜雪的眉下深黑的双眸里如幽潭一般。

"人都说，民为重，君为轻，社稷次之。在我这里则不然，我杜江眼中心中，只有陈国的皇帝。皇帝昏庸不要紧，要知道几百年才出一个贤君，所以百姓怎样都与我无关，我保的，只是我陈国的皇。"

还记得多少年前，金殿上满朝朱紫，十几名科甲进士俱跪在丹陛之下，而他是在最末端，那时的丞相吴连城曾说他："文采末流，人亦末流"，一时传为东都笑谈。后来，英姿勃发之年的英帝问，"何为社稷"。那么多人皆侃侃而谈，社稷即为民，民为重，君为轻。只有他说，社稷就是君，民轻之。于是，英帝亲点他为状元，御笔朱砂赐他名为"江"。自此后肥马轻裘，纵横捭阖。

此时风起，吹得他衣袂飘舞。

一品武官水云天青的七梁纱帽已被打歪，杜江亲自为他轻轻缓慢地端正。

眼前的男子，有和他相似的野心。好似一只长着獠牙的猛兽，他不忍把獠牙拔除，又不愿让这獠牙咬向帝王。

那么……

"跪下。"

陈瑞愣了片刻，还是一撩衣摆，依言跪在地上。

杜江背负了手，神情隐在绵密的阴影之中，看不甚分明："对我发誓，你绝不反我陈国。"

打碎的碧螺春与混杂了馥郁的菊花香气，幽幽地一层一层，浸得他额角抽痛。杜江的目光，似一枝一枝利箭，砭肤的寒气让陈瑞不禁微微侧开了脸。

半晌之后，陈瑞眉角低了低，沉声道："弟子陈瑞发誓，绝不反陈国，如有违言，五雷殛顶，死后鞭尸锉骨。"

许多年以后的东都，仍对那晚尚书府的盛宴津津乐道。并不为客似云来，也不为珍馐美味流水一般的筵席足足耗费纹银万余两，而一两银子是贫寒人家半年的开销。为的是，那一晚发生的一切，正式拉起了陈国波谲云诡的争端。

那一晚，香墨乘着千金一尺的鲛绡为饰的帏车来到尚书府时，已然迟了。

月如弓，独上中天，正是华灯初掌时。

宴席开在露天中庭，朝堂重臣携着女眷，金碧绯紫珠饰累累，各列两面幄内黑漆曲几之后。幄是绿油油杂了金线的天皂纱，用绳系在锻花四柱上。纱下特制鎏金莲纹烛台，盏盏红烛罩在金丝红纱下愈加强烈的明耀。天皂流金，暗香轻缭，朱衣小婢垂眉敛目而侍，倒真是一片奢靡繁华到了极处的景致。

今夜的香墨不同于白日的繁丽叠坠，发上亦只簪了一株虞美人，手中执了一把雪香扇，迤逦着翠如碧波的衣裙缓缓走过众人眼前。也不对坐在主席的李原雍行礼，直接坐在了陈瑞下首。

按品级墨国夫人属于国戚，李原雍应出迎见礼，而他听了唱礼故意没有这么做，便是蓄意给她难堪。可香墨淡淡地就这么端然静坐，倒叫李原雍一愣。

一时间，席上交头接耳，四周窃窃之声起伏，却又能让香墨恰好听闻。

"都说墨国夫人妖媚惑主，如今一见，除了看不出有那么大年纪之外，还真是意外的朴实无华啊！"

"你眼神不好吗？看清她身上穿的是什么吧！那是'天水碧'啊！"

惊诧中，各人的眼神皆汇作一股股险恶毒辣的箭，毫不留情地掷向香墨，嫉恨有之，艳羡有之。

天水碧，传闻是南唐后主李煜的妃子有一次在染色的时候，把没有染好的丝帛放在露天过夜，丝帛因为沾上露水，竟然染出了光泽润滑如春日柳芽般的绿色，后来这种夜间露水染制而成的绿色就被称为“天水碧”。当今皇后杜氏还是太子妃时就极为喜爱，但因身份尊贵不能着绿，却也不喜欢别人穿着，于是每年进奉宫中的这色天水碧俱被封存库中。当朝的命妇渐渐知道这项忌讳，便也都回避，于是东都的天水碧便这样绝了迹。而今夜，却是数年来天水碧色第一次现于众人眼前。

香墨并不理会众人，只垂目而坐，手中香雪扇轻摇。倒是她身旁的陈瑞唇际隐隐绽出一抹冷笑。而主席上的李原雍眼中怒芒簇簇跳动，终却隐忍，并未当众发作，举杯与众人共饮。

一时觥筹交错。酒至半酣，李原雍仿佛微有了醉意，谈笑也肆意了起来。

“侯爷最近平步高升啊，虽说是封侯，吃的却是郡王的俸禄，叫我好生羡慕。”

话是对同被邀请来，却被安排在宴席末端的佟子里说的。

“都说裙带好挡风，真是好风凭借力，送我上青云啊。我们好像也得扯着点侯爷的裙带，免得被落下得太远了。”李原雍说着斜睨了香墨一眼，不怀好意地笑道：“虽然……这带子来路不正。”

哄堂大笑中，佟子里却似不知道李原雍在说什么一般，举杯起身，对着上座一脸谄媚道：“李大人说得极是，皇家对我佟氏天高地厚之恩，我粉身碎骨无以为报。日前还恩赏了郡王封户，真是一想起来就感念陛下，太后和尚书大人的无量功德啊！”

如跳梁小丑说完了一席颠三倒四的话，佟子里竟掩面啜泣起来。

李原雍拍案大笑，带着一抹得意的轻鄙的神色。满庭大笑中，恶意的、轻薄的、调谑折辱的目光尽数聚集在香墨身上。身旁的陈瑞噙着酒杯亦是淡淡笑意，而华服金翠的安氏仿佛抓住了她致命的弱点，朝着香墨露出刻薄残忍的笑容来。

香墨只做不闻，雪扇缓缓遮住半面，她闭上眼睛，一丝一丝凌厉的痛从她的心上慢慢穿射过去，她要竭尽全力地忍耐，才能保证自己不蜷起来，包

裹住一种想呕出滚滚鲜血的欲望。然后，握扇的手一颤，扇如秋风里拂开的一瓣菊花无声移开，露出扇后蜜色的一张脸，浅淡一笑。

李原雍一转眼，似乎瞧见了她的笑意，眼中异光一闪，犹不肯放过她，步步紧逼道："墨国夫人也觉得好笑吗？"

夜风乍起，庭院里虽菊花满枝，附庸风雅的主人家偏偏在铺了红毡的庭院当中设了紫金香炉，所焚檀香叠烟，遥遥送来。香墨手中的扇漫不经心地轻摇，所谓的香雪扇便是涂了龙脑的白扇，龙脑成于百年树干的裂缝中，状如云母，色如冰雪者为佳，因珍奇难得多供奉于佛前，奢靡者如"冰肌玉骨清无汗，水殿风来暗香满"的花蕊夫人，又或者如她，才抹在扇上，仅作饰物一用。

龙脑馥郁又杂了檀香和菊花的香气，她抑住蹙眉的冲动，用手指轻轻撸着扇上的流苏，唇角仍是若有若无的一缕笑。

"好不好笑，还得以后才能知道啊。"

笑意浅浅，优雅而自若，款款顾盼间，眸中似有一簇极明亮的火光盈彻。李原雍面上一沉，却仍是隐忍不发，只一挥宽袖，带起一股凌厉气旋，大喝："来人，上戏！"

身旁的陈瑞蓦然附在香墨耳边，低语道："好，很好。"

说罢向后一倚，斜斜地瞥着她，如鹰隼般森然，偏要掩蔽在暗潭之下。而那隐隐显现的幽光，让香墨有了种被寒刃剖开的错觉。

香墨映着满庭如昼灯火的乌色眸子一瞬不瞬地望定陈瑞，半晌终于蹙起眉端来。

"夫君说好，那自然是好。"

语毕，锣鼓丝竹就嘈嘈切切地响了起来，仿佛是陈瑞手中金盏洒落的酒，哗地淌了出来。

东都有渭河蜿蜒穿横而过，公卿之家的庭院惯来都引入渭河之水。李原雍府邸照例是蓄了一池秋水，又别出心裁地引出一道弯细若女子之黛眉的小河绕过庭院。水月风华之中，隔了河水隔了簇簇秋菊的水榭之上，一出凤求凰已经开唱。

"凤兮凤兮归故乡，遨游四海求其凰。时未遇兮无所将，何悟今兮升斯堂！有艳淑女在闺房，室迩人遐毒我肠。何缘交颈为鸳鸯，胡颉颃兮共翱翔！”

饰演司马相如的戏子一身白衣，头冠明珠，腰结上五色绦络，迎风飞扬，秋夜寒冽中更衬着他的白皙肤色高鼻深目，俊秀至极。

李府的水榭布置得十分奢华，并未掌灯，只以十数颗硕大如拳的明珠镶嵌其上，光华璀璨流转七彩，投在司马相如的面上，那眸子就现出了隐隐泛着湛青的绿色。

香墨握着香雪扇的手骤然抽紧，微微敛目。

席宴间已有人细细低语道：“这戏子的眼到底是蓝的还是绿的？”

“戏班子进府时，我看了一眼，是蓝的，想是你眼花了。”

香墨却如同被当头淋了一桶雪水，掩在扇下的牙齿咬住唇，仍觉得头晕目眩。

她看得清晰无比，那一刹间，他的瞳仁分明是绿色的。

额上的伤疤，似曾相识的感觉……一直模糊在记忆里的片段，仿佛一串断了线的珍珠，如今被这双绿眸的丝线穿起。

往事轰然坍塌。

香墨恍惚起身时几乎并没有人留意，席上所有人都被台上的胡人戏子吸去了眼光，尤其是李原雍几乎是看得如痴如醉。

朱衣侍婢以为她要更衣，便执了灯笼引她向后园走。

“戏班子……在什么地方？”

侍婢却好似误会了香墨的意思，微微一愣，随即暧昧地一笑道：“夫人请一直往右走，后园池边的燕喜堂就是。”

说完便将灯笼交与香墨，径自转身去了。

晚凉天净月华开，烟络楼宇，暑残秋初便隐隐有了寒气，恰好是清秋风露。燕喜堂前枝繁叶茂的攀藤绿木，一枝枝地沿着青砖石瓦铺盖在庭前，轻轻吹送，香墨却只觉得一股甜腥的味道在鼻子下盘旋不去，几欲呕吐。她将一双手死死按在心口上，胸骨疼痛不已。只想着：不会的，不会的。

燕喜堂内因为大多人都上了戏台，就只有阿尔江老爹蹲在门前抽着烟。香墨站在藤下良久，堂内的烛台都几乎燃得尽了，一片昏黄的光芒，她

就在这光芒中，静静站着。终于，还是开口道："老爹。"

阿尔江老爹吐出一口细长的烟雾，花白眉下的眼抬了一下，随即又垂下，才缓缓开口道："是你啊。"

夜色漆黑，她远远地站在树藤下，夜色如雾，她的眼睛也如雾。

"老爹，我问你……蓝青的眼是蓝的还是绿的？"

阿尔江老爹也不抬头，只随手在门槛上磕了磕烟袋道："他？小时候是绿的。"

香墨听了这句话，几乎站立不稳，呼吸都随着急促起来。

"十年前我就是在东都郊外渭水河的下流捡到他的。额头上那么大个伤疤，都快淹死了，模模糊糊只会说一句，'我不能留在东都'。我带着连发高烧的他回了陆国，好不容易醒过来后，以前的事又都忘了……"

"这是他自幼随身的玉佩，我帮他收着。"

一席话如寒冰般自上面倾盖浇了下来，一股子阴寒从脚底升起来只撞向心窝，将她冻得脸色惨白，嘴唇都在不住地颤抖。

一时间，她脑海中如同策马疾驰过万山重岭，迎面闪过了一幅幅的画面。

首先想到的竟然不是十年前她推落下水时，那双幽绿眼中的怨毒；而是那一次高烧生病，蓝青依偎在她的怀中，虽隐匿却仍是有迹可循的依恋。

夜半篝火旁，他明明羞涩得连着耳根都一片嫣红，却仍是对她说："许是我们上辈子真的见过。"

她想，原来天理循环真的是有报应的。心里一阵一阵的酸楚，难以抵挡，再也按捺不住转身就走，跌跌撞撞地走了几步，终于又转头去看了看犹在抽着烟的阿尔江老爹，脸上带着无尽的悲哀，勉强笑了一下，道："老爹，请不要告诉蓝青我来过。"

阿尔江老爹此时方抬起头，看着她一笑，道："我只盼他从来没认识过你就好。"

香墨已经顾不得他说些什么，几乎是狼狈而去。手中的灯笼不知何时早已丢了，抄手游廊曲径通幽处一点光也没有，就像是走在漫漫穷途末路上，看不到尽头，看不到光明看不到将来。

这念头让她的身子也跟着一截截凉下去，脚步再也无法移动，她便歪在了石壁上。手指扣着墙上的水磨青砖，浸凉的全身都混混沌沌不似自己了。

这辈子，这样的事只做过那么一件。她不知道做惯了这种事的别人是怎么过的，她也总是有很多事情，妻妾无休止的争斗、正室安氏打压、丈夫的冷遇、对燕脂的挂念……满满地填了她的每个日子。然而，她偶尔也会梦见，午夜梦回时依稀看见那双碧绿的眼，心中就百般煎熬，辗转不能再眠，惊痛难度……

远远的仍有唱声传来，断断续续，声声切切。夜幕下笼成九重深梦，天欲寒，人自断肠。

她失笑出声。

她这一生，竟活脱脱也是一场戏。

那时那地那种处境，就是时光倒流，她还是会那么做。上有高堂兄长，下有幼妹，她并没有做错！

可当日的封旭今日的蓝青，只因撞见了罪行，无辜被害，又何来有错！

因果、善恶、报应重重叠叠，到了如今就都是错。

他们彼此倾心。这就是错！

他们生是仇，死亦是仇。

爱已无望。

香墨扶着墙浑身颤抖，不能自抑，千般惆怅辗转，到了最后却只化成一句哽咽："人生若只如初见……"

"好个'人生若只如初见'！"有人冷笑道。

香墨一惊，回头望去："是你？"

陈瑞自阴暗处漫步行到近前，目光阴郁："香墨，为了这句人生若只如初见，我是不是该就在此处杀了你？"

香墨微微一愣，晃了晃身体，站稳了缓缓笑道："为什么杀我？因为我损了将军你的英名，让你蒙羞受辱？"

"背夫通奸，只此一条就已经足够了。我就在此杀了你，你又能如何？陛下向来是喜新厌旧，多少个女人，便是如你妹妹那样的绝色也不过是过眼云烟，你真以为能和他天长地久。”

陈瑞走到被乌云遮蔽的月下，现出沉得比夜色还浓的眼眸，头上压着金丝的七梁冠。那代表了一品武将尊荣的冠，即使在这么暗的地方，看起来依然熠熠生辉。

香墨看着，金色丝线光芒潺潺地流动，深入眼缓缓濡了进去，引着她一股怒火，熊熊燃烧得似要喷出胸口。

她喝道：“住口，陈瑞！你没资格提我妹妹！”

“我倒是忘记了你们姐妹情深，当初你便是为了你那个好妹妹才爬上我的床，不是吗？”见了她动怒，陈瑞反而轻轻一笑，像是冷笑又像是讥讽：“怎么，现在你又要向害了你妹妹的人复仇？所以，爬上了陛下的床？”

耳边是秋蝉在唧唧地交鸣，陈瑞的每字每句都在她心腹之间引起一阵抽紧的疼痛。

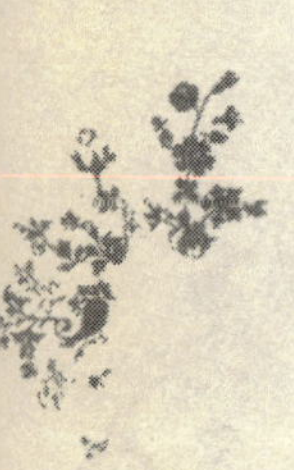

香墨陡地扬手就挥了下去。

陈瑞迅疾地一把抓住她的手腕，用力到指节发白。香墨望着他似鹰隼阴厉的目光，被乌云半遮的昏昏月光射来，她的眸子亮得耀目：“你知道什么？！你这样的人知道什么？！你知道‘长恨此身非己有’是什么？！你有什么资格说我……”

话还没说完，抄手游廊的转角蓦然挑出两盏琉璃灯，像荒野中恶狠狠扑来的恶狼的瞳仁，她一惊之下忙抽回自己的手，连退几步。

“将军，人已经给您送来了。”

几名侍从走近，中间的莫姬一身文君的戏服犹未换下，款款逶迤，琉璃灯金赤色的光自她未卸妆的深邃面上跳跃下来，在青石的地面上向四面八方晕开。

待侍从走到了近前，才发现香墨在，见情形似乎不对，忙跪礼道：“拜见墨国夫人。”

说完便又一时噤若寒蝉，都不敢再吭声。

莫姬乌黑混沌的眼在望见香墨的一刹那，瞬时一亮，却又紧咬住唇不发一言。

“飨客吗？”

香墨说时也恍若并不识得莫姬，声音平静如水，像是和自己全然无关，迈步离去。走过莫姬身畔时，脚步若有似无地一顿，淡淡道："你……可是心甘情愿？"

莫姬立时跪在香墨脚下，痛哭出声道："夫人！求您救救我！我已经有了喜欢的人，我……不想，真的不想……"

明明是凉秋夜，却仿佛烈日酷暑，跪在地上的侍从身上面上已汗流不止，而陈瑞的脸，隐在重重阴翳下看不分明，只是呼吸略显粗沉。半晌，他道："不用这胡姬了，你们下去吧。"

侍从如获大赦，扶起一旁犹在啜泣的莫姬，慌忙离去。

待到他们走远了，陈瑞一把揪住香墨的衣襟，拖过去，"既然你那么仁慈放走了她，今晚就由你来代替吧！"

陈瑞力气大得让香墨无法挣扎，踉踉跄跄间只知道被拽进了一个屋子里。陈瑞就扑了过来，几近疯狂地吻着她。香墨的手指只紧紧攥着天水碧的衣袖，环抱住自己，似乎已麻木了，默默承受着。

此时，长风顺着半掩的窗吹进，卷起来了室内漫天帷幔。

顺风而来的，还有一阵阵哀呼之声。

"……来人啊，救命！"

"……滚开，滚开！来人啊！"

那声音似极为虚弱，丝丝细细若一枚钢针扎入香墨耳内，熟悉得她脑中一阵轰鸣。

伏在她肩胛处啃噬的陈瑞也不由停住了动作。

然后，就又传来李原雍饱含了欲望的声音。

"美人，别怕，我会好好疼爱你的……"

陈瑞已经止不住地低笑了出来，附在香墨耳边低语道："都说那李原雍喜好男色，果然不假。"

说着一手覆在香墨前襟上，微微用力，灼热的带着湿腻的气息喷薄在她的面上。

香墨缓缓地抬起头，房内因未曾掌灯乌黑一片，头顶上的雕梁画栋梁慢慢模糊弯曲了起来。

而她心痛如绞。

第一刹那她想到的，竟是不要去救他。即便是他熬不过屈辱死了，人再不是她所害，跟她没有半点关系。爱恨情仇也跟她不再有半点关系。

蓝青哀哀的呼声越来越微弱，陈瑞的头已经伏在了她的胸前，隔着一层薄薄的天水碧啃咬，香墨却促起了不曾有过的心慌，他的龙身贵脉，身份尊贵不可言表，就这样被折辱了去……就这样被折辱了去……

她恍惚了，耳边有人细细地、轻轻地道："我们一同到陆国去……"

香墨心尖上微微颤抖，不顾一切地一把推开陈瑞，迅速打开门跑了出去。仅有一墙之隔的邻房想是知道不敢有人闯入，连门都未上栓。

她狠狠地推开门，红檀雕刻的门撞在墙壁上，咣当的巨响。

房内巨烛照耀，明如白昼。白玉麒麟冉冉燃香，香风微度间，层层叠叠的云纹织锦帷幕上起伏着薄薄的人影，急促间夹杂微弱的喘息。

香墨惶急地掀开一重又一重绣帏，蓝青光裸的只着了一件长裤的身体现在眼前。他的头枕在鸳鸯戏水的绣枕上，黑色长发散着，脸上满是惊恐畏惧之色。李原雍几乎赤裸地压制住他，令他动弹不得，在他的胸前放肆着，唇辗转过处一点点鲜红就印在了如玉的肌肤上。

一色天青的帷幕间，烛光半浮半沉，摇荡破碎。香墨忍不住向前轻迈，却被绊了一下，这才看清朱红的毯上满是扯得七零八落的衣物、衫袍、靴袜。

她失神中不慎扯落了帷幕，床上闭目隐忍的蓝青一惊，蓦地侧首。那碧蓝的眼中一层薄雾仿佛隐隐透着泪光，看见香墨时凄恻之中就又有了惊愕的神色。唇微弱翕动，却无法发出声音。

可香墨仍是清楚地看见，他颤抖唇中无声吐出的"香墨"两字。仅仅是连声音都没有的两字，就在她的心上擦出火辣辣的痛来。

李原雍仍是意乱情迷地伏在蓝青身上肆意着，丝毫没察觉有人闯了进来。

甜腻至极的香味穿过口鼻来至肺腑，仿佛要让人窒息一般，香墨呼吸不由得开始渐渐急促，阵阵眩晕袭来。她忙轻步走至白玉麒麟香炉近前，双手举了香炉狠狠摔在地上。

朱红的毯子上织的是牡丹春色，因是南夷贡品，也不过丈余许，只铺在了床前。白玉香炉避开了毯子砸在了乌砖上，细腻温润的玉一旦破碎就变成了犀利的冰片，溅在毯上，犹如八月的陡降的霜雪，带着残破却依旧甜腻的香料一同散发出来。

李原雍这才一惊，忙抬起头。

“百花迷蝶的迷春香都用上了，李大人真是好手段，好胃口啊！”香墨以扇掩面，冷冷笑道：“常听人说您喜好男色，倒不知如此猴急，堂堂盛宴丢下满席客人，自己跑来享受。”

李原雍见了是她，并不惊慌，从地上捡起团福的外袍随意披在身上，暧昧一笑道：“墨国夫人在说我？我看夫人和将军倒也差不到哪里去啊，怎样，要不要我单独备上一间客房？还是在这里我们四个人玩？”

香墨衣衫虽还齐整但已凌乱，发间的那株金色的虞美人几乎已经垂落在了耳畔。不用看也知道，陈瑞就站在她的身后，将近焚毁的视线重重地烫着她的后背。

她避过蓝青惊痛交加的目光，缓缓整理着发鬓，方又把那株金色的虞美人插在髻上，轻轻笑了笑：“大人想怎么玩，我本管不着，只是恰巧这戏子我也很看重，您说怎么办？”

李原雍的面色一下子变了，两拳骤然握紧，旋即又镇静下来，极为张狂地笑道：“凭你想在我手里要人？”

那样的目光、那样的神色分明是在鄙夷她，仿佛在说，你这贱奴，你也配？

香墨心里更是一股焦灼燎了上来，手中的香雪扇轻轻拍在左手上，笑得极为清脆，更胜李原雍的猖狂：“我便是要了，你又能怎样？”

李原雍猛然发起狠来，一把抓住蓝青的发，将犹被百花迷蝶香弄得气力全无的他拖下了床，狠力地当胸一踹，嘶声骂道：“佟香墨！你真当自己是什么狗屁墨国夫人？！八辈子贱奴的出身，到底缺了礼数教养。姐妹个个都是陪皇帝睡的，你比你妹妹更不如，不过是个枕边玩物。来要我的人？你也配！”

香墨没有料到李原雍如此的反应，忙上前扶住蓝青的肩。手指下的身

躯微微颤抖，不知是因为痛，还是别的。

香墨心中已尽是痛悔悲哀，百味俱全了。然而面上仍旧不能露出分毫，仍是执了香雪扇半遮面，仿佛忍了忍，仍没忍住笑似的："大人骂得不错，香墨确实只是人家的玩物，当日是定安将军，今日是当今的圣上。而今日，我就偏偏管你要了这个人。"

说罢起身，来到李原雍身前。李原雍身材高大颀长，香墨要看清他，就需把头仰起来。这一仰首间，眼眸倒映着闪烁的灯火仿佛两只明珠，明亮的透出难以捉摸的妖异，李原雍竟一时失了神。

而香墨慢慢转首，似是才发现陈瑞在室内，描画得本就高挑的眉峰又渐渐挑起，因扇掩着唇，看不到是如何弯起，只听见那笑声清脆得到了轻佻的地步："你给也得给，不给也得给。"

不止是李原雍，连陈瑞都一时惊诧不已。没有人能想得到，香墨敢跟李家硬碰到如此地步。

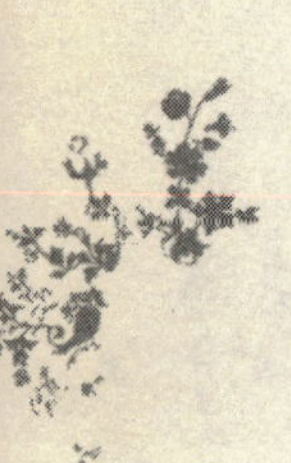

李原雍不能置信地盯着她，怒极反笑，一甩团福袍子的衣袖，高呼道："来人！"

侍从似是早就守在门外，此时听见呼喊方匆匆而入，跪在地上也不敢抬头，也不待李原雍开口吩咐，就颤着声音道："老爷，宫里来人了……"这样的神色更是让李原雍心里恶火乱窜，怒骂道："吞吞吐吐地说什么，有屁就放！"

侍从吓得将头伏得更低却不敢再犹豫："宫里来的人说，万岁爷睡不着正闹呢，叫墨国夫人赶紧回宫……"

李原雍微微一愣，赤红着双目看着俯跪在地的侍从，过了半晌方转眼，就看到一直斜倚着门、靠在角落的陈瑞。他双臂环胸悄然看着，从侧面看去，唇紧紧地抿着，深黑的眼中神情复杂，任谁也看不透在想些什么。

"夫人是真看中了这个戏子？"

门洞开着，百花迷蝶腐烂的香气依旧怎样也掩不住扑朔过来，带着甜腻的气味，浸淫在额头上，一抽一抽地痛着。定定看了陈瑞良久，李原雍眼里的赤红开始渐次退去。

"要是真的如此，我忍痛割爱也不是不可。"

说完就听啪的一声，香墨的面颊被掴得侧了过去，手中的扇子已经掉落在了地上，扇坠上一枚玉佩本是精工细琢的比翼双飞，如今生生断成了两半。

李原雍此时愈加骄横得意，犹不罢休地用鞋尖抬起蓝青的下颚，冷笑道："一记耳光抵不上这活色生香的美人。而且没了戏子，我那明珠水榭上也失了滋味，不如夫人上去唱一曲怎么样？"

蜜色的颊上一记鲜红的掌痕，火辣辣的，一点点渗进肌肤，一点点钻入骨内，痛不可抑。可她还是盯紧了李原雍，眼神依旧明亮如炬，一笑中说不出的意态轻慢："大人说好，自然就好。"

她转头对仍伏跪在地的侍从道："你去把文安侯唤来。"

天色越晚，夜幕中月更东沉。今夜偏知春气暖，虫声新透绿窗纱。蓝青匍匐在地，几乎觉得每一个呼吸都是艰难的，根本控制不住身体的颤抖。

他的面前是天水碧色的身影染了烛光的光华，遮住了仍带着淫欲的目光。隔着数道极轻薄的帷幕，倚在门口的那个人，似是谁都没看，又似谁都入目，深沉的似带着钩子的眼神。而那个人，原来就是她的丈夫。夜风袭来，若有若无的甜腻犹如千百条吃人的藤蔓，紧紧窒住他的呼吸。他仰头看着香墨，竭力含住眼里滚动的泪，却不敢也不能言声。此时想的竟不是刚刚几乎受辱，反而是她进来时的衣衫不整，和她的丈夫。

众人都在无声之中，佟子里是被两名侍从搀扶着来的，已经喝得酩酊大醉。

香墨看也不看佟子里，淡淡地道："哥哥，你先回去，顺便把这名李大人送我的戏子一同带回府。"

佟子里大半个身子都倚着侍从，仿佛没有听清，只迷迷蒙蒙地张开眼，含糊地问了一句："什么？"

香墨猛地快步走到佟子里面前，扬手狠狠挥下一记耳光，然后冷冷笑道："醒了吗？"

佟子里顿时一个激灵，掩面惊呼："醒了，醒了！"忙指挥着侍从给搀起蓝青，披上衣服。

蓝青却一把拽住香墨的裙裾，坚持着隐忍住的泪终于自碧蓝眸子中滚了下来，“莫姬，救救她……”

话还没说完，猝然而来的响声，如此巨大，以至于他的大脑瞬间空白一片，脸颊上也感觉不到疼痛。

陈瑞看着他，唇际就显出玩味的一笑，而一边的李原雍则眸光一闪。

香墨用漆黑的眼睛凝视着蓝青，一字一字地几乎是咬着牙说道：“一个下三烂的戏子，这里哪有你说话的份，赶快给我滚！”

蓝青必须紧紧抱住自己的双臂，才能控制住身体的颤抖。侍从忙上前拉扯着他随着摇摇晃晃的佟子里往外走，他犹不死心，转头看去，曲折幽暗的抄手游廊里，几盏八宝琉璃的灯火，落在那一行三人的身上。灯罩上金漆描画的一朵牡丹，影影绰绰地投在她的裙上，枝叶生姿宛如盛放。而她的裙裾迤逦在乌黑的夜色中，影子般无声无息，再未回头。

墨国夫人亲自上水榭唱戏，宴席间已酒意半酣的群臣一时就都哄笑出声。在哄笑中，水榭映着波光粼粼，汪着天穹，没有一丝瑕疵的夜明珠光下的香墨似是毫无所觉，舞动着宽袖，清唱了起来：“一片花飞故苑空，随风漂泊到帘栊。玉人怪问惊春梦，只怕东风羞落红……”

唱得不见得有多好，只是称得上字正腔圆罢了，席间却笑得更是厉害，夸张者已有人伏倒在案几上。

“正是阶下落红三四点，错教人恨五更风……丈夫……”身形轻动，反身折腰，明亮的似是燃烧的眼光就落在了席间陈瑞的身上。两个人的眼神交会，陈瑞薄薄的嘴唇勾出一个奇妙的弧度，晦暗不明地微笑起来。

很普通的《琵琶记》里赵五娘在寺院中为丈夫留下画像题诗的片段，却在这两字中让满堂哄笑顿时变得诡异一般的寂静，所有人都看着陈瑞和香墨，恍然醒悟了似的已无人敢笑。

陈瑞似一无所觉，一口一口品着金盏的酒，倒是他身畔的安氏浑身微颤。

主席上的李原雍则满面得意。

“……我有缘千里能相会，难道是无缘对面不相逢？凤枕鸾衾也曾共……”

蓦然，一阵掌声骤起，打破了满庭寂静。

众人一惊回望，只见两名内侍提着琉璃明灯照路，又有两名内侍执灯引路。一连串的灯光仿佛星子，在沉沉乌黑中流动。花木扶疏间，封荣踏着月色星辰缓缓而来。

众人忙都起身，伏跪在地，三呼万岁。封荣仿如未见未闻，直直走进明珠水榭。

“好，唱得好。”

轻轻地抓住香墨的手扶起她，她碧色的袖子滑下去，直露出一截似是涂了蜂蜜的手臂，腕子间的翡翠镯子微微晃动，更显得她的手腕不盈一握，似是一捏就会碎掉。他用食指轻轻摩挲着，轻声道：“唱得真好。”

香墨转眼凝眸盯住李原雍，冷冷一笑，猛地一把挥开封荣。

“走开！”

众人抑不住一声惊呼，封荣尚自失神时，香墨已又跪倒在封荣的脚下。

封荣大惊，急忙伸手去扯她：“香墨，你怎么了？”

香墨一把拽住封荣的手放在自己胸口，面上的尖锐忽然一敛，碎玉似的牙齿含住天水碧色的衣袖，狠狠地撕咬、低泣道：“妾今日受辱，皆因陛下而起，陛下可知？”

她的衣袖上是重重瓣瓣的蓝绣本色蔷薇，那牙齿深深地陷入其中，咬得本就苍白的唇更是透明若水晶，仿佛有一种光丽艳逸，又有一种凄楚不胜。她垂下眼去，发髻上的金色虞美人迎风颤颤几似凋零，夜明珠的光华在她的眼下留下一层薄薄的影，然后有一滴泪落下，灼人似的落在封荣还在感触着她柔软心跳的手掌上，仿佛是一团火化成灰烬，只余下一股隐隐约约甜腻的芳馥。

封荣搀起她，两眼一转就望向已经冒了一头冷汗的李原雍，随即携着香墨拂袖而去。

只留下极轻的一哼，和着不祥，震响在李原雍心底。

转之卷
揉蓝衫子杏黄裙

李芙被迎进大陈宫是在一个月之后的深秋夜晚，宫中三千女眷除了皇后无人有资格白日而入，即使李芙入宫即被赐以金册封嫔，仅仅位于四妃之下。

入宫的第二日一早，李芙就去了康慈宫给李太后请安。她年轻活泼，叽叽喳喳地不停说话，童年趣事、府中琐事都能说得趣味盎然，说到高兴处就会禁不住抓着李太后的胳膊撒娇地摇晃。

“好孩子。”李太后难得笑得满面春风，一边应着一边拍着她的手背：“今晚我已经安排了皇帝去你的庆芳宫，所以你该去见见皇后了。”

李芙也解意，深深地施了一福，恭敬地告退。

今日的李芙本就打扮得十分艳丽，一身衣裙皆是用由深到浅的晕色牵成的彩条经丝，织成晕色花纹的大絧锦。而裙面织着二十只势如飞起的鹤，每只都是折着一条腿，口中衔着酡红的月季花枝。鹤的后面，还有一只耸肩舒毛的十色鹦鹉。此时李芙含羞带怯，如扶风之细柳般，袅袅娜娜地从李太后的面前走开，那月季花和仙鹤一点一点地抖着，恍如涟漪，更加映衬得人胜花娇。

李芙携了几名侍女往皇后的坤泰宫去，在路过中间的御苑时，她见到近处凉亭中的一个男子。男子将身边俏丽缤纷的宫女们捧着的精致的点心扔下，逗弄着池中的十色锦鲤。金色的阳光落到亭内，落到他的侧面上，只有那么一点点，却是秀致千般。

男子似乎察觉到背后的目光，回眸过来，轻巧地一挑长眉，说：“谁？”

彼时，李芙才看见他的九龙袍，头上抢珠冠下的那双桃花双眸，只因为逆着光，精工细琢的白皙面上就染上一层淡淡的灰，神情自然而然地流露出一种拒人以千里之外的骄矜与冷峭。

李芙忙理了一下自己的发饰衣衫，跪地叩首道：“庆芳宫芙嫔李氏向皇上请安，恭祝陛下万岁万万岁！”

起身之后又佻巧地一福，才甜甜地叫道：“见过表哥。”

封荣定定地看着她，忽然展颜：“表妹啊，什么时候进宫的？”

“昨晚……今晚……”

李芙眼波盈水，半是羞半是涩，斜斜地一瞥，做出了风流婉转的情态予他看。然而，却被蓦然而来的一声轻呼截断。

“封荣！”

李芙心猛地一抽，皇帝的名讳便是她的姑母太后李氏也不便叫的。她仰首，凉亭一侧的湖石假山上，站了一个妇人。因她背着光，身后无限光彩，面貌反而看不清，只看见金丝缠枝的簪子，锤压的金叶间串串珍珠及一颗蓝宝石微微摇晃。

封荣恍惚露出了温柔似水的神情，李芙已然猜出那女子的身份，心中一股酸水刚刚涌起，封荣的手臂就像蛇缠住她的颈项，唇贴住了她的耳鬓诉着别人听不见的话语。

“得走了，晚上我们再说。”

池岸的如盘大的重瓣一丈红随着湿润的微风微微摇曳，明明都走开了，他却信手摘了一枝并蒂红花，在一片蔚蓝的不见浮云的天空和艳红厚重之间，封荣折身至她面前，并蒂花拆为两朵，一枝亲自簪在她的如云髻上，另一朵用白皙的指尖捻着，然后悠然而笑，在指尖的一丈红花上落下轻吻。秋日里的阳光落在封荣漾着笑意的眉目间，仿佛连他的笑都漾着光华，耀目地让人睁不开眼。

而后，离去。举止如行云流水，不落半分留恋。

目送封荣离去，李芙痴痴地抚上鬓上红花，只觉心跳得一阵快似一阵，也说不出什么感觉。一旁的侍女见此情此景，便知情识意地轻轻笑道：“娘娘好福气呢，陛下很欢喜您的样子。”

李芙面颊晕得如一丈红花，低低呓语，对自己如是说着：“欢喜吗？”

待到了坤泰宫时已是晌午，侍女引了李芙进侧殿，好半晌才有女官姗姗而来，微微行了一礼，道：“芙嫔娘娘，您可来得不巧，主子刚服了药睡下。”

李芙仍是盈盈笑道：“没事，那我就等等吧。”

那女官斜睨了她一眼，便径自去了。

因到了晌午，微凉的日头就现了晴暖，碎金的光透过轻薄的烟霞窗纱照进侧殿，蒙蒙晕晕望去窗外木芙蓉绽得正好。其中一株三醉芙蓉，大簇大簇如霞光般桃红，露染胭脂色未浓，正似美人初醉著。可坐得久了，连脖子都有些僵硬，那浓烈的香气更是熏得她几乎透不过气来。李芙不耐地起身，侍女急忙提醒道："娘娘！"

李芙并不理会，掀了帘子出来，走到廊下，正看见一行衣饰绚烂的侍婢簇拥着一名肤色若蜜的妇人走来。她发上的金簪近乎与阳光同色，灿灿的反照到垂在鬓间的珍珠与蓝宝石上，晃得李芙微微眩目。

年轻妇人已经看见了李芙，廊下两层青玉台阶一共六阶，两名侍婢搀着她，依礼上三阶，微微一福。

李芙忙下台阶，亲自扶住她，笑道："墨国夫人可免礼，妹妹年轻刚进宫，担不起这么重的礼。"

香墨就势起身，避开李芙的手，扬唇一笑说不出的讥讽："芙嫔娘娘您身份尊贵，哪里有什么担得起担不起的？"

李芙眼眸飞快一转，以袖掩面就几乎哭出来似的："姐姐这么说，就是在气妹妹了！家父就是那个脾气，小妹几次劝了都不听。但凡家父有得罪姐姐的地方，还请看在妹妹的面上，不要怪罪才好。"

说着就福下身去，她这一举动惊得香墨身边的侍女们大为失色，刚要出言相阻却被香墨伸手止住。香墨也不侧身避开，更不搀扶，生生受了李芙这一礼。

"你倒比你爹识相。"看着半弯着身的李芙，香墨眯起了眼，轻声细语地道："只可惜，你这小心眼儿里想的，也不过是怎么把我踩在脚下罢了。"

随后软软地加了一句："扮猪吃老虎？那也得看看你有没有这么大的胃口！"

这样张狂，让李芙几乎咬碎了一口银牙，却仍勉力露出笑容，刚要开口再说，坤泰宫的女官就已迎了出来，相别于之前对李芙的淡漠，此时满面堆欢地道："夫人来了，皇后娘娘正等着您呢。"

转眼似没看见李芙的福礼，只客客气气地道："芙嫔娘娘请。"

李芙在香墨一众侍婢的轻笑中起了身，跟在她们身后，胭脂红唇就凝了一抹冷笑。

一掀湘妃帘进了内殿，便觉有馥郁香气扑面而来，却不是薰香的气味，细看时才辨清，飞凤绕柱，珠屏锦幛卷晶帘的殿中，四角的花瓶皆是新摘的木芙蓉，簇簇如霞色。皇后杜子溪午睡刚过，坐在床榻之上一手支着床几。

几上是一尊琉璃朱鸟轻衔莲花灯，宫婢捧着茶点侍奉于床畔。她穿着家常的真红穿花凤锦衣裙，发上只插一支玉钗，本过于消瘦冷漠的面容，此时倒是午醉未醒全带艳，妆罢尚含羞。

李芙抢在香墨之前问罢安之后，未语先盈盈而笑，眉目弯弯十分天真地道："娘娘伺候陛下的时间最长，小妹有什么不对不该的，以后的日子还得请您指教。"

杜子溪并不起身，只微微一抬下颌，就有宫婢上前搀起李芙，并让了座位。

杜子溪脸上依旧淡淡的神色："有什么指教不指教的，不过都是伺候陛下的姐妹罢了，往后的日子那么长，谁都不好说。"

李芙用那如琉璃般的漆黑眼珠瞅了瞅杜子溪，带着艳羡又带着些许俏皮地说："进宫前就听人说皇后娘娘谦和恭谨，今日一见果然实更胜传，宫里宫外谁不知道陛下和皇后是鹣鹣鲽鲽，比目双飞。"

这样的模样话语是极为讨喜的，杜子溪也忍不住带了淡淡的笑意，对身旁的女官道："瞧这嘴甜的，比阿四更像是我的亲妹妹。"

然而只是片刻功夫，杜子溪眼扫过李芙鬓上娇嫩的一丈红花，就现出了一丝阴云似的黯然，伸手扶一扶头上的白玉簪，道："不过也别说什么鹣鹣鲽鲽，不过是鲽离鹣背罢了。"

午后的阳光透过枝叶间的缝隙又透过窗纱落在她的面上，便有了一种说不出的慵散与无奈，眼中也微微闪过一丝伤怀："倒是妹妹你趁着还年轻，早早开板散叶，别像我这病如朽木的身子这样不争气就好了。"

李芙忙以袖掩唇，适时做出羞涩恭谨的神色："是……"

杜子溪此时方转眼对冷坐了半晌的香墨，淡淡道："夫人今日来是……"

香墨的眉尖微微地蹙了起来，似乎是一忍再忍的模样。"听闻您在找依兰，此花难得更是难开，恰巧得了一盆正值花期的，就给您送来了。"

说罢一招手，侍婢捧上了一盆花，花土奇异的干裂，像是久未施水，而花径纤细得似吹一口气就要折断一般，而细长径上的妍丽四瓣红花，风致极为娟然。

“依兰花只生于大漠，必须用五年的时间，才能根入泥土，第六年方才吐蕊，而花开却只有短短两天。夫人能找来正在开花的依兰确实难得，只是……”杜子溪又慢慢拢一拢鬓角的散发，如玉般的双靥上浮起耐人寻思的笑影，双眸炯炯地看着香墨：“很不巧，我已经刚得了一盆，也正值花期。”

香墨迎视，眼底的幽暗似有火光流动，片刻之后也噙着一点笑意，福身一礼：“确实很巧，那臣妾就先告退了。”

杜子溪但笑不语，待香墨走了之后，又叫人呈上新茶给李芙。李芙只轻轻一抿，就放在桌上，杜子溪看在眼中也不再让，眉微微挑着，笑意虽淡却竭力温柔：“妹妹你不用介意，那样的人，那样的出身，再怎么折腾也成不了气候。你也别一味地让她怕她，要知道……万事有我。”

李芙闻言一愣，杜子溪身旁的女官提示道：“芙嫔快谢恩罢。”

“哦……”李芙这才恍然，满面惊喜地下拜，“谢皇后娘娘。”

叁

当晚是既没有星子也没有月亮的夜色，宫内夹道上一盏盏皆已燃起宫灯，粼粼的一道模糊的金线。从钦勤殿到庆芳宫并不需要路经御苑，可他还是绕了道。一点风也没有的夜色里，步辇行在御苑中的青石路上，只见四下阴浓细密的枝叶，丝毫不见摇摆，沉沉地仿佛预见了第二日的暴雨。

封荣在庆芳宫下了步辇时，李芙早已跪在青玉阶下。他并未起身搀起李芙，径自入了殿中。殿内窗纱帐幔乃至桌椅都是崭新的，借着灯光发着一层油油的光晕。偏封荣还左顾右盼漫不经心，仿佛不过是无意路过，一丝动容也无。

李芙被侍婢搀起，紧随入殿，还待再行见驾的跪拜之礼，却被封荣厌烦地一挥袖：“麻烦死了，免了罢。”

“今夜，表哥别说‘死’字，怪不吉利的。”

封荣转头，这才看见那枝一丈红还簪在李芙鬓间，十六岁的少女略显青涩的芙蓉颊，经上浓艳脂粉的胭脂渲染，一时不知道嫣红的到底是人，还是花。

封荣并不甚在意地笑了笑。

内侍进来要为封荣更衣，李芙挥手止住，亲为他解衣。

四下除了听见衣物的窸窣摩擦声，屋子里就一片沉寂。脂粉过于馥郁的香气，夹在一丈红残余的气息中，让封荣渐渐皱起了眉，但仍忍耐着没有发作。李芙面颊上的一晕一晕的嫣红更胜，像是踌躇等待了半晌，才鼓足勇气耳语似的道："表哥，可不可以答应臣妾一件事?"

封荣阖着双眼，侧了侧头恍如未闻，只是站在原地，抬着双臂等着她解扣，除袖。半晌才道："是不是有酒?"

说话间，顺势握住李芙的手拉过。李芙脸一红，将身子往后缩了一下，才低头轻声道："是有酒……宫外成亲，都要喝交杯酒的，所以我亲自预备了一壶女儿红……"

说罢，转身去了外殿捧了镶琉璃的酒壶放在床几上。

扬州有习俗，生下孩子时就埋下一坛黄酒，儿子取名为状元红，女儿取名为女儿红。李氏祖籍扬州，这项习俗也一直保存着。此时十六年陈酿的女儿红漂浮着这种清醇的香气，反倒驱散了脂粉的馥郁。

李芙亲自倒了两杯，执了一杯呈给封荣，不想脚踩在裙裾上，几乎摔下来，封荣伸手去扶住了她的腰，接过酒杯。李芙几乎是半倚在他的怀中昂起头，为了不压一丈红花之色，她发髻簪子就都是珍珠，一朵白兰由润泽的珍珠团簇而成，更加映得一张脸红得无处可藏。封荣一阵厌烦，在她失神时轻轻推开，径自坐在了榻上，只留下李芙呆呆地站在那里，便有了一种怅然若失之感。

封荣没有理会她，只单手支颐，撑在桌几上。几上早就仿效宫外摆了几色干果点心，他挑起一颗剥了壳的栗子，惬意地放入嘴中，缓慢咀嚼回味，忽而一笑："据说极品女儿红，唇齿间留香十日不散，比之鱼水之欢更甚，可是真的?"

说罢，并不等李芙回答，眼中就浮起一丝难以解读的复杂恍惚。

恍惚中还是在钦勤殿内，内侍为他更衣，转身的那一瞬间，烛光簇拥下，前几日她的府邸就已经改建完毕，今夜本该回到墨府的她，浓丽眼眸神光耀目。

“庆芳宫的酒里我下了依兰。”

那声音淡然，仿佛是只是一件琐事，不值一提。

他听见这话，微微张开嘴巴，那么惊讶地看着她，只觉体内仿佛骤然冰寒生起。

她蜜色的面容像是永远不会衰老，永远如同幼时的模样，微微上挑的眉，浓密的眼睫，不施胭脂就略显苍白的嘴唇。她永远也不会知道，小时候他那么怕去见母亲，却从来不曾装病躲逃。曾经，一天的指望，就是在严厉的似乎从不见笑容的母亲身边，在任何人都不注意的时候，偷偷望她一眼。她总是会回给他一个含着笑意的眼神。于是，一丝一丝的甜带着火一起混合，渗透进骨血里，和着血液一起流淌到心内。他要竭尽全力地忍耐，才能包裹住滚荡不止的深重欲望。

镶琉璃的酒杯用三只手指不经意地拈住，酒微微漾着浅黄色，封荣凝视着，没有温度，正如那人的心，永远也温暖不了。

但是，他舍不得丢掉。

端起酒杯，慢慢饮了一口，最后一饮而尽。

“你方才想要求我什么？”

李芙一惊，仍是低低垂下头去，踌躇了稍许：“妾可不可以叫……叫表哥的名字？”

“就凭你？”

酒气在一瞬间涌上，封荣的面容浮起两团嫣红，笑容展开，恍如桃李。

李芙竟似呆住，蓦地封荣身子前倾，李芙下意识地伸手，他倒入她的怀中，李芙无法承受他的体重，一个踉跄两人就滚在了床上。

他急促的呼吸簌簌地撩拨在她的颈畔，有点痒，像是什么在撩拨着她的心跳。她的身体被紧紧地抱着，封荣的手越来越有力，李芙渐渐感到了呼吸困难，她用手撑开，同时侧头。早有宫婢识趣地熄灭了满殿烛火，只留了床榻两侧光色蒙蒙，然而已足够她看到封荣的面上红疹点点，唇色青白。

李芙陡地尖叫出声：“来人啊！”

肆

皇帝中毒的消息传到坤泰宫时，杜子溪并没有歇息，仍旧半倚榻几。

几上琉璃朱鸟轻莲花灯燃着，莲花琉璃重瓣十色，灯光层层染染，第一重苏木红，第二重上是鹅黄，最后晕于佛青。而她就这么一直坐着，莲花灯内的红烛几乎燃了大半，宫婢来换，却被她拦住，红蜡如血，滴滴答答地顺着红木几的凹雕流淌下来。半明半晦的光下，她的眼却是凝结着一点火焰，徐缓燃烧，却永远都不会熄灭。

女官进了内殿回禀完毕，杜子溪才慢慢起身，站在等人高的铜镜前。她本就严妆以待，可此时仍旧细细整理着妆容。

黄罗银泥裙依旧纹绣翟纹，金丝红地霞帔，其上是只有皇后方可御用的龙纹。髻上左右金凤步摇的璎珞长长垂下，缀于前襟的明珠七事，流光溢彩。昏昏镜内消瘦如纸的身姿，重重坠饰下愈加单薄。

夜晚天凉，女官取来披风，从身后为她披上，再转到身前系上丝绦。女官的手指无意触到了她的肌肤，温温的暖，似乎永远都是，而她的手永远都是凉得入骨入髓。

皇后的步辇九重薄纱低低垂下，纱后挂了一盏纱灯，在这样无风的漆黑夜里，影影绰绰只见宫道上绵延不绝的灯火，路似乎永远走不到尽头。隐隐有钟声响起三更三点，那是西面无极宫门前的钟声，沉洪迟重的一声声，度越无数朱红墙垣，送到杜子溪的耳中。

往事漫漫而来，那个冬日枯木凉寂，杜家的正室千金，不甘心就定下了终身，不甘心就嫁给一面未识的人。

携了昆仑奴到东宫的后墙。她想，只看那么一眼。

坐在昆仑奴的肩上，手还未碰到墙头，一头浓发映着落日，就像一匹缎子披散在她的眼前。

几乎倒栽葱跌下墙的少年挣扎起身，映入眼帘的是一张翘起唇角的笑脸，带着种无措，那样秀致到了极致的模样却掩饰不住未脱的稚气。

她惊得仰首掩面，宽阔的锦袖滑至肩胛，就露出紧贴在手臂肌肤上的十二圈的金锻花钏，其上系的金铃，霎时清脆作响。

少年从院子内扯了藤蔓，跳向地面，寒风袭来，掉了金冠的他，如缎的长发翻飞在风里，仰头对惊呆在昆仑奴肩胛上的她展颜说道："叫我封荣。"

胸膛里的火和疼互相攀附着，烧灼得厉害，几欲喷薄而出的火焰无边无际地缭绕蔓延开来，蓦地把那些少年时的旖旎在火里烧得连影子也不留！

杜子溪双手覆面，剧毒的刺在心间长出，长久的、永恒的喷吐着毒气，让伤口永不能愈合，只能一点点腐烂，最后，腐蚀掉所有的一切。

身子颤抖，步辇微微震动了一下，马上有宫婢上来，轻声道："娘娘，怎么了？"

杜子溪缓缓吐出一口气，才道："快些走。"

步辇忙快了几步，轻微颠起来。

钦勤殿杜子溪几乎从没来过，还需内侍在前引路才知道如何入内。廊外白玉栏下落叶无声，庭院静寂处，有乌桕长得正盛。那浓密的叶映着内侍手中的宫灯，一层层茜色、樱草色、黛紫混在一处，流淌如绸。前后十数人迤逦而行，步子皆落得极轻，几乎无声，可还是惊起了叶尖栖息的蝶，鬼魅翩翩地飞翅，似洒落细碎的毒粉。

方跨过门槛，整个太医院的太医和哭红了眼的李芙，就都伏跪在如镜的乌砖地上，杜子溪并不看地上众人，淡淡的眸子移向端坐在上的李太后，裣衽施礼。然后，不待李太后说些什么，就不发一言地来到了封荣床前。

内殿点着八方烛台，身如银树，杈出十来枝分叉，支支蜡烛把殿内照得亮如白昼。封荣微蹙着眉心，沉沉地睡着，黑色直到腰下的发散在白色里衣下，仿佛就此睡去，安静地好像永远都不会醒来。杜子溪忽然就升起了一种恐惧，她越是恐惧，脸色越白，薄薄肤下的青色经络快要显现出来。

跪在床榻前，浮白僵冷的手轻轻不顾仪态地放在他的胸口上，感觉到

心脏的跳动，才放心。

他还活着……真好。

太医院煎好了药呈上来，一共三碗，内侍仰头喝下一碗，太医院院判亦喝下一碗，殿内浓厚的药气就缓滞流动。内侍呈了第三碗药上来，杜子溪亲自接到手中。

烛光带着金色的光晕垂笼下来，手顺势抚摸着封荣冰冷的头发，凉凉滑滑的，仿佛丝绸。

唇微微抖着，开开阖阖。

封荣……

成婚五年来她从未以这二字称呼过自己丈夫，即使在心中默默地念过无数次，也没有把它说出口。无数次无数次充斥在她的唇间，总是无法吐出，最后累积成无药可救的剧毒，慢慢沉淀，进入自己的血脉之中，在血管里流动，把毒性带到全身，似冰又似火地燃烧着。

最后，她仍只是轻唤道："陛下。"

封荣这才缓缓张开眼，杜子溪轻柔地将碗的边缘送到他的嘴边。封荣轻轻含住，孩子似的微微地一吮，然后，皱紧眉就着她的手一口一口极艰难地喝下。

重又躺下后，唇微微动了一下。杜子溪忙俯身细听，模模糊糊只是一个"墨"字，她听得那样安静，不露声色。殿内的灯火如冰凌的罅隙里游动着的一缕灰白，覆在她的眉目间。

手无意识地去握封荣的手腕，却被一件温凉的物体隔开，那是他腕上的一只玉镯。

女子佩饰的玉镯，指甲大的金箔缠了一处，极为触目。她清楚这只玉镯的主人，她亦清楚带着这玉镯的人。手大力地捏着，恨不得一用力就掐碎，然后戳进血肉，戳进白骨森森之中。

这个男人如果连骨头都能碎在自己的手里，多么好。如果就这么死在自己的手中，多么好。含着毒气的欲望忽然出现，像是一壶开水直接注入心脏中，连指尖都疼。

过了许久，李太后在一旁微微一叹，语气里有着难以言喻的愁绪："你也莫过于忧心，御医说还好依兰下得不多，不会致命。”

杜子溪深吸一口气，慢慢回头，发间的金凤钗，细密金丝的璎珞垂在没有血色的颊畔，竟波澜不兴。她轻声道：“去，把墨国夫人召进宫来。”

伍

宫中的传命官到了墨府，香墨再穿衣出府时，已是四更过半。东都早就宵禁，天街上万籁俱寂，连风穿过长街的声音也没有，如死了一般。一行人急急走着，又遇到寻街的侍卫纠缠了一阵，方才放行。转过几条街道，蓦然传来鼓乐之声，伴着一阵女子染了倦意却仍浓稠似蜜的嬉笑。香墨撩开帘子望去，街头高高起了一座楼，暗夜里盏盏明灯，艳橙魏紫绚丽夺目，带来阵阵香气。此时极目望去，在这禁宵以后的夜晚，人间芳菲艳尽，琼楼玉宇一般。

经过那楼时，她看见楼间写了“万花楼”的匾额上，有浓妆女子醉眼蒙眬，斜倚阑干，长袖委下，仿佛一株花已经开得半凋，一派靡倦风情。

她放下帘子，便想：“我与她，殊途同归，总是一样的。”

待走到宫门时，皇宫早已经落匙，又纠缠了一阵，才能进入。

入宫之后马车就走得极慢，好容易到了永平门，早有软轿候在那里，一名内侍掀了轿帘，躬身道：“奴才侍候夫人上轿。”

香墨坐到轿内，内侍刚要放下帘子，就听她轻声道：“看着怪眼生的，你是哪里当差的？”

内侍仍是躬着腰，用极低的声音说：“奴才是坤泰宫当差的，主子叫奴才转告夫人，都安排妥了，请夫人不需挂心。”

香墨冷冷一笑：“我有什么可挂心的？”

内侍不再出声，放下了轿帘。

来到钦勤殿外时，就见一众被打得皮开肉绽的宫婢们，因被绑了嘴，无

法叫出声，簇簇灯火下只见面上不停流下的冷汗。进殿的那一瞬间，香墨似无意地朝她们扫了一眼，便没有丝毫犹豫和停顿地走了进去。

殿内李太后和杜子溪依序而坐，烛光本就十分明亮，此时流在澄亮的金砖上，就有如水银，倾泻满地。

而李芙就跪在这一片水银之中。

不待香墨福身行礼，就被杜子溪扬手止住，落座在了一旁。

“芙嫔，你可知罪？”

久病的杜子溪此时声音虽严厉，但中气不足。寂静得几乎连呼吸都不闻的殿宇，最后一个失了气力的“罪”字略显拖沓，却显得尤其意味深长。

李芙叩首下去，再抬头，看见杜子溪凛然无波的面容，便道：“不是臣妾，臣妾万万不敢对陛下下毒，并且也没有理由下毒！”

主位上的李太后此时刚要开口，就被杜子溪淡淡地一笑接过：“谁都知道，依兰不是毒，而是催情禁药。你年轻事浅借此禁药邀宠，此其罪一。陛下的身体向来受不了依兰的药性，你糊涂之下差点害了陛下的性命，此其罪二。我问你，你可知罪？”

“皇后娘娘明察，不是臣妾！”

李芙身上湘色的绫袄、苏绣的花卉针脚精巧，色泽鲜明，想是为了今夜特地准备，而今则被泪一点一点模糊成了一团。

她望住李太后，哀哀道：“姑妈，不是我，真的不是我！我只是带了一坛女儿红，我从来没听过什么依兰，更是连见都没见过！”

杜子溪仍是抢先接过话去：“刚审问过你庆芳宫的一众奴婢，都说你那坛女儿红从始到终只经了你一人的手，你还有何话说？”

“我根本不知道什么依兰……依兰……依兰！”李芙浑身发颤，连话都说不完整，连连重复着“依兰”二字，蓦地像是突然想起了什么，满面希冀地道：“是墨国夫人，是她害我！今天晌午，我亲眼看了她捧了一盆依兰去坤泰宫的，是她，一定是她！皇后娘娘您也看见了，不是吗？”

杜子溪没有说话，眸中寒光一闪，旋即淡淡望向香墨。

香墨迎着李太后的眼眸，也不起身，坐在椅上闲闲地道：“臣妾是得了一株，早年虽知道陛下幼时因误服了依兰几乎送命，但陛下说花开难得，就留在了钦勤殿。”

李太后一使眼色，李嬷嬷会意，出去不多时就捧了一盆依兰进来。

香墨扫了一眼，以袖掩唇，扑哧一笑：“就是这盆。”

李芙却仿佛见了鬼一样，目瞪口呆，向前爬了两步，扯住了李太后的裙裾，指着香墨尖声道：“不是这盆，我明明看见她那盆依兰是红色的，怎么会变成白色的?！怎么会……”

殿中鎏金鼎内焚着安息香，淡白轻烟如夏日柳絮，丝丝袅袅。李芙泪眼中但见香墨目光蒙蒙，唇边含着满满的笑，似望着她，又似没有望着她。

李芙本极为聪慧，心念一转就尖叫道：“姑妈，是皇后！是她害我！今日墨国夫人捧了那盆红色依兰去了，说皇后在寻依兰，可皇后说已经有了，所以墨国夫人就又捧走了……”

说罢转眼又望向香墨：“你也看见了，是不是!?”

香墨此时方才起身，向李太后和杜子溪敛衽一礼，眸若含了水银，熠熠流转。

“臣妾今儿下午是到过坤泰宫，可没带什么依兰去。皇后娘娘也没说什么得了依兰的话啊，芙嫔大约是记错了吧?”

说罢，又看向杜子溪。

杜子溪和香墨的视线微微一碰，旋即错开，漫不经心地笑道：“母后，儿臣一向病弱，催情的剧烈玩意是万万不敢用的。芙嫔说到底是个孩子，被抓住了错处就胡乱攀扯。”

听到香墨和杜子溪如此说辞，李芙扬着眼睫，幽黑的瞳子涣散地望定了她们。仿佛再也没有气力，猛然撒开抓住李太后裙裾的手，歪倒在地。那鬓边簪着的一丈红花禁不住风波，便轻飘飘地掉在了金砖上，秾艳的花瓣离枝久了已是乌黑一片。

她不住地喃喃道：“你们……联手害我……”

李太后的身子微微一抖，发髻上累累的钗环亦跟着瑟瑟轻响，胸口不住起伏，呼吸渐次沉重起来，好半晌才沙哑着嗓子开口道：“天晚了，等明天再说怎么处置吧。”

杜子溪不慌不忙起身一福，语气温和地说：“儿臣遵旨。”

陆

钦勤殿前，李太后携着李芙径自走了。

杜子溪回眸，向送在阶前的香墨一笑，然后缓缓走向步辇。每一步，都庄穆而优美，然后乘着步辇而去。灯火阑珊中望去，薄薄纱帷内的影，安静，花团锦簇。

薄日将出，天色如纱，浅浅胧明。半边的黑色被撕裂出了灰色的印迹，飞檐叠壁的大陈宫几乎都成了一纸剪影。

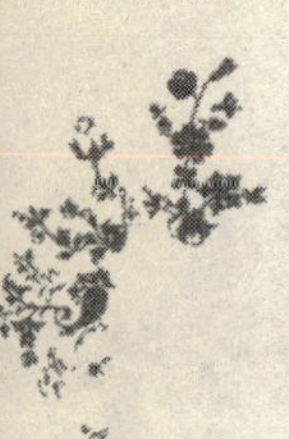

香墨转身回走，从一处殿门，慢慢走到另一处殿门，左转廊道，右行殿内长廊。辉煌寂静的大殿，只有她一个人不停地走。天青锦缎的绣鞋，鞋尖用细如米粒的珍珠攒成一朵莲花，踩在深黑色如水镜般的砖面上，有一种沙沙的回声。

殿阁那样的大，道路长远似没有尽头。

她想，一切这么顺利，顺利得叫人害怕。

走进内殿时，内侍正执了蜡钎更换燃尽的红烛，香墨一挥衣袖，内侍便极识得眼色地退了出去。她亲自换上新烛，天毕竟还没有亮，她看着烛火燃燃，在自己的面前摇曳不定地吞吐着夜色。

半晌，慢慢地把身转过去，就对上了封荣的眼。

封荣微微泛白的脸上，还带着点点红疹，唇际是浅淡温柔的笑容。

可不知为何，两个人的眼睛对上的刹那，香墨一下子，冰凉一片。

蓦地一道电光，穿过半黑半灰的天色，窜进殿内，只是一瞬，短得仿佛是燧石击发的火花。

香墨第一次深深地看入他的眼，桃花双目有着慑魂的凌厉，但更多的却是孩童一般的柔软。最极端的两种糅合在一起，便成了一个谜。

"香墨……"

他在叫她。

她好半晌才挣脱恍惚。

封荣自床上抬头，看着她微微地笑着。笑容因第二道电光一闪而过，显得极为明亮，含着光辉的明亮。

"过来。"

香墨走过去，坐在他旁边。封荣便把头枕到她的腿上，她小心翼翼地一僵，他早已经伸手紧紧地揽住了她的腰，低声说："香墨，打雷了，真可怕……"

雷声并不大，却布满了整个天地，远远近近。

他身上本盖着一幅真红双窠锦的锦被，如今被蹬到了脚下，香墨轻轻地帮他盖好。随后，握上他的手，唇上微微含笑。

笑意下想的是，这双手曾经带给自己多少苦痛，现在却只能握着，仿佛握住了自己的一生。然而，能握上一生吗？大抵不能吧……

封荣抬指，轻柔地抚摸她的下颚。她微微一怔，旋即侧头避开，淡淡地道："连依兰都喝了，还怕打雷？"

封荣并不答话，痴痴地笑着凑上来，像小孩子在撒娇一般，那双手厮磨着她的手指，与她五指纠缠。

窗外的雨已经在雷电交加中下了起来，急惶惶地打在窗纱上，瓢泼劲势似要打碎所有挨着的物体。白纱灯罩下的烛光在暴雨扰动下起了波纹，恍惚映在香墨的面上，在她低垂的睫毛投下深深的暗影。

"你料准了我不会下重手害死你是吗？"

封荣轻笑，旋即似刚出生的小狗，用鼻子蹭着她的身子，一阵乱嗅。半晌，方道："药味这么大，讨厌。"

德保马上捧了香盒进殿，掀起金兽熏炉的盖子，洒了香片，又轻飘飘地退了出去。金兽口中的白烟袅袅纠缠升起，异域沉香聚了又散，掩不过屋内那股药草的味道，似苦还香。

封荣骤然施力，一把将她推倒在床上，仍是紧紧握着她的手，说："你给我的，穿肠毒药我都会喝，你要我死，我不会不死的。"

香墨牙齿咬着下嘴唇，不说话，也不动。好半晌才开口道："那我让你

走得远远的呢？那我让你放弃皇位，住进监牢里呢？”

封荣的眼滚动了一下，望住香墨静止了。在幽暗的光线下，发出不祥的黑色光泽。

他慢慢凑近香墨，柔声说：“天涯海角我都会去……只要你在我身边。”

他的眼中不再有少年似的任性和倔强，只是用一种近乎固执的神情，一心一意地许下了他的承诺。

“你我……还真是一段孽缘。”

闪电又起，仿佛红烛结成的一朵灯花，不过瞬间已经凋零。而封荣眼中随着闪电的骤起骤灭，有什么黯淡了下去。

香墨明明看见，却只告诉自己，大约是看错了。而她的手指不知何时已深陷入自己的掌心，指甲深深嵌进肉内，麻木的疼痛。封荣伸手摊开她的手，月牙形的一道深深掐痕。然后，低头吻了她的手心，温热的唇缓缓厮磨。

她手一颤，却无法摆脱。连着颤抖的呼吸中，只闻到异域沉香一阵紧似一阵的馥郁。一双依然在睁动的眼睛，瞳孔透明，睫毛纤细，潋滟着深深的恍若一梦的深情。漂亮得仿若毒药，让她晕眩。

殿外，大雨如注，一天一地的暴烈，仿佛整条渭河的水从天上一股脑倾了下来，银刀子一样的尖锐。

几日后的晌午，西窗日中天，蝉鸣吵着一日甚似一日，秋至末，不再热了，而是闷。偶尔，燕子在檐下盘旋。钦勤殿内帘幕低垂，无端端地添了几分慵懒，那洒进殿的阳光也是软绵绵的，带着轮值的内侍也忍不住低了头，打着瞌睡。

德保轻手轻脚地进来，跪在床前，轻轻一咳。

香墨只着了一件葱黄的肚兜，掀开罗帐，秀发未束，此时纷纷扬扬，随着散落。饶是德保这样的内侍也不禁红了脸，将头伏得更低。

她信手披上一件石榴红薄纱外袍，赤着脚走下床，低声问："怎么了？"

石榴纱随着她的脚步轻舞，便如蝴蝶的翅漾起，在德保的面上。德保不禁微微抬起头，先入眼的是一双蜜色的赤足以及光滑无暇的小腿，虽不是白玉，却也好似最稠的蜜胶凝成的琥珀，连肌肤之下的骨头，都似带着光华。只是看着，人不由就酥了。

德保忙又压低了头道："太后等在殿外，说压了几天的票拟等着陛下加盖玉玺。"

还不待香墨答话，就听明黄纱帐里一声轻笑，传出了封荣懒洋洋的声音："怎么能让母后等，还不快请进来。"

明明已是秋末时节，德保仍不禁满头大汗，但也不敢多言，转身退出。

香墨并不急着穿衣，转身亲自打起了床帐，不看歪着的封荣，只道："还不快起来？"

只着了雪绸内衫的封荣恍如未听见，伸手去拉她。香墨因穿得极薄，秋暮寒重，肌肤上已是一片冰凉，他拿温热的面颊厮磨着，轻声说道："这么凉怎么不多穿点？"

香墨不耐烦与他纠缠，一甩手走到了窗畔的梨木榻上坐下。封荣笑嘻嘻地跟过去，榻儿的另一边明明还有一个位置，他却偏偏紧贴着香墨坐下。

李太后走进内殿的时候看到的就是这幅景象。

见了李太后封荣不起身，反倒在了香墨的膝上，笑唤了一声："母后。"

一面说，一面将脸往香墨的肚兜上靠，香墨狠狠地将他推开，他跌在香墨腿上，不曾恼，倒低低地笑。

李太后似乎没有看见，坐在榻儿的另一侧，缓缓说："皇帝，票拟都压了三日了。"

封荣漫不经心地应了一声："德保去取玉玺去了。"

正说着，德保已捧着玉玺走了进来。

封荣对香墨说："来，帮我印。"

香墨因半歪在榻儿上，葱绿的肚兜本就系得不牢，便是酥胸半露。她

恍如未觉，垂眸，只是那么恹恹地道："你不看啊？"

"看啊。"

这样嬉笑地回道，香墨一恼，就朝捧着票拟的李嬷嬷扬手一挥。

今日的香墨已不是昔日的香墨，经此一役，已是宫内炙手可热的人物。李嬷嬷手中即便捧了一打票拟，此时仍恭恭敬敬、客客气气地屈膝唤了一声夫人，把票拟呈在她的面前。

她笑意浅浅："那你就看吧。"

说完优雅自若地将票拟举在封荣眼前，快速翻过。只是，那字却是倒的。而香墨款款顾盼间，眸中似有水波盈彻，只似未觉。

榻几一侧的李太后，表情始终是淡淡的，并没有大悲大怒的样子，唯有眉头似是不经意地微微一跳。眸子里终年覆盖的薄冰轻轻晃动，只一眼便犹如千里冰川，那种摧枯拉朽的寒冷，令得香墨心里微微异动。

这样的神情，谁也不知道她现在在想着什么。

心下一阵烦躁，抓过玉玺，儿戏似的就盖在面前仿佛小山的票拟上。

香墨盖着的时候，封荣抓起她的薄纱衣。甚是精致的纱衣，轻盈若羽，覆在面上，连阳光都变成了石榴红色。正在举玺而印的香墨，低垂的侧面，一片石榴色渲成一团团光晕，朦胧里依稀可见容颜平静柔和。丝丝秀发墨瀑似的铺陈在明黄的褥上，流光熠熠。他望着，就心里暖暖温温的。

半晌，他才缓缓开口问："母后，李芙怎么处置了？"

李太后微微一愣，才道："降为贵人，闭门思过三月。"

香墨擎着玉玺的手顿了一下，随即又缓缓落下。封荣一把抓住她的手，笑道："这本和下本就别盖了。"

香墨甩手冷冷一把推开膝上的封荣，丢开沉甸甸的玉玺，自顾自缓缓地缩回了脚，手指抚过蜷缩的赤足，意态慵懒却讥讽入骨。

"知道上面都写的什么，就不盖了？"

封荣跌在榻上，仍不起身，仰起脸抿唇轻笑，只见她手指脚趾映着日光，隐约透着暖橙，似是自骨剔透。他伸手摩挲着香墨的脚趾，低低背道："臣闻三皇立极，五帝禅宗，乾坤浩荡……宇宙宽洪，作诸邦以分守。臣蜗居之地，偏小狭隘，封户不足三千。陛下为万民之父，为万乘之君，昔尧、舜有德，四海来宾。汤、武施仁，八方奉贡……此启陛下，垂怜臣之劳苦，以赐加封。”

“下一本是……臣论文有孔、孟道德之文章，论武有孙、吴韬略之兵法。又闻陛下选股肱之将，起精锐之师，来守风吉……风吉乃水泽之地，山海之洲，臣兢兢业业再任经年，如今虽已任期满，但风吉万万民众仍是臣心所系，只向陛下祈跪途。倘陛下恩准，臣定免生灵之涂炭，拯黎庶之艰辛……敬叩丹陛，唯陛下三思。”

因封荣嫌殿内药味浓重，窗开着，满庭乌桕已经红得透了，碎金似的阳光洒上去，便是一簇簇火焰，灼灼直欲燃起来一般。

这两个奏本，一是李原雍求赐封赏，一是李氏宗亲上奏要求留任风吉巡抚。这样的奏本每幅六行，一行二十四格。她一眼望去只觉得浑浑噩噩，而他却将倒呈在自己面前的奏本，背得丝毫不差。

香墨低垂，望着枕在脚边的封荣。暖日融金沾粉，隐约见那长长的睫毛颤了颤，在白腻如玉的肌肤上掠过一道青色的影子，浅浅地，竟有些妖异。

她只觉得胸口被一种柔软的东西堵住了，像是一团丝凌乱地交错着。

记得蓝青也是这样，来东都的路上，老爹拿了新剧本，他粗粗一扫遂背诵如流。

原来，他们兄弟都是这样。

她恍惚无语，想起蓝青碧蓝的双眸，清峻的容颜，却比眼前人更像一国之君。

而他大约已经回了陆国吧……今生今世怕是不能再见，爱的恨的，到如今，就只能如此了……她这一生如戏，唱到了收梢，已是穷途末路。

钦勤殿内因这几日太医进进出出，朝来暮去之间，就总是弥漫着药的味道，开着窗，熏了香也总是散不去，苦涩而顽固地沉淀着。在这苦涩中香墨恍惚着就听见封荣说：“母后，这两本朕不能盖，您原样遣给他们吧。”

李太后闻言起身，想是气极了，金砖的地上徘徊了数趟，殿中一时静到了极点，只闻她衣声窸窸窣窣。半晌，她重又坐在榻几旁，冰一样的眼凝望着封荣，道：“皇帝，那是你表妹。”

封荣的眉头为难地蹙了起来:“母后,后宫的事朕不管,朕现在说的是国事。”

有风由窗直入,李太后鬓上一枝金花流苏,沙沙地打着鬓角。两鬓灰白的发被足金一映,格外醒目。半晌,她目中的冰似在慢慢开裂,道:“你想怎样?”

双目看的,却是香墨。

香墨一笑,声若银铃,悦耳撩人:“犯了宫规,自然是赶出去。”

李太后闻言不语,只端起面前的茶盏,白釉紫花盏,碧绿的一泓水倒似一盏毒药,难以下咽。盏盖磕在杯壁上,连那声音也是沉沉的。李太后若有所思了片刻,方又神色平静道:“明天叫皇后传旨,驱李芙离宫。”

“把第二本盖了吧。”封荣躺在那里一笑,道:“母后跟舅舅说,户部尚书好好当着,天下的税银三分归他李氏,七分国库,还想要封赏?朕可真是封无可封了!”

李太后忍无可忍,起身而去,临出殿前眼波掠过封荣。香墨只见她发上足金簪花,璎珞流苏如水波轻漾。

李太后走了,殿内就静悄悄的,窗外风漱着乌桕,枝叶沙沙清晰入耳。

香墨五内如焚,一时激愤道:“你什么都知道,却什么都不管?你知不知风吉的百姓……”

封荣躺在那里,微闭着双目,似是不胜厌烦地截断她:“那些烂摊子,你就是现在交给别人也只会更烂。朕不管,你也别管,有杜相母后他们烦就好了……”

然后,微微一笑,极艳丽的,也是极残酷的,像是玫瑰的刺,明知人的痛楚,仍刺到人的心里去。

香墨看着他,蓦地起身而去,赤裸的足急急踏过金砖,石榴烟纱如水,流过她的长发,她的衣袖,从她的脚下淌开,身后,漫了一色的红。

捌

大陈宫的清晨静悄悄的，抑或者每日每夜都是寂静无声的。因为李太后喜静，康慈宫寝殿窗与床的月牙门洞之间，原本垂挂的纱幔就改为了翠色竹帘。天下女子向来以宫中手工最为精巧，单只竹帘上垂下的丝络都打出了五色的花样。霓色滟滟中，唯见条条缝隙透过昏昏日影，更显殿宇深闳。

李太后仿佛似醒非醒，躺在床上重又阖起眼睛，耳中依旧是什么声音也没有，寂静得令她心中发慌。

这样的静，仿佛初嫁陈王府之前，闺阁内再多的妆奁，侍婢来来去去亦都是无声的。那时的房里也是垂下碧翠的竹帘，阳光从缝隙透进来，一道一道。帘子下垂着她亲手打的金色丝络，偶有风致，如意结下无数细小金丝就轻轻飘浮。

而她只需安静地坐在那里，只是这样坐着，便连从宫中针工局特遣来缝制彩衣的女官，都夸她贞娴雅静，气韵无双。面前托盘内是特赐的贡茶，橙黄清澈，白玉的碗壁团团金色彩圈，叶子也甚是奇特，边缘朱红，仿若女子唇边抿落的一抹胭脂。可这一切都及不上它极好的口采“凤凰水仙”。那清香的味道，即便不喝，只捧在鼻下细细地闻着，也不禁令人神思舒畅。

母亲捧着朱漆泥金雕花的盒子缓步走进闺房中，一身的正红色礼服，带着赤金的凤冠，胸前补子上繁杂富丽的图案，看久了颜色直让人晕眩。而这样的诰命夫人的装扮，却是女人一生追求的极致，作为正妻，可以身着正红色礼服，跪在丈夫的身边，而丈夫身边的那些女人，即使美艳无双，宠冠一时，也不能撼动她的位置。

母亲放下手中的事物，拉着她的手叮嘱万事小心，细细叮咛，不外乎是上敬君父，下解夫忧之类的话。正听得她昏昏沉沉的时候，母亲却突然面

色肃然地道："今天你和陈王的初夜，切切记住为娘的话。"

说着打开朱漆泥金雕花的盒子，将里面的书册极为郑重地交到她的手中。

书册已经很陈旧，发黄的纸页上赤裸的男女以奇怪的姿势抱在一处。那时的她年轻纯真，一面瞪大了眼毫不羞涩地看着，一面问："这是什么?"

倒是母亲的面颊微微泛了红："这是今夜你们要做的事。"

"你不用担心，虽然有些痛，但只要安静地躺着就好了，一切交给陈王处置就好。要知道即便是寝室，外室内也有值夜的丫鬟婆子，所以叫出声是很粗鄙的。也不可以动手动脚，保持安静才是李氏女子恪守的礼节，才不会让人轻瞧了去。"

她惊异地瞪大了眼，母亲洁白似玉的面上仍是惯常的淡漠，但目间深处藏匿的殷殷之情却瞒不过她的眼。流连花丛的父亲，常年冷遇的母亲。而她能做的只有这些，于是她郑重地点下了头。

那晚她在陈王身下，依言安静地忍耐着疼痛。朱漆泥金雕花三屏风式的妆台上铜镜映着红烛，烛光嫣红若晚霞铺陈开来，在他的眉目间镀上一层淡淡的薄晕。夜色无声，恍惚能听见他心跳的声音，近得紧贴着她的心跳。

这就是自己一生依靠的人，那时，她的心是满满的，幸福得快要涨溢出来。

可是，他并不喜欢她，莫名的没有理由的，无论她怎样娴雅安静，都无法止住他留恋花丛的脚步。一开始眼泪总是打透亲自刺绣的比翼双飞枕，后来连眼泪都没了。

"太后。"

耳边恍惚是李嬷嬷的声音，她不耐地翻了一个身，不曾张目，只紧抓住瑞草云鹤的锦被，道："让我再睡一会儿。"

轻嗔的语气，依稀还是旧时待嫁女儿的模样。

李嬷嬷愣了片刻，方又有些不忍地道："国舅爷要见您。"

远处隐隐有晨钟之声，一声，再一声。李太后不由轻轻地叹了口气，自紫檀雕花的床上坐起身，道："去跟他说，明天再来吧。"

正说着，李原雍已一把掀了帘子，急急地跪在脚踏上大叫着：“太后不为我们做主，那打算让芙儿今后怎么办?！从宫里被撵出去，这一辈子就是毁了！我们李氏的脸面扫地，无颜以见宗族！”

最后一句话，因激愤过度，几乎已近似嘶吼。李太后也不搀他，脸上淡淡一片，可是眼底里却掠过一丝哀凉。

“你现在才想到问我怎么办？芙儿进宫前，我千叮咛万嘱咐，叫你别去招惹佟香墨，可你呢？有听进去我的话吗？”

“太后就这么忌惮那个贱奴?！还是连太后自己都被那贱奴整得毫无招架还手之力了!?”

李太后吐出一口气，慢慢地点了点头，紧攥着锦被的手伸起，食指指向着南方：“我不是怕她，我忌惮的是住在坤泰宫的那个。”

匍跪在脚榻上的李原雍一愣，刹那间讶然无语，不禁抬首望向李太后。但见她面色淡静，似只在闲话家常。

“你现在明白了？可是晚了。”

李原雍缓缓垂下头，磕在檀木的脚踏上，重重的一响打破深闳殿宇，转身退出。

青砖铺就的御道，笔直绵长，内苑之内如无特旨便绝对不可以骑马乘轿，十一月的天已寒凉，李芙紧裹着黑缎斗篷，腰背挺得笔直地走在李原雍身后。

御道本就极其洁净，连一片树叶都看不见，但不远处有内侍手持长柄的扫帚，在一丝不苟地清扫着。兀地，沙沙中夹杂了马蹄声，叠叠沓沓地径直过来，踏得地面都有些发震，李芙心下晓得不妥，却已不知如何动弹。到了近前，马上的人才一紧缰绳，却是有意无意，在李原雍的面前停下。受勒的马扬起马蹄，“咴咴”长鸣，镶着乌金前蹄，在晨日中发出锐利的寒光。

金绣红缎的斗篷于风中翻卷猎猎，风兜落下，香墨乌亮的长发梳成胡姬的百辫式样，发间额上簇密的红宝石下，明亮的眼眸不经意地望向李原雍，犹自带了三分倨傲。

“我道是谁敢阻了我的马，原来是李大人。这是出宫吗？”

宫中侍婢无人不知墨国夫人的特殊身份，虽无明令，但绝没有人敢阻挡她在禁苑中骑马。原本打扫御道的内侍，此时亦都跪在了一旁。

李原雍一时呆愣在那里，竟觉瞠目结舌，不能言语，闻得香墨开口，方才恍然醒悟，忍气草草一拱手，道："夫人。"

香墨居高临下地望着李原雍，她今日为骑马特地穿了一身四色孔雀锦的胡服，刺绣百花，日色丝光，花枝缠绕，一时竟分不清是花娇还是人艳。而她手中的马鞭不时轻敲着长靴，嘴角边就泛起冷酷的笑意。

李原雍眼见着那马鞭高高举起，只听"啪"的一声，当面挥下，他下意识地一闭眼，耳边就听见惊声高呼。再睁眼，身旁的李芙已经歪倒在御道上，护住面颊的手背上赫然一道狰狞鞭痕。

李芙浑身颤抖，也不知是急火攻心，还是瑟缩害怕，只从颤抖的唇间吐出字句："你干什么?!"

此时风起，远处太极殿檐下风马铮铮。而香墨坐骑听到鞭声，已开始烦躁地刨着蹄子，铁蹄下低低地蒙了一重青烟。香墨收住缰绳，定定地只看着李原雍，眼角余光似漫不经心地扫到的李芙脸上，笑容微带讥讽："什么东西，见了本夫人还不避跪?"

"你!!!"

李原雍怒极，握拳就待上前。

"怎么？还当自己是一宫的主位呢?"香墨视若无觉，斜首抿唇轻笑："虽是被撵出去了，但还没出宫，本夫人就好心教教你规矩，见到位份比你高的人，就得下跪。"

李芙霎时面色惨白，半晌后缓缓起身，走至一众伏跪在地的内侍旁，膝往下弯，却好似被一块铁板拦住，弯了几次都无法成跪。她能感觉到自己浑身上下没有一处不是在颤抖，抖得连五脏六腑都抽搐着。

香墨在马上垂眉凝眸，仍是微笑着，仿佛只是淡淡地一瞥。

这一眼令李芙轻轻吸了口气，一咬牙，扑通一声，跪在了青砖上，奴婢旁。

四周的空气似乎一下子凝固起来，泪逼在眼眶间，视线渐渐模糊。阵阵清风如利刃，割在肌肤上。恍惚中，只听见轻笑一声："李大人慢走。"

抬首望去时，那人发辫如流水，如丝缎，缠于风间。碧蓝的天下，红色

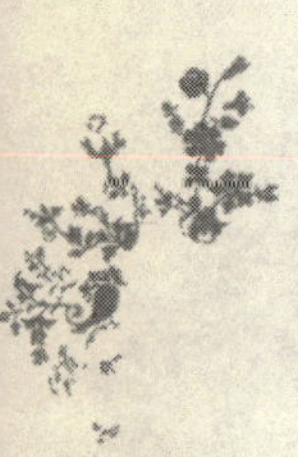

斗篷飞扬跋扈，颜色深得触目。

李原雍脸铁青着，指骨都几乎攥得折断。

玖

杜江早三日前就递了帖子，然而进宫谒见时，不巧还是碰上御医正在坤泰宫给杜子溪请脉。早有人设座，他端坐在一旁，眉头不由一皱。

宫中侍婢俱都回避了，只有几名年纪已长的女官在外，殿中五彩线络盘花帘已经放下一挂，又放了一架刻丝弹墨幔子，隔得严丝合缝，连一点影儿都瞧不见。只有杜子溪的手从幔中伸出，女官又覆上了帕子，藕荷色的绢下寸余长的指甲，染着凤花汁的淡粉。

御医见杜江进来，只把了片刻的脉，起身说道：“娘娘只是体虚染了风寒，贵体尚安，只需服两剂药，另从饮食上调养就好。”

说完，便告退出去。

杜江的眉头这才平缓。

待到御医退出之后，便有内侍上前撤了那架刻丝弹墨幔子，但依旧垂着帘子。

五彩线络盘花帘里的杜子溪如水般清凉的声音，传入众人耳中：“都撤了吧。”

椒房贵戚觐见宫内女眷，国体仪制向来都是垂帘以待，女官此时不由略一踌躇。

杜子溪便带了几分不耐：“那是我父亲，搞这些装神弄鬼的做什么。”

女官知道她病中最易焦躁，便不敢再耽搁，忙上前打起帘子。杜江忙站起身，盘花帘缓缓卷起，明晰的阳光下，他先入眼的是一双嫩黄的近乎雪白的绣鞋，衬着脚旁三足珐琅的火盆，竟不见一点的尘埃。慢慢抬头时，掐金衣裙堆簇中是消瘦得几似薄命的面颊，唯那一对杜氏独有的深邃眼眸，

神光闪耀。而这样一身接见外臣的严谨装扮，因为病了，并未戴翟凤冠，散散地绾了发髻。杜江一时觉得恍惚，仿佛还是女儿待嫁时，端坐闺阁。

于是，猝不及防地两人目光对视，杜江忙垂下眼帘，避开杜子溪的目光。

“老臣见过皇后。”

他侍奉三朝，早有恩旨，除有大朝，其余一律免跪，此时亦不过微一弯身。

杜子溪一如平日般淡漠，永远是那样如冰雕成：“父亲难得进宫一次，就不必如此多礼了。”

说罢，略一抬手，已有内侍上前代她虚扶。

“多日不见，娘娘面色精神都还不错，为臣也就安心了。”

“哥哥还好吗？下次让他带嫂嫂一起进宫来吧，我也怪想他们的。”

杜子溪因为精神不济，半倚在彩绣云龙的引枕之上，闲话家常的神色也是淡淡的，此时内侍上茶，她方才微欠身说：“父亲尝尝，这是御膳房特地酿的玫瑰露。总是喝药，就得忌茶，也难为他们想出这个。”

杜江尝了一口，就将官窑的茶杯在他的手中旋转着，也不答话，若有所思。

杜子溪瞥了他一眼，问：“父亲您有事？”

杜江这才将茶盏一放，面色一肃，道：“老臣这次进宫，也还带了一人，一同觐见娘娘。”

杜子溪一愣，随即轻轻颔首，内侍会意，不多时就引了一人进殿。

在巨大的凤座上往下看，只见些许的阳光斜斜映在女子身上，她莲步款款，步步间却似乎有熠熠的光在一瞬间亮了起来。

“杜氏铭溪拜见皇后娘娘，谨祝娘娘千岁千岁千千岁。”

“四妹多年不见，出落得越加漂亮了。”杜子溪对着这束明亮起来的光眯了眯眼，因面向着日色，神色越发的阴暗，片刻后缓缓道：“你们，带她去御苑逛逛，难得进宫一趟。”

杜铭溪垂下头，眉宇间毫无不快的神色，依旧那样美丽，就像是什么事情都不曾发生，转身而去。

杜江默不作声，雪白眉下的眼极快地抬起，扫过杜子溪，复又安静地垂下。“娘娘，后宫总是佳丽无数，恩宠亦不过是君王一时兴起。能让您长久依傍的，就只有孩子了。这个道理，娘娘看当今的太后，还不明白吗?”

良久，他又说：“娘娘做不到，总得找人来做。”

杜子溪的眼角掺杂了焦怒和讥讽，似不堪重负地伏在引枕上，忽地尖声道：“别跟那个老妖妇说一样的话，父亲!”

仿佛察觉了自己的失态，她又缓缓坐起身，双手随意似的搁置在膝盖上，却带着说不清的静，望向杜江。

“不错，这后宫里最不缺的就是女人，争斗似乎也永无休止。可是，也只有我可翻手为云，覆手为雨。这个道理，父亲看现在的李芙，就应该明白的。”

杜江沉声道：“娘娘能把李氏的人驱逐出宫，不是因为你和那个什么墨国夫人联手，而是因为你的身后有杜氏。”

“父亲的意思是，如果我不让四妹顺利得到皇上恩宠，从而生下孩子，那么杜氏就会舍弃我?”

“娘娘曲解了老臣的意思。”

“那就好。”看着杜江仍是垂眸恭谨得一丝不苟的样子，她一瞬间气息凝滞，但很快又笑起来：“过了年父亲就七十了，人生七十古来稀。我就是再病弱，活得也会比父亲长些。”

杜江低叹一声：“娘娘，看你现在这个样子，老臣真难以想象，您是老臣亲自调教出来的。”

杜子溪现于唇角本就极淡的笑容迅疾地敛去，眸光忽地散射出凌厉：“父亲调教的是陈国的皇后，而我现在用一个女人的身份说，我不要杜铭溪进宫。也请您别逼我，把父亲亲手教导出来的手段，用在她和父亲的身上。”

他惊了一下，这才抬起眼来。但见到那样年轻却那样单薄的她，话到了嘴边终是忍住。

“娘娘不解老臣苦心，老臣也无话可说，告辞。”

说完，起身重重行了一个礼。

杜子溪淡笑受下，道：“父亲慢走。”

窗外偶有鸦声，冬日里的风扫过枯叶沙沙作响，阵阵吹拂在软烟罗上。霞色的纱被阳光透过，只不过是一层淡淡的烟雾一样的影子。宫人来去均无声无息，四处静谧得近似可怕，心中不觉压抑起来。那样的安静，静到可以听到胸口里心脏的搏动、血液的流动，那种安静可以让人发疯。

杜江走了，杜子溪却越坐越觉得血肉一点点地被扯裂，痛苦在胸口开了一个洞，血液在薄薄的一层肌肤后叫嚣沸腾。殿中按照自己喜好所摆设的一事一物，看了竟觉得异常的可厌，以致不复忍耐，起身就往殿外走。

女官一惊，忙劝道：“娘娘病体未愈，不宜见风寒，还是先歇息吧。”

杜子溪没有立刻回答她，只是微微停住脚步。

“再像这样下去，没病也真要把人闷出病了，我也只在长廊下闲步一会儿。”

她一向似冰淡漠的声音，如今却已同秋日里落下的枯叶，或许下一刻就会有人踩住，发出破碎的声音。

女官心下一阵恍惚，终是没有再阻拦。

转了几处长廊，就是御苑。夏日里异花满地如海外仙境一般的所在，此时虽然还是郁郁葱葱，但在杜子溪眼中已变成一片漾着青灰的枯寂了。方砖铺就的廊道宁静深长，有几处角檐下，光线分外的不足，那些内侍们无声拱立于檐下，看去只是几条面目模糊的阴影而已。

掐金堆绣的裙摆拖曳在地面上，锦缎绣鞋踏在青砖上，竟都是无息的，安静得让她几乎以为自己会溺死其中。

沿着长廊向下，方转过一处转角，远远就见一众彩衣侍女，如众星捧月般簇拥着一人，款步而来。

待走到近前，披着大红猩猩毡斗篷的香墨，朝杜子溪略一屈膝，起身时描绘着金色的眼睛眯起，举止仍是宫廷女子的仪态，用袖轻轻掩了嘴唇，笑道：“听闻皇后娘娘凤体欠安，正想去给您请安呢。”

冬日的阳光本就很淡，如一匹杂着金丝的纱缎，勾勒在她同样艳红胜火的胡服上，而那额上花钿锦石俱都荡漾着，风情到了妖冶的地步。

杜子溪转身望向廊外，却见廊下一株象牙红新发，血凝龙胆紫。

"冬日天冷寒重,夫人如此盛情雅意,拳拳之心,真让人铭感肺腑。"

她仿佛有些怅然的声音从香墨耳边流淌而过,然而细细品来则是没有任何情绪的空洞,像是从流不出血的伤口里淌出的脓水一样干涸。

香墨微微笑了下,开口:"您又何尝不是如此?"

杜子溪略一侧头,随侍女官会意,鱼贯退下。她这才转头,明澈的眼细细地看着香墨,缓缓说:"李芙到底年轻事浅,不知道轻重,差点害了龙体,如此凶险的事,只希望没有下一次了。"

香墨微讶,随即挑起长眉,眼神清亮亮的:"我倒觉得难为她那样的心思,总比事到临头反踌躇的好。"

语罢,轻笑了一声。

杜子溪一瞬不瞬地望住她,缓缓伸出手来,纤瘦的筋络分明的手指,带着三条极为清新的掌纹伸展在她的面前。香墨一时愣住,不解其意。半晌,她踌躇着将手交在杜子溪的手中。

杜子溪轻轻一笑,笑意分外温柔,手却骤然收紧。她的手指很烫,仿佛有火焰慢慢的沸腾,让香墨都有些瑟缩。慢慢的手指加大力道,似要连香墨骨头都想捏碎,而她脸上的笑容并未敛去半分,声音低如耳语,仿佛不打算让任何人听见。

"总之,我希望别有下次,圣体万金尊贵,若再发生类似的事,我必将其人碎尸万段!"

杜子溪寒凉的眼中似有一道光芒闪过,一瞬间清晰可见。

香墨只觉得心中怦地一跳,茫然地顿了一顿,才道:"是。"

杜子溪这才慢慢松开她的手,满面盈着浅笑说:"走了一个李芙,宫里又清净了。"

香墨揉了揉手,看向廊外,转眼就变成满不在意的模样,道:"我听陛下说过,您的四妹似乎也曾在在选之列。天下间只有皇帝的女人是取之不尽用之不竭的,到时姐妹相伴,何来冷清之说。"

正当是时,寒风疾来,满树象牙红一时沙沙翩舞,影如血纹,映在杜子溪面上,仿若鲜血正在流淌一般的鲜明。

"可我倒是喜欢冷清,像这样冷冷清清的,才觉得舒服。"

闻言，香墨瞳仁瞬间紧缩，可面上依旧如常笑着：“昔日伯鲧偷得息壤，以堵治水，经年不成，后大禹疏通而治。”

象牙红树盘纠错结，一枝已伸进廊内，杜子溪慢慢摘下一枝红花，并不拿在手中把玩，而是一瓣一瓣地扯着。花瓣纷纷无声跌落在青砖地面上，泛起微淡的金。风起时，艳艳的一片，空气里都透着汁液滚淌的馥郁香气。她因为病弱，身上披了一件墨黑斗纹的鹤氅，三两红瓣沾于其上，不知怎的，就似带了乌黑的毒。

“大禹疏通为主，以伯鲧堵塞为辅，方有今日之势。”

香墨微蹙起眉，若有所思道：“倒不想娘娘如此心思。”

杜子溪垂着眼眸，只剩了一朵残瓣的花梗和自己的手指相映衬着。只是，花枝即便残破也是浓艳，而她的手，却白得毫无光泽，亦无生气。

嘴角那笑意愈来愈深，抬眼时，望定香墨的一双明眸在阳光下似隐约有薄红的雾流动，竟几令香墨不能逼视。

“跟聪明人说话就是不用费神。”

说完，杜子溪慢慢靠近香墨，象牙红的气息慢慢扑到香墨脸上，愈来愈浓烈的香气。手指虚虚从香墨大红猩猩毡斗篷上滑过，落到她的袖子上。胡服宽大的袖子里香墨手交握着，杜子溪执起那双手，说道：“夫人经了丧妹之痛，子溪感同身受。害死夫人妹妹的人，就是你我共同的敌人。”

又用另一只手在她手上轻轻拍了一拍：“今后就请你把我当成你的妹妹，同舟共济。不知夫人可信我否？”

香墨已有动容，疾速闪过，复又言笑晏晏：“皇后，太抬举臣妾了。臣妾自然是信的。”

随即抽手福礼道：“那么臣妾就先告退了。”

垂首时望见手背上一点姹红，如血欲滴，细看却原来是沾了象牙红的花汁。

杜子溪望着艳丽的背影消失于廊角，手中残破不堪的花梗丢在地上，弃若敝屣，难得绽出露齿笑意来。

转过长廊向西，便是夹珠御道。香墨款款走过，唇畔的笑意亦渐渐加深。

御道南走是奉先殿，谁也没想到会与一架鸾舆狭路相逢。那鸾舆顶部与远处宫殿交相辉映，一般的翘起飞檐，金翠闪耀，一时让香墨以为一座小宫殿移到了御道上。

正在香墨一时愣住，不是该如何行礼之时，只听鸾舆内几声轻响，抬舆的内侍们忙把鸾舆落地。随侍的李嬷嬷过来挑起舆帘，香墨及身后的侍女俱都齐齐跪下。

李太后入眼就是香墨那一身的紧窄俏丽的胡服，跪在鸾舆前。一旁随侍着数名侍婢，虽不曾穿胡服，但也霓裳绚烂，全不似宫婢装扮。单从这些侍婢的服饰，也绝不难看出香墨的张狂，李太后不由微微蹙起眉端。

早有人上前扶起香墨，她侧首，迢迢看到奉先殿香烟隐隐如水湄，一众宫婢立于琉璃金瓦之下。而眼前鸾舆一色极鲜艳杏黄色的贡缎，扎绣的八宝花样，千色万缕，只一眼就可见绣品的精良，其外又有薄纱黄缎重重围裹，因此格外的华贵富丽。

端坐舆内的李太后，一身正红金绣翟纹礼服，发上的攒珠金冠镶了九股凤钗。虽已出丧，但如此珠翠满头、华丽难言地祭祀先祖，让她不由微笑道："今儿既非初一也非十五，太后怎么想起来到奉先殿祭祖了？"

话里已隐隐带了一丝讥讽。

李太后垂眼，唇际只略有笑意："不是初一十五也可以来。人都以为只有初一十五才可以祭拜，其实只要你想来，什么时候都可以。"

她微一凝神，一旁女官忙在她脚下搭了脚凳，那凳如阶梯，厚绒的毡子垫着，李太后扶着李嬷嬷的肩拾阶而下，步态极慢，仿如行在粉絮上一般，飘然无声。

待走至香墨近前，又道："这人世间的事就是如此，你以为的总不是事实，你不以为的，反而是真相。"

冬日极薄的阳光下，李太后目光幽静，荧然含光。香墨在这样的目光下缓缓垂下头，沉默了片刻，说："太后果然是多年参佛，句句都带着玄机，把臣妾都听糊涂了。"

"我看你也是有些糊涂。"

正是寒深霜重时，冷风吹送，日色耀耀中，李太后凤冠上细密垂下的猫眼红宝石打在绛罗霞帔上，窸窣有声。而她的声音并不大，但顺风传开，左右宫人顿时屏息静气，直退出五十步开外。

深邃青天下御道之间，就只剩了李太后和香墨，伴着赤锦金琉的宫墙殿阁，静谧得近似死寂。

李太后却陡地轻笑一声，对香墨说："燕妃……你妹妹，这宫里宫外都道是我毒死了她。连你也这么以为，所以才和皇后联手把李芙逐出宫吧？"

香墨一惊抬首，耳畔隐隐风马铮铮，却似有金戈铁马回响。

面前的女人叠叠翠华下，两鬓已是尽染霜色，眼角纹路似雕。

她的妹妹，所过的十年荣华，十年显赫……如花一般的燕脂，是不是也被这大陈宫风刀剑雨下，尽数摧残。她不知道……也不敢想，不能想……

香墨扯开唇，缓缓跪在李太后脚下，笑道："奴婢从不会怀疑主子。"

发辫中上缀饰的红榴锦石珊珊起伏时，语调一转，已带了微微哽咽："奴婢十岁上就跟着主子，主子的苦，主子的难，主子的寂寞，除了李嬷嬷，大抵就是奴婢看得最多了。"

李太后不曾想她会如此应答，积了满腹的话无法吐出，一时愣在那里。

跪在御道上的香墨语音又是一转，已带着些许森然道："可主子的手段，奴婢知道的也并不比李嬷嬷少。"

"你知道？"

李太后眉峰一挑，眼梢处掠过一抹阴鸷。低头望向香墨，额上一围红榴石下，只见她浓密的长睫安静无波，什么也看不出来。

"是的，奴婢知道。"

只有香墨自己知道太阳穴上血脉在激烈跳动："主子能容燕脂十年，并不是为我这个没出息的姐姐的一点情分，而是燕脂她从不与主子为敌，就好像她十年恩宠都没有身孕一样。这样的心思，即便是她以太妃之尊与陛下……"

风又起，送来御香，在宫阙重重影里压了过来，那无法疏解的味道，让香墨几乎呼吸不得。

谁都知道西域盛产麝香，然而谁又知道麝香进奉宫中之后，所用每两都记录于案，近于严苛。燕脂来信与她，婉转陈词，不能有身孕。

谁又曾知道，她将麝香藏入金盒底时，胸臆里已是空荡荡的……西北的风沙那样的大，砂还总会成灰，而痛，就仿佛沙砾被包进了胸腔内的血肉里，日夜地折磨，痛到了极处反而不觉得痛，只是，什么也不想，什么也没法想，什么也不敢想。

她蓦然微仰起脸，眼里含着泪，断然说道："主子念旧，惩戒是有的，但也断不会害她性命。"

李太后一声长叹，伸出手扶在香墨肘上，搀起了她，轻声说："香墨，只要你信我就好，这样不论你做什么，我便都信你。"

李太后的指甲极长了，衬着保养得胜似少女的纤嫩手指，搭在香墨明红的胡服袖上。那指甲上鲜红的丹蔻，明晃晃的，都映在了她的眸子里。

香墨默默地怯怯地笑了笑，垂下了头："主子放心，奴婢不过是虚与委蛇，顺水推舟而已。她……连自己的亲生妹妹都容不下，奴婢又如何不知道她的手段。"

李太后目光蓦然一颤，一时波光流转，竟仿佛少女般清澈灵动，一丝一丝喜悦已无法抑制地渗了出来。手下意识地抓紧香墨的手，笑道："你信我？"

"信。"

一双似熟悉亲切的眼睛看着她，香墨不禁微笑，殷红的唇中慢慢吐出这一个字，旋即，乌金似的眸子深处就有了火光微烁。

李太后对她凝视良久，方压低声说："那么，害死你妹妹的人，就是你我共同的敌人。"

香墨抽出手，恭谨福礼："是。"

李太后缓缓点头："人多眼杂，我就不多说了。"

说完，扬手示意，随侍宫婢立时上前，服侍着她重新坐入鸾舆，簇拥而去。

香墨笑容宛然："恭送太后。"

待李太后走远了，她重又向烟波碧水阁走去。

面上始终是含笑着的。

陈宫内的戏台共有三处，最大的在御苑里，遇到寿庆大典才用。一处在玉湖之中偏于东北的紫薇洲上，因三面临水，一径遥通，宜于盛夏时用。

另一处小戏台就设于烟波碧水阁之内，香墨进殿时，已是撅笛掌板，几人带着木雕面具，宽袍大袖地唱着。侍候在外殿的内侍刚打起帘子，一阵暖意就赫然扑在面上。烟波碧水阁的地上本就是夹砖，此时地炕加上殿内四角的炭炉，更是温暖胜春。

封荣就躺在一架紫檀翡翠轩碧纱的屏风后的躺椅上，只穿了贴身白罗缎的衣裤。伶人被隔在屏风之后，只有舞动的影摇曳倒映在碧纱上，伴着奇异的唱腔，宽袖挥动如蝶。

封荣并不看戏，只闭目躺着，唯有手指轻轻敲在扶手上。

香墨虽早就脱了斗篷，但仍是不禁生了汗意，索性连靴子也除了，只穿着蜀锦的足衣，悄无声息地走近。

然而，封荣眉梢一动，蓦地睁眼，笑道："去哪疯了这么久？不是说好今天去打马球吗？亏我还在这儿等你。"

正说着，到了进药的时辰，德保已捧了托盘跪在封荣眼前。一碗白水，几粒丸药，旁边是朱漆嵌螺甸的小果盒，里面是各色蜜饯。

封荣一皱眉，但还是起身进了药，一旁内侍忙递上白巾。他擦了嘴之后，拈了一块木樨藕嚼在口中，便挥了挥手。德保起身，双手捧着盘倒退数步，又使了个眼色，几名内侍宫婢忙都悄悄地随着他退了出去。

封荣看见香墨只着足衣的双脚，不禁轻笑出声，弯身抓起她的脚，握在手中笑问道："连鞋都不好好穿，快说，跑哪去了？"

戏声咿呀，香墨不由心下一阵厌烦，抽脚起身便道："这么冷的天，你穿这么少，自己作死，也别连累别人。"

话语已十分尖刻，但封荣仿若不觉，笑得露出了白玉似的牙，又抓过香墨的手，笑道："明明是关心人，嘴还这么坏。"

香墨挣不开他，索性冷笑道："我关心？这要不是我在跟前，关不着我死我活，谁稀罕管你。现在我在跟前，仗着这里烧得暖，只图自己痛快，待会儿要是出去见了凉风，有个病痛灾的，那起人还不把我活吞了？"

说完转头喝道："还不给陛下加衣裳！"

德保等人早就见怪不怪，所幸御驾到处，坐具、茶炉、衣物都一向打点得极为妥贴，专司管理皇帝衣物内侍已上前，为封荣添了衣物。德保指挥着人撤了几个暖炉，又在偏僻处开了两处小窗。

封荣虽不想穿，但看见香墨面色，还是委委屈屈地换上了一件球路双翟纹锦夹袍。

香墨仍不满意，皱着眉向屏风后又道："这什么戏古里古怪的，这么难听。"

封荣有些负气地重又躺在椅上，略扁着嘴道："傩戏。"

德保极机灵，马上捧了一张木雕面具上前道："回夫人的话，这是南边的傩戏，傩神是专司瘟疫的神，传说戴着面具唱此戏可以祛除瘟疫。"

看香墨瞧这手中面具面色渐缓，德保忙又道："外面的面具多用樟木、丁香木、白杨木这些不易开裂的木头雕成，可正宗的傩戏还得是柳木，这就是柳木雕的面具。"

瞧德保弯着身，说得满头大汗，却又吐字清晰无比，香墨忍不住扑哧一笑，扬眉半嗔道："就显着你机灵了？"

待德保暗暗擦着汗退出去后，香墨这才又坐在犹微扁着嘴的封荣身旁，说："昨儿刚得了的白玉九连环这么快就玩腻了，又来鼓捣这些稀奇古怪的东西？"

"是啊，腻了。"

这样毫不在意的回答让香墨忍不住又是一笑，封荣心思却极机敏，瞧她的笑意，长眉猛然一扬，眼神认真起来。

"朕对你是不会腻的。"

那样美丽的一张面孔，桃花双目璀璨如宝，香墨一笑，却淡似没有。

封荣近似焦虑地紧紧抓住香墨，眼中有一闪而逝的痛意。

"你不信朕？"

香墨看着他，听着他的声音，心下一阵恍惚。转眼处只见伶人一阵快似一阵的影映在紫檀屏风上，翡翠碧纱间隐隐约约带了淡淡的乌色，旋转着，仿佛可以感觉到伶人宽袖中扬起的风，一丝丝带走身上的温暖。

香墨唇际笑意一直不变，半晌方道："这一天里，倒有三个人叫我信他。”

“可这句话我只对你说。”她倾身，斜倚封荣躺椅的扶手上，额上垂下的红榴锦石后，一双描绘金粉的飞扬的眼眸，绽出凌厉的光，一字一句道：“我谁都不信。”

看着封荣茫然的眼，她笑着，将柳木面具覆在面上。五彩漆料涂绘的黝棕面具上，猩红的唇是下弯的，眼旁描了一点不祥的湛蓝，隐隐似流动，原是一滴眼泪。

封荣一时只能愣愣地看着，不知所措。

“这宫里谁不是戴着面具活着。”

柳木凉凉的一寸寸贴于面上，意为“哀”的面具之下的，是她笑意如花的面容。

“笑面下藏着恨，恨面下藏着哭，哭面藏着笑。谁能分清是哭是笑？谁能分清是爱是恨？谁又能真心的相信谁？”

“朕信你。”封荣几乎是惊恐地抓住她的手腕：“连你给的毒药都吃了，你还不信朕？”

“你刚刚吃的，也是毒药。”缓缓放下面具，香墨细心地将他衣襟处的褶皱抚平，眯起眼笑着：“所以谁也不要去相信，谁也不要去爱，这样就好了。”

“你恨朕吗？”

他那样聪明绝顶的一个人，自幼学的便是驭下之道，看透人的心思，他能纵观内外局势，熟悉朝章制度，默识大臣言行。然而，此时只是像一个孩子无措而悲哀地看着她，问着孩子一样的问题。

香墨抓住封荣的手腕，他的腕上仍堆叠着祈求平安长寿的金丝如意结，玉镯纠缠其中。她缓缓抓住那玉镯，轻声笑了：“请陛下记得，时时刻刻地记得，燕脂爱你。不论是谁下的毒，即使陛下从来都没想过，但是在我心里，害死她的是你。”

封荣定定地望住她，片刻后也笑了出来，隐忍着痛的眸间，光彩幻变，一时连渗进骨血里的自称都忘了：“我知道你恨我用那样的方法把你……可是你告诉我，那时那刻，我若不那么做，你会留在我身边吗？”

她避开封荣的眼，答得极干脆：“不会。”

闻言，封荣唇际笑意渐渐加深，眸中光色潋滟。

香墨沉默片刻后，又道："我不恨你，封荣。所以请陛下千万莫要忘记了，燕脂爱你。"

这，已是她这一生唯一的一点奢望。

封荣瞪大眼睛看着她，忽然向她伸手，狠狠地拥住她，撕咬似的吻落在了她的唇间。

碧纱上的影，不知何时已经消失了。长窗外落日烟华，胭脂血色胭脂灰。

十二月初八，东都下了入冬以来的第一场雪。

文安侯府位于城南，而墨府位于城北。一南一北就几乎穿过半个东都。佟子里向来极讲究排场，于是车前侍卫清道仪仗随行，好不张扬奢华。因此即使马车驰入闹市，依旧平稳地如入空地。

坐在马车中隔了帘子，蓝青仍能听见雪落之声，沙沙的，夹杂在渭河起落之中，他能想象到雪花落在河中又细细密密地融化。

风起穿过整个城池，吹入车内，伴着寒冷的气息。阵阵喧哗声涌进了他的耳内，让他刹那间有一种恍如隔世的错觉。算来，已是三个月被困在文安侯府内，几乎便要忘记外面是什么样子了。

金铜檐子的马车，帘子就有两幅，掀了白藤间花的棉帘，又有一重透明的轻纱帘，隐隐约约地看到外面的景色，而不为外人所见。蓝青俯身向前，轻轻地拉开一些纱帘望去，卖货的人和行人都让在路旁，纷纷雪落也打不散他们面上因节日而显得喜庆的笑容。

此时又一阵风起，蓝青忍不住一颤。佟子里骑马行在车旁，看在眼中不免会错意，便微弯身，"嗤"的一声笑："你也别怕，到了那里荣华富贵你就享用不尽了。"

蓝青不语，蔚蓝眼波一闪，手撑在车壁上，放下车帘，又慢慢靠了回去，不再动弹。

他告诉自己，只要能见到她，他什么都能忍。

过了云客桥，就是连着皇宫北苑的墨府。

自夏日时，皇帝就忽然开始修缮位于宫城北侧的临春阁。临春阁本是收藏字画书籍的闲置之处，如今阔半坊之地，仿御苑花园的庆喜阁修缮后，又是建了夹城复道。而墨府的后侧，便是夹城。

文安侯佟子里也想见识一下，于是避过正门，将马车停在墨府侧门。蓝青下车，转眼看去就是距离侧门不远的簇新朱漆金钉的夹城门，门前禁军守卫森严。

离得那样的近。

蓝青这样想着，身后已有人轻推了一下，低声道："贵人您挪挪腿，别让侯爷反等了您。"

随行小厮的一句贵人，许并无轻蔑之意，但听在蓝青耳中仍叫他咬紧了牙关，垂首转身快走了几步，随佟子里进了府门。

府门处的家丁俱都认识佟子里，忙笑着往里引路。一路行来，蓝青只见飞檐叠壁，蓝琉璃瓦饰檐脊，其余铺瑑金琉璃瓦。到了角门家丁小厮俱不能入内，换了婆子引路，蓝青本也要止住，却见佟子里一招手，便又随了上前。

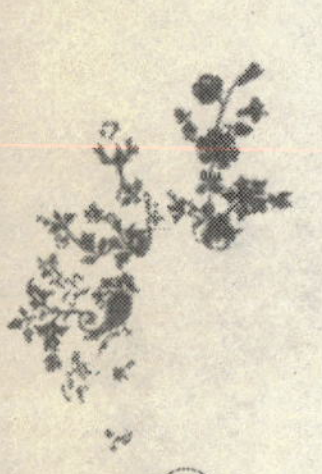

又转过一处月洞门，迎面便是一条青石甬路，甬路两侧各设琉璃花池，冬日并无锦鲤，只有七彩雨花石铺在水底。甬路南接来凤楼，北为绿萼轩，轩与楼之间有穿廊相连。佟子里见带路的婆子往北引，不由问道："她没住来凤楼？"

婆子忙笑道："夫人说不喜欢那，所以一向住在绿萼轩的。"

正说着已到了游廊前，游廊南北封装，设有小门，婆子已不能再入。早有人先通报了，一名锦衣侍婢带了两名梳着垂髫的小婢迎在门前。

侍婢见了佟子里，并不十分殷勤但也不敢怠慢，上前一步福身道："侯爷，夫人刚起身，正梳头呢。"

佟子里并不理她，带了蓝青径自往里走，走了几步又停住，转身问道："里面有人吗？"

侍婢自然知道他指的什么，抽了衣襟上的胭脂红锦帕，掩唇一笑，说："只夫人一人。"

佟子里也不禁一笑，随即思量了一下，一指身后的蓝青又道："你……

先把他安置一下。”

侍婢眼梢一扫垂首而立的蓝青，蹙眉道：“这是什么人啊？侯爷，您这是为难奴婢呢！”

“这是给我妹子开心的玩意，听我的保准没错，去吧。”

说完，佟子里并不理已一脸涨红的蓝青，转身径自入室。

绿萼轩用花梨木隔扇分别隔成了东西次间和明间，掀开门帘进来，就是以透雕花梨木缠枝葡萄纹落地罩隔出的梢间。佟子里穿过了月牙落地罩，一眼看到的就是背门坐在东次间窗前梳头的香墨。

东次间并不是内寝，因此并没有梳妆台，于是侍婢便前后捧了镜子，一旁又有几名侍婢捧着妆匣、胭脂水粉，又有专司侍奉茶水的，佟子里只觉得一眼望去衣香鬓影，锦绣环绕。

香墨端坐其中，身穿青葱缎袄，系着翡翠色绣着簇簇繁花般灯笼图的天下乐锦裙，肩上披着一条专为梳头用的玫瑰紫绣巾，一名侍婢拿着梳子正在为她挽发。

香墨自镜中瞧见佟子里进来，一双黑亮没有情绪的眼睛微微一动，却并不开口。

众人只以为他这样大剌剌地进来让香墨不悦，就有人开口道：“侯爷，往梢间内小候片刻吧，夫人这就好。”

一句话说得佟子里讪讪站在那里，进退不得。

香墨微微一蹙眉，淡淡地道：“他是我哥哥，怕什么？”

侍婢不敢再言，佟子里这才嬉笑着落座。

香墨头发略显单薄，梳髻时须得添进假发，因此极耗时。佟子里久坐不耐，就开始四处打量。绿萼轩内一排全是向南的步步锦支窗，因冬日就撤了窗纱，全用半透明的明角嵌镶。此时，漫天雪光映进来，只见室内金、玉、珐琅重重镶嵌，不胜奢靡。

正梳头的侍婢手突地微弱一颤，但马上掩饰过去，香墨又一蹙眉，就道：“藏什么藏，拿出来我看看。”

侍婢不敢再藏，只得将手心中团成一团的白发呈至香墨眼前。

香墨定定看了片刻，一时恍惚不语。

佟子里也起身过来凑趣，看她神色，忙哈哈一笑道："我当是什么，不就是根白头发，做不得什么稀奇。改天我也给你弄几根百年的何首乌，像当年太后那样熬了粥日日喝，包你满脸皱纹时想找白头发都找不到，到时候别嫌自己是老妖怪就好了。"

一旁服侍的侍婢闻言已忍不住轻笑出声，只香墨毫无笑意地一哂。

待梳妆完毕时，侍婢们立时静悄悄地退了出去，绿萼轩内，就只剩了他们兄妹二人。佟子里见她不言不语地坐在炕上，自己也忙拉过一个锦墩来，坐在她下首，笑道："妹妹也不问问我，大腊八的不在自己府里过节，巴巴地跑来你这做什么？"

香墨并不理他，炕几上的御制珐琅盘子里盛了雪花梨，她信手拿起一个，用一把小银刀，静静削起了皮。

佟子里受了冷遇也不尴尬，只忽地一叹，似带着些心疼地说："这种粗活交给下人做不就好了，何必亲自动手？"

"原本就不是什么金贵人，再说我喜欢自己动手。"

香墨冷冷笑罢，就将手中的削好的雪花梨放在佟子里面前。

他拿起梨咬了一口，眼睛在香墨面上转了半晌，才好奇似地问："妹妹今儿不出门？"

香墨慢慢转头，望向窗外风雪习习。

这个冬日与以往的冬日似没有任何不同，风声呼啸，天一如既往地紧闭在叠脊飞檐之下，而她似十年来的每个冬日一样，一如既往的只身一人。即便周围繁华绚烂，精致富贵，亦不过像黄粱一梦，水月镜花。

于是，她眼中就少见地有了些许奇异的情绪："没看见下雪了吗？我犯不着再去凑那份热闹。"

东都的朱门贵族，在腊月里向来惯例遇雪即开筵，以窖藏的冰塑冰狮、装冰灯，以会亲旧。更可巧今日正逢腊八，便是连宫里也难得的设了家宴。

佟子里却会错了意，马上满面殷勤道："要不哥哥为你摆一席宴……"

不待他说完，香墨已冷冷打断他："我没这份闲心。"

佟子里一时讪讪，但转眼间又已堆了满面的笑："虽然晚了，但为了妹妹的乔迁之喜，为兄我特地送你一份薄礼，你肯定喜欢。"

说罢一拍手，侍婢打了帘子，香墨抬眼望去时，一身青缎锦袍的蓝青已站在眼前，拱手行礼。

没来得及做好任何准备，两人的目光已经相触。

窗外的墙和树在漫天飞雪的浸润下，一眼看过去，触目惊心的白。步步锦支窗前吊了一盆虎刺梅，四班红花嶙峋的枝干斜影窗前，映在青石地上，横陈一片黛色。那样清冽的花香下，碧蓝的眼睛直愣愣地注视着香墨，仿佛不由分说便攥取了她的视线，不容她避开。

就在一刹那，香墨只觉得脑子里无数声音轰然而响，紧接着就是一片自己所无法控制的空白。

也不知何时，佟子里已经不在，室内只剩下他们两人，异常安静，静到可以听见玉炉里焚烧的香木逐一爆开的声音。

那眸子，犹如两簇碧蓝的火焰濯濯烧灼着她。烈火燃起，胸腹中仿佛被挖空一般的痛。她缓缓开口，因为灼烧的痛，声音都有几分发僵："你怎么在这里？"

蓝青柔声说："侯爷把我送过来的，说是恭祝您乔迁之喜。"

"我不是早就派人给你传过话，叫你走吗？"那近在咫尺的极为英俊的眉眼，一直深深地看到她的眼内，香墨终于承受不住，硬生生地把脸转向一边，咬牙道："我给你盘缠，你赶快走吧。"

蓝青本满是惊喜的眼中慢慢地腾起痛楚，沙哑着嗓子缓缓开口："香墨，你答应过我的……"

香墨两手紧攥住银刀，两肩忍着巨大的疼痛，极细微地颤抖着。

答应过什么呢？

杀人偿命，欠债还钱天经地义。

或许永远不会有那一日，又或许就是下一刻，他就会恨极了她。

所以，她也无法答应他任何事。

可是明明知道，她却看着那道颀长的影子慢慢移近，几乎遮蔽了她眼前所有的光，无法动弹丝毫。

咫尺间竟无计回避，嘴唇眼看就要印上蓝青略显苍白的唇，他的呼吸仿佛是一个个的吻接二连三落下，隐约的香气缭绕间，却是难以想象的

高温。

而她却在发抖，细微的止不住的颤抖。

“夫人，尚书李大人府邸说给您送来了腊八节的赠礼。”

侍婢站在梢间之外的隐约声音，仿佛一瓢凉水陡地淋了下来，香墨猛地抽身撤后。抬眸时，直直地对上湛蓝的目光，两厢凭望，呼吸若断。

然后起身而出。

透雕花梨木缠枝葡萄纹落地月牙罩垂下的珠帘，随着她的匆匆而过，被拨得四处晃动，哗哗作响。蓝青笔直地站在珠帘之内，定定盯着香墨离去的背影。

香墨腰间本系了长可及地的五彩丝攒花结长穗宫绦，串以玉佩，以压裙幅。如今细密的五彩丝骤起骤伏，跌宕得混乱不堪。

这样的起伏，仿佛一把巨大的钉子，一下一下封闭上了原本已经打开的希望。而呼吸里偏偏犹有她的胭脂如灰，浓郁得在口内毒药一般地蔓延开，甜美、迷惑、足以毁灭他的生命。

可是他做错了什么？他始终记得，那个在他高热时将他温柔搂在怀中的女人，一身半旧的胡服，发辫中凝结的石榴花已在昏暗烛光下失了颜色。那时的她虽不笑，但眉眼处溢出的都是止不住的温柔。现在的她怕是连自己都不知道，温柔举止下的眸子里，已迸裂出难以言喻的凄厉。

蓝青不由开始微微颤抖。

绿萼轩外，雪仍是一天一地地下着，透过嵌着明角的步步锦支窗，透明的影子摇曳着，模糊了九折屏风上工笔细绘的秋水连波。

波上烟雪色，冬寒彻骨。

香墨一直出了梢间，步伐才平稳了下来，唯呼吸略见急促，她不愿侍婢看出异常，抬手抿了抿鬓角，淡淡地道：“你说哪里送来的节礼？”

侍婢一直垂首，此时福身回道：“尚书府的李原雍李大人。东西就在前厅，奴婢们不敢擅自拿进内院来。”

香墨眉头微蹙，侍婢们忙上前帮她系上斗篷，又跪地帮她穿上鹿皮的靴子，一切事毕之后挑了帘子出来，早有人张开了油纸伞，遮蔽好风雪。一行人于漫天风雪迤逦而行，步入前院正厅后，便有家丁抬了一个黑漆的大箱子，放在香墨眼前。

厅内正中是一尊偌大的三足加盖的大铜炉子，寸长的银炭烧得火红，又隐隐透了缕缕的青，没有一丝烟，温暖如春。香墨不动声色地看了那贴了封条的箱子良久，方开口道："打开吧。"

家丁上前扯了封条，刚掀了箱子，就忍不住惊呼出声。

众人惊惧中，只香墨起身上前，家丁侍婢惊声阻拦："夫人，死人污秽，别脏了您的眼。"

香墨不由冷笑，活人她都不怕，几时又惧过死人。

甩袖拂开众人之后，香墨就看了在箱子里横尸的女子。赤裸的身体，只以草席裹了身子，掀开一角来，如玉的容貌青白交错，散乱的发丝几缕贴在额边，拂开去，连眼都不曾阖上。

香墨脸上终是变了颜色，自语似喃喃道："莫姬……"

再往下掀，满身乌紫，酷刑的痕迹，想是用蘸了盐水的鞭子抽，几近见骨的伤痕内银光闪闪，竟是用剔骨的钢针，扎住经脉……

香墨想，能死也是她的福气。

然后缓缓起身，回眸淡淡对众人吩咐："我当是什么了不得的东西，一个戏子而已，厚葬了便是，别往外声张。"

说罢转身而去。

甫转入内院，闲阶外，清霜白露，一树旧梅花，雪如棉絮一络一络卷在梅花上，掩不住的殷红，此时看去似春天的樱，柔软而妩媚。

不问春色为谁，故有暗香冷去。

香墨不由止住脚步，恍惚里一身绚丽胡服的莫姬站在眼前，用极清脆的声音说："我喜欢蓝青，我能随他天涯海角不悔，你能吗？"

大大的眼睛狠狠地瞪着她，不带一丝隐藏的神情稚气而倔强。

那样率真的一个女子。

而她，救了蓝青，却救不了莫姬。

回到绿萼轩时，蓝青站在廊下，连件披风也没披，站得久了已落了满身白雪，仿佛一个雪人映进香墨的眼眸。

一句"人与人，命与命，皆有不同"，就浮入脑海。

香墨就柔软地笑了出来。

“腊八相国寺有庙会，要出去走走吗？”

蓝青愣了片刻，马上惊喜点头，孩子一样地笑着。

过了渭河上的云客桥，自西门东去还有六曲桥、无波桥，柳荫牙道，此时已是日将落的黄昏，风雪虽没停但已渐小。十二月初八，正是释迦牟尼佛成道日，即便天色不好，笃信佛教的陈国人依旧纷纷前去相国寺，祈愿佛日增辉。于是目之所及，夜市灯火若银河下落，绵延约五里许，密密织出人间繁华。

参佛的人熙熙攘攘，街市上杂耍、喧杂乐曲声此起彼伏，还有贩卖撒佛花、韭黄、兰芽，以及香烛，红绢扎成的莲花，与小贩叫卖声交织一处。其间有僧尼三五成群，俱都穿着簇新的袈裟，将自己装饰得宝相庄严，手中端了银铜沙钵，浸以香水，不畏风雪地杨枝洒浴，逢人排门教化布施。

香墨和蓝青便服出来，步行其间，蓝青第一次逛东都夜市，难免新奇，左张右望，却没看见迎面一众僧人。

香墨眼见着几只杨枝洒了水过来，忙伸手一扯蓝青，不想地上已积了尺余厚的雪，人群踩得实了又结成了冰，于是两人“嗳呀”一声，就跌倒在了地上。

终是无法避开的杨枝水夹着疏疏的雪花，冰凉地扑上他们的面。香墨因扯了蓝青一下，因而被压在身下，莲青斗纹锦于白雪上展开，就似繁华尽处的青莲曼曼绽放。

香墨忍不住笑出了声，一推蓝青：“还不快起来。”

蓝青已经呆住，眼前的香墨仰起头，盏盏灯光熨帖着蜜色的面颊，雪花落在她的发上，似是初开的白梅，单薄得只一点点风过，就已吹破消融。

突地，蓝青一个激灵，面颊湿了半边，从额角到下颚滴淌下一长串水珠子。他喘息着仰起脸，对一旁还在洒水的和尚怒道：“喂，别洒了！”

群僧们并不理会，依旧持着杨枝将沙钵里的水四处洒下，行人俱都远远避开，只有香墨在蓝青搀扶下自雪地上站起，又几次险些跌倒，于是无法避开。

“喂，你们还洒！”

香墨扬起眼睫，咫尺间蓝青为了护着她已淋得满身满脸的水，她虽被紧紧搂在他的怀中，可还是有两三滴寒凉的水滴落在颈间，扎得人骨头都跟着痛。

“施主，这是佛祖的庇佑，沾了就是了福。”

“放屁！”

雪声，风声，水声，还有僧人低诵佛号的声音和蓝青的怒斥，近在耳畔又恍如隔在彼岸，香墨的眸子里依稀有了一点点水光，她反笑了出来，眉目间嫣然如画：“傻子。”

说完，微微挣开蓝青，自荷包掏出一锭金子放在僧人的沙钵中。

众僧低笑合掌，这才转身去了。

蓝青站在她身畔，脸有些儿红，窘促地道：“倒没想到得这样。”

香墨并不言声，只轻轻地拍着蓝青背上沾的雪，动作轻柔得像是在哄着不懂事的孩子。

位于南薰门的相国寺，穹顶与塔檐重叠，极为雄伟。寺内的大殿两廊，皆壁隐楼殿人物，莫非精妙。

相国寺因是皇家供奉，每月只开放五次，每遇斋会，取旨方开三门。所以大殿内更是密密堆堆的就全是人，皆设法进上各色瓜果和红绢扎成的莲花灯，连上炷香都要排上好一阵子。蓝青和香墨身处其中，只觉得好似像两颗豆被扔进了盆内，紧巴巴地埋在无数豆子中。

香火鼎盛，浓浓烟雾，仿佛一层厚重的帘幕笼罩下来，泥胎金漆的释迦牟尼佛几乎失去了轮廓，只余下一抹模糊的笑。蓝青跪在佛前，呼吸间皆是熏燎的烟火，眼中映着那抹慈悲的笑，忽的觉得心中一空，便转头对跪在身侧、合十双手对佛祷告的香墨问道：“你不跟我走是因为皇帝吗？他……

喜欢你是吗?”

香墨默然不语,过了片刻,才说:“现在很喜欢。”

停了片刻,又好像不在意地哂道:“将来也许就不喜欢了。”

说罢,轻轻叹了口气,眼神落在不知名的所在。

而蓝青的脸色渐渐发白。

出了殿门时,只见阶下远远的偏门处,因今日是腊八作浴佛会,送七宝五味的腊八粥与众人,于是人群较之殿内更为堆密。喧嚷人声与粥的香气飘散一处,每盛出一碗腊八粥,僧众们就诵念一声佛号。那声音好似是春日里河面上的冰,细微地慢慢崩裂,最后融化在水中。

得了佛粥的众人,笑起来牙齿倒比檐下琳琅的灯火更加耀目。香墨木然地站在阴影里,长长的风卷过画檐的勾角,撕扯着发出尖利的呼啸,拂起了她的披风。

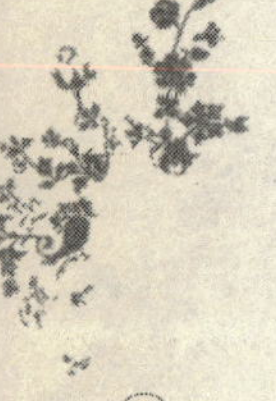

蓝青并没察觉,笑问:“想喝粥?”

香墨用阴沉却镇定的声音道:“回府里什么粥没有,比这怕是更精致上百分。”

但说到后来,人已忍不住恍惚起来:“小时候和燕脂倒是常来,得了粥,她也是笑成那样。她自幼就长得好看,笑得牙齿比雪都白,那时就想,所谓‘贝齿’大抵指的就是她……”

心中倏然剧痛,面上却仍是淡淡地笑着。

灯火如珠,佛号起伏中,唯独她的笑是沉郁的。

转眸时,正对上蓝青波光闪动的湛蓝双目。香墨陡然一惊,随即才想起什么似的,笑道:“瞧我这记性,忘记布施了。你等等我,一会儿就好。”

说完,匆匆就又往殿内走,蓝青蓦地狠狠抓住她的手臂,几乎是恳求地道:“无所谓吧。”

香墨连头也没回,缓缓抽出手,道:“那不成,没有布施,佛祖就会听不到我的祈愿。”

蓝青站在那里,身边的人来来去去,可冰冷却一点一点地渗透到了骨头里。

也不知站了多久,直至耳边兀的一声:“是你?”

声音并不大，但蓝青仍不自觉地闻声回头，与那人眼神正碰了个对面。

此时雪已经停了，满天星光，灯色婆娑，蓝青眯眼看着，一名身着黑色锦袍的男子，挑起来的眉眼间，有一丝隐匿得极好的阴鸷的影子，与他相望。

那男子愈来愈近，蓝青如有定魂针一般扣在身上，挪不动分毫，心急惶惶地跳着。

“你跟她一起来的？”陈瑞缓缓踱了过来，眼神平和：“我是她的丈夫。”

蓝青微一拱手，低声道：“定安将军大名，陈国人人皆知。”

陈瑞的眼在蓝青的脸庞划过几圈，才一笑：“你们早就相识吧？”

蓝青身体陡然一晃，手不由自主地轻颤，难以遏制地垂首，不敢迎视陈瑞的目光。

陈瑞背负着手，定定地看着他：“那夜我听见你叫她的名字。”

“将军想必是听错了。”

一来一去，陈瑞微眯眼，蓝青仍是半垂着头，一副恭顺的样貌。

“话说回来，她是不是被你冲昏了头，竟然带着你这戏子……东都可没有不透风的墙，传到陛下耳里，她未必会没事，你却一定活不成的。”

陈瑞的身量比蓝青稍高，此时下颌却矜傲地含起，眼睛稍稍一扫蓝青之后，轻笑出声。

蓝青不由攥紧双拳。

陈瑞眼眸中暗流汹涌，含笑地望着蓝青，片刻后又似是想起什么的模样，开口道：“正巧我有样东西要给她，你帮我交给她吧。还有……跟她说，我后儿要离开东都了。”

说话时已将一个檀木匣子塞进蓝青手中，蓝青正待推脱，陈瑞已转身离去。

陈瑞刚走，香墨就走出大殿来，见到眼前盏盏描画着佛像的灯火，在夜色里熔金一般地笼罩下来。蓝青绷紧的弓弦似的站在那里，脸被隔着牛皮纸的灯光抹上一层粉似的影子，如同一尊泥金像。香墨不由问道：“怎么了？”

若有所思的蓝青微微震了一震，并不言语，只把手中的匣子交给香墨。

香墨不解何意，一脸莫名地接过打开，又立即极快地阖上，连站在她身侧的蓝青都没看清里面是何物件。

可香墨看得分明，匣子里只有一件东西，火红的肚兜，年头久了，已经褪了艳色，连那朵并蒂花都已残破。

身畔人声笑语佛号声声，仿佛都是极遥远的了。冬日的寒气浸透了衣裙，直直地全塌在身上，刺到骨子里。她不及细想，抬头向阶下的人群看去。陈瑞早就不见，可是她眼前，隐隐约约，依旧留着陈瑞因步态微快略显肃杀的身姿。

手指攥住那个匣子，越攥越紧，指节发白，似要捏碎匣子一般。

"曾有一阵子，我恨极了他。"

争战总是牺牲一些人，来换取另一些人的平安快乐。可是为什么某些人就注定要牺牲？这样公平吗？人人都说男儿上战场是保家卫国，可是即便赢了又怎样？为了庆祝这样的胜利，总是需要呈上女人。许是她不知大义，心胸狭隘，可那些女人的命运，不知道是飨客悲惨一些，还是落入敌国更悲惨一些。

如果没有他，她和燕脂就不会是现在这样。

然而，命已注定，纵然是恨，又如何。

"现在不恨了？"

蓝青笨拙地问。昏黄的灯光下，他面色如浅玉，眉间眼底如深潭，浮浮黄光。那瞳子，却比烈烈的火还要热，只一眼就燃烬了一切。

香墨大张着眼，茫然地看着他，好半晌嘴角才慢慢挑起来的笑意，道："没有多余的心力去恨了。"

轻细的声音仿佛一片雪落在渭河上，刚自嘴唇里吐出，便消失在河水之中，听不分明。

可蓝青还是听见了，却什么也不曾说，只拉住了她的手。

两人出了寺院。相国寺比邻渭河，出门就可见河上装饰精丽的船只停在岸旁，船上各色的彩灯，与荡漾的河水搅在一处，宝光四溅，就成了虹霓光色的镜。那是各家的官眷不屑和平民拥挤，遂都从河上而来。也有专供搭渡的小舟，常年在渭河上行走，早被洗褪了颜色，停在桥下，随着层层细浪微微起伏。

香墨怔怔地轻声道："可惜是冬天，要是夏天，我们就可以坐了船回去……"

话只说了一半，便自觉失言就收住了，剩下的话被她紧紧咬进唇中，本涂了胭脂的唇此时更是殷红。

蓝青因为她的话手颤抖着，却依然竭力地握住她，低低答道："总有机会的。"

气息拂过香墨的耳鬓，刺得她转首，对上他的眼。明净的眼眸，像是蘸满了天空的颜色，毫无掩饰的神情。

香墨的手突地抖了一下，使劲地抓紧了蓝青的手，一刹那又挣开了，转身而去。

她的脚步极快，片刻就融进了人群中，蓝青定定望着，可灯火明辉，刺得他几欲目盲。

香墨和蓝青一前一后回了墨府，刚至府门前，就见朱门紧闭，不露出一丝缝隙，一片静寂中，御林军腰系长刀，束着轻甲森严把守。这样的阵仗香墨虽然早就见得熟了，但此时她自己的心仍忍不住"怦怦"地急跳。

府门前挂了两盏明灯，天上星子月亮都不见，冷风过处，灯火辉煌，御林军只见一名女子拾阶而上，披风将她从头到脚彻底地包裹起来，不露一丝肌肤，只余一团蒙蒙的光亮穿过窈窕身姿，铺入暗青石阶，一片影影幢幢，而她的身后跟随的是一名极为英俊的蓝眸男子。

御林军呆愣了片刻，方才回神扬刀拦住，喝道："什么人？"

早有侍婢候在门房，此时也顾不得礼数，直直冲出来喝道："他们都是府里的人，你也别问，只管放进来就是！"

守门的一众御林军是皇帝亲随，气焰向来极盛，虽知道侍婢为香墨身前的人，却也不怎么把她放在眼里，冷冷扫了一眼，说："深更半夜的，还有府里女眷在外面？如今圣驾在这，凭你是什么人，都不能进。"

侍婢被顶得一时无语，脸色煞白又发作不得。

此时冷风袭来，吹得府门檐下灯火不定，香墨一手拢了拢披风襟口，一手便把风兜缓缓除下，莲青的锦缎在她蜜色的脸上拂了过去，御林军顿时

缩了缩肩膀，忙行礼跪下，不胜惶恐地回话道：“不知是夫人回府，属下们有眼无珠了。”

香墨不急不缓地道：“我又怎好怪罪你们，说起来咱们都是一样的，皆是受人之命身不由己罢了。”

一众御林军不敢再答，只连连叩首，微抬首时，只见她裙裾委地，款款自眼前而过，忙又垂首于地，不敢再看。

待香墨携着蓝青进了二门，侍婢才焦急禀道：“夫人，陛下来了，有一阵子了。”

香墨脚步未停，低声吩咐：“先把他安置好。”

另有机灵的侍婢已回身拦住欲还跟随香墨而行的蓝青，压着嗓子道：“先生请。”

蓝青慌乱止步，面上蓦地腾起了红晕，但见香墨已匆忙走在曲折幽暗的廊道里，只有侍婢擎了一盏宫灯，剔透琉璃罩内红烛扑腾，光影一长一灭。蓝青静静看着，心里千言万语，却一句也说不出来。

香墨更衣后进了绿萼轩。内寝的透雕花月牙落地罩垂下青丝软纱逶迤，烛光摇曳，带着淡淡的红，映着青色帘影。帘后，封荣身着一件柔软纱罗的明黄中衣半寐在了床上。床畔镂空着海棠纹的白玉香炉一丝一缕地缠绕，熏熏散出了檀香叠烟，重重渺渺。

香墨一瞬间屏息闻着，竟和身上在相国寺薰到的烟火味异常相似。她心口一闷，此时内寝之内烛光数盏，亮如白昼，晃着眼睛，便微微有些恍惚，不由得轻轻地吐了一口气，手心的匣子便攥得更紧。

这木匣从相国寺到墨府，一路紧握，已几乎快要捏碎。

但她还是若无其事地将手中的匣子放在桌上，皱起眉嫌恶道：“什么时候点起这个香了，怪呛人的，你不是向来熏佳楠香的吗？”

封荣自她一进内寝便已睁开眼，眼里晶亮紧紧地黏着香墨的身影，此时方仰脸笑嘻嘻地开口：“朕今天觉得这个味道好，先点着吧。”

说完便发现香墨满目复杂神色，眼波凝视着香炉中升起的袅袅青烟，烛花摇曳，火光透过琉璃灯盏，轻飘飘地散开，一层浅色黄晕，莹在香墨的面颊上，恍惚间，嘴角挂起几许笑意，封荣欲细看时，已旋即敛去了。

封荣目光一凝，坐起身，扯着香墨的衣袖晃了几下，道："渴。"

香墨正在解下斗篷，闻言不及细想，就张口唤道："来人！"

窗外走廊上，院子里，掩掩闪闪的好些侍婢内侍听差，这时却只有极少数能人才有资格应声，而进屋听命的，又只有一个人。那就是陪伴封荣长大，出入相随的心腹——德保。

封荣见了他却只不耐地一挥手，德保立时会意，又刹时无声无息地退了出去。

不要德保伺候，自然就是要香墨。

香墨眉端微蹙，轻轻一挣，自封荣手中撤出衣袖，在茶格上拿起上用的明黄色的盖碗，用温水涮了涮，才自暖壶里斟了一小盏君山茶，双手奉予封荣。封荣并不接过，香墨只得慢慢俯下身，拿着茶盏让他就着自己的手，一点一点地喂他。

一时室内静极，没有一个敢来打扰的人，封荣的姿势，被茶水濡的湿润的唇只差一分就可以触到香墨的指尖。

香墨见他半晌不动，只以为他喝完了，便要收手，封荣不让她这么做，顺手一拉，使的劲也不怎么大，香墨就好像站不住脚，手中的茶盏"咣"的一声，摔在织锦的地毯上，人便已歪在他怀里。

这样的投怀送抱是极少见的，封荣亦不由动情，乘势一把揽住她的腰，另一只手在香墨背上摩挲，低声地道："你身上真凉。"

语气极软，微仰起的脸像个孩子般，薄薄的雾水在桃花双眸里浮上来了。

香墨听了，许久都不说话，难以抑制地已经紧绷了全身，半晌才微微一哂，宛然笑容嫣嫣："万岁爷这是发什么疯？腊八节的不在宫里团圆，巴巴跑来跟我折腾什么？"

这话说得极为刻薄，手却伸到他胸前。因室内炭火暖如春日，封荣早散了衣领，香墨的手指原意似是替他掩复衣襟，却不知怎么，穿过了衣襟，覆在了封荣的胸上。她手心极凉，揉搓在他肌肤上，仿佛是块冰，封荣只觉一阵寒意彻骨，就不由一抖，颤着声音道："身上这么凉，也不知出去疯了多久……穿得这么少，冻病了怎么办？"

香墨并不答话，把脸倚在他胸前，发髻绒绒地扫在他的鼻端。她向来不喜发油腻结，每次梳发只取极少的一点。但只东南才有进上的露花油，不同于木樨花和玫瑰花，露花初夏清晨时始熟，才得名露花。其气馥烈，此时受了热气，发香和花香，一阵阵渗入封荣呼吸之中，就结成了一股欲宣不能的闷气，梗得难受。

骤然，他粗野地将香墨压在床榻上，只像一只野兽，贪婪地撕咬着她。

香墨被撕咬得痛了，并不哀叫，却反笑着将臂合得更紧。

封荣几乎是勒着香墨的腰，揽着她的背，唇齿紧紧贴上她剧烈起伏的颈窝，而她那清脆得近乎放荡的声音，在封荣耳畔轻颤着，肌肤上，发上，颈上，拭不清的挑逗。

迷蒙上了雾气的眼，恍惚里抬起时，至近的看到了封荣的脸——那张写满了强烈欲望的面容。

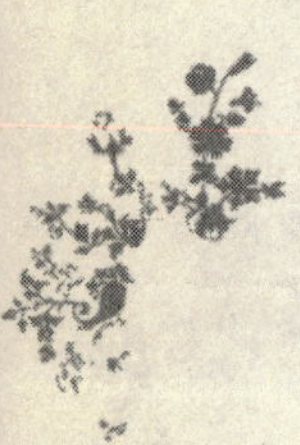

嘴骤然猛烈地压含上来……压住了她的笑，啃食着……唇舌带着狂烈的执著在香墨的口中搅动撕咬着。

下了一整日的雪停了，便是风起，沙沙……沙沙……夜风不停地穿梭过屋顶的明瓦，清晰的声音仿佛就在咫尺，仿佛一伸手就可以抓到那风。

香墨望着巧绣天工的帐顶，不自禁地伸起手臂，手指慢慢合拢，握成拳，却什么也没有抓到，于是，重又落在封荣的背上，紧紧的，使足了全身的气力拥紧了他。

封荣用四肢缠住她的身子，撕咬在颈子上的唇里喘呼着一个成年男人的欲望，灼烫的手在身体上肆虐地揉动着。

而香墨自己的手在拼命地抚摸他，似是在剧烈地渴求他，仿佛饥饿的人在饥饿，干渴的人在干渴，痛苦到了极致，一波波本能到几乎疯狂的欲望去渴求着他。

喘息着，一边用牙齿撕那柔白颈子边的青缎袄襟，一边探手下去解她系着翡翠锦裙的丝绦，沉沉的喘息中，罗裳褪尽。

麦金色的肌肤暴露在烛火下，封荣拉一个枕垫在她身下，唇沿着她已是遍布红痕的颈一路吻过去……

这个身体，每一分都是他的……

香墨的手，似是推拒又似拥抱，两者含糊时，反而弄散了封荣的发。

今夜的封荣喜欢咬人，几乎在香墨的每一寸肌肤，都用唇与牙齿撕扯一遍，似乎在焦灼地诉说一种难言的疼痛的渴望。

封荣的手抚摸过蜜做的躯体，蜜自生香。封荣情难自已，手便重了，揉拧着，殷红的痕迹从香墨的身前、腰间渐渐地浮现。

香墨急促地喘着，她身下的锦褥如碧波裁成，其上绣有点点杨花，细细簇簇的白，手工精巧难言。封荣伏在她的身上，眼见着她肤上密密的汗意，凝结成细小的汗珠，顺着起伏优美的曲线衣线滑下去，落在锦褥上，洇洇地湿了一层。汗意蒙蒙之中，异样的白衬着她片片殷红的肌肤，分外触目。

痛苦的迷乱中，香墨抬起手臂，如蔓藤般缠上封荣的背，抓紧了，微弱的气息拂过封荣的耳鬓，与凌乱的发丝纠结在一起，断断续续的，想压抑而压抑不住的疯狂。

“要吗？”

封荣嘴上这样说着，燃起了熊熊烈火的手和唇已却侵袭，香墨没有拒绝，也无法拒绝。

水汽慢慢地蒙上了那双眼。

窗外风声更大，而香墨只觉得四下顷刻里静极了，只余下封荣的声音，摩挲着，滑入耳内。

“你是我的。”手指几乎是恶狠狠地抓过她的发，猛然拥她入怀。

滚烫的身躯颤抖着，贴合着，有火燃烧着，焚成了灰，那颜色抹在唇上，恍惚地勾画出一丝残酷而妩媚的微笑。

封荣却是发狂了，只顾紧拥着香墨，仿佛生生世世不要分开。

“你是我的…………”

香墨只觉得一阵窒息，一层一层升起的战栗，紧紧闭起来的眼角就渗出了一直模糊着的水意，喘息声不知何时变成了饮泣般的呻吟。

然后封荣用强硬的指尖扳住她的面颊，迫使她睁开迷蒙双眸。

香墨的眼里，泪水之下一层无奈，最深的痛苦就泼洒出来。

再一次，封荣埋首，执拗的吸吮着她所有的泪水。

“你是我的，你只是我的！”

孩子似的，特地把一个“我”字咬得极重。

不似誓言，却似命令。

又像是哀求。

香墨忍不住开始笑了，放浪的，蜷起的腿缠上封荣的身体，仰面狂乱地撕扯那绣金的山水床帐。

然后，便是空茫一片的静止……

耳边是风过檐角，仿佛有人弄着长长的箫竹，细细切切地呜咽。

起风了？

迷蒙时，不禁想起西北大漠，日日清晨里亦是长风如歌，一日一日，梦里的飞天反弹着琵琶，舞起黄沙，埋葬了白骨弓戈。

这样飞沙不倦的一年里总之有十数次要送陈瑞出征，他总是严盔明胄地高居马上，而她站在妻妾之中，远远望去，依稀只见他嘴角一缕极淡的笑意，犹如尖刀刻痕。然后，便是铁骑绝尘，搅乱一路尘土，仿佛腾起的烽烟。

香墨仍是闭着眼睛的，脖颈里四溢的热汗濡热难受，就微动了一下身，手摸索着想推开那股热意，可鼻端却掠过一丝熟悉的味道。

香墨慢慢张开了眼睛，合了好久的眼睫，才发觉困倦无力的身体依顺地靠到了封荣怀里，封荣的手十指分开，将她的手合在了自己掌心。

窗外天光已大亮，冷云万顷，映进绣金纱帐里。床畔的烛已几乎燃尽，堆簇地垂泪，凝成殷殷赤色干涸在琉璃罩上。日影透过明角，穿过床纱，映在封荣的脸上，稀薄而昏暗地凝在他的唇角，映出一抹极恬然的笑意。

不知为何，香墨就又合上了眼，听到自己枕边人均匀的呼吸声，安心得就待再睡去。陡的，又惊醒过来，一时冷汗都几乎冒了出来。

动作极轻地起身，小心翼翼得只怕自己动作稍稍一大，就将封荣惊醒。

尽情欢愉过的酸软身体来到地上，信手披上一件旁边放的单衣，香墨一步三摇地走向那月牙落地罩，掀开纱帷，刹那，入眼的是一片绚烂白光，原来是下雪了。香墨顾不得细看，赤着脚走到桌前，拿起那自相国寺带回的木匣。

她想，不能让他看见，不能让他见到……

可上天并没有听到她的祷告，自她身后一只宛若女子般精致修长的手抢过那木匣。

香墨慌得一哆嗦，转身就对上封荣冷冷的目光，胜似窗外连天飞雪的寒冷，直刺进心腑。

封荣打开匣子，看着里面已经褪色的艳红肚兜很久，才抬头淡淡地看着香墨，连呼吸似乎都没变地说："你见到陈瑞了？"

香墨的面色已有些苍白。

她的目光同样落在那并蒂花之上。

许多事已不敢深想下去，因为只要一思量，就立刻触到心底一段极深的隐痛，许多往事从眼前一晃而过，不觉有些恍惚。但，只不过片刻之间，神情又变得很平静地，敛着眉眼，只低低地一个字："是……"

过于耀目的雪光映在明角嵌镶的步步锦支窗上，就染了薄薄青色，夹着青色的光摇曳着，模糊了九折屏风上工笔细绘的秋水连波。

香墨垂下眼帘，睫毛如羽蝶拢翅，在眼波深处划过一道暗青色的阴影。然后，她缓缓抬头，轻轻地咬了咬唇，亮得不亚于雪光的眸子盯着封荣。

苍白唇色在齿下透出了淡淡的红，宛然抹在雪上的胭脂，扬唇笑时，便独有一段妩媚。

封荣的心蓦然一跳，尚自失神时，香墨已跪倒在他的脚下。封荣大惊，急忙伸手去扯她："香墨，你这又是为何？"

香墨拽住封荣的手，重又起身，头伏进他的胸口，发丝垂落，掩住颜容，轻缓的声音中自有一种淡淡的怨意："陛下说为何就是为何……封荣说为何也是……为何……"

说完，微扬起脸，好像在梦中长吁一口气般微微张开了唇。

尖巧到如刻的下颌，只有咫尺之遥，恍然间，封荣几乎忘记了怎样亲吻。

只是笨拙地舌尖先于唇的相触前就迫不及待地舔上了那微薄的浅红。

一股寒意凝在她的唇上，很凉……

唇相合，寒意刺得他片刻就撤回身，望着香墨仍是赛过雪光的晶亮双眸，呼吸一紧，方扯唇笑道："今天朕不回宫，晚上我们出去走走，好吗？"

香墨扬眉一笑，缓缓颔首。

窗外，雪色初晨，薄阳下，白露将晞。雾朦胧，人亦朦胧。

冬日天总是特别短，申时末便已天暗。封荣早已等不及，早早唤人换上衣服。

因只是微服出行，内侍特意传取便服换上。盘领、窄袖，缠枝宝相花纹样，白丝绣成的莲花瓣上撒着金丝的织金锦长袍，头上是珊瑚结子的便帽。以为天衣无缝的打扮，越发显得俊俏翩然，在与人身等高的铜镜前打量了半天，封荣面上也不由露出了十分得意的神色。

殊不知宝相花本是王公贵戚的专用纹饰，与蟒龙图案一样，禁为民间使用。更遑论他腰间系着的明黄的丝绦，拴上彩绣表袋，雕龙的汉玉佩饰，蔚为触目。

香墨忍不住眉头微蹙，胭脂晕成恪儿殷的唇角浮起一缕笑意，发髻上一朵赤红珍珠穿成的璎珞，随着微晃，在鬓间摇摇曳曳沙沙作响。而她，却不点破。

倒是刚进门的德保看出了破绽，不紧不慢地迈着步，内侍的靴底本就轻薄，此时擦在地上，竟不出一丝声音。待来到封荣身前才腰微微地躬着，面上透出恭谨的笑容，一边解着封荣的腰带，一边说："奴才眼馋万岁爷这丝绦可有些日子了，今儿斗胆请万岁爷赏了奴才。奴才倒也不敢用，只供在案上就知足了。"

封荣这才知道露了破绽，白皙如玉的脸颊极薄，此时隐隐涌起血色，倒似抹了一层胭脂，半窘迫道："拿去就拿去，啰唆什么。"

转头时正看见侍婢拿着一件石榴红的褂子要给香墨换上，眉端一凝，仿佛漫不经心地说："别穿这件。昨天那套我看着就很好，就穿那套吧。"

香墨不由一愣，侍婢已不敢耽搁，取了昨日穿的葱绿短袄、天下乐锦裙重又给她换上。

待换好衣服，封荣又饶有兴致地拈起香墨的下颌，细细打量。

"你这胭脂晕得倒也新鲜，是什么晕品？"

"恪儿殷。东都第一名妓恪儿，自以胭脂晕品为名，据闻常年晕的就是恪儿殷。"香墨扬手一挥，径自来到铜镜前，才在镜中向封荣一瞥，已笑出了声："那些个东都贵妇们都自持身份，不肯再晕此式样，我却偏偏没有那些个忌讳。”

还有一句话却没有说出口——反正她和妓女也没什么区别。

封荣一笑,在身后搂住香墨,下颚蹭着她的颈,不再言语。

收拾妥当,已是酉时正,日落已久。冬雪虽不大,零零星星地夹在风中,天却煞冷。香墨忍不住拉了拉莲青斗篷襟领,只是从内宅走到府门的片刻功夫,指尖已有些麻,轻轻地呵了口气,便有白雾破寒而出。

门口早就停好了一辆双驾马车,车前上悬了两盏宝盖珠络的琉璃灯,夜色中如两颗明珠扶摇而起。侍从拉下车檐,恭谨地开了车门,伺候着封荣上车。

封荣并不上车,只在身侧的内侍手中接了十四骨的青竹纸伞,亲自撑起挡住了香墨,随后才道:“不坐车。”

香墨和身后跟随的德保俱是一惊。

“万岁……”德保开口便知道自己说错了话,忙又改口道:“主子,您千金贵体,可不能有什么闪失!”

封荣突然转身,黑色的斗篷一瞬间展开,那双暗黑的眸子中,在灯下愈发显得晶亮逼人。

“说你啰唆你还来劲了,滚回去,用不着你跟着,再让朕看见,就立马在这府门口杖毙了你。”

又对一众换上便服的御林军道:“你们也是,都滚得远远的。”

他声音并不大,却那样清清楚楚,眉宇间神色宛如出了鞘的刀剑。

这样的神色与语气,对于一向孩子一般的皇帝,是极为少见的,于是众人皆被骇得噤若寒蝉。

德保已不敢再拦,只将一盏宫灯递与香墨。

香墨接过后不禁一抖,封荣已侧首微低头看向她,神色变得极快,似嗔非嗔地眯起了眼,极甜地笑着。

“咱们走走。”

蒹葭白露,凝水为雪,而稀薄的雪夹在风中,依旧如细白羽毛穿成的垂幕,他们相携一路穿帘而过,衣襟让风吹得飘飘欲飞。

过了云客桥再穿六曲桥、无波桥,河岸旁的柳荫牙道,十分宽阔,两辆马车并行亦可。岸堤上垂柳早就凋了，只余下空空柳枝依风而舞，依稀的似有佛号传来。

极细的雪，落在伞面上悄无声息，封荣紧紧拉着她。香墨偷偷抬眼瞧他，正巧他也低头，伞的影子掩住面目，英挺的轮廓半明半暗，只瞧见那唇扬起，朝她微微一笑。笑意灿烂，暖如春风，她不知为何激跳不止的心，此时方才逐渐安定下来。

原以为只是无目的地走走，不想封荣拉着香墨来到了相国寺前。每月只开放五次的相国寺此时中门大开，但无一人前来进香，分外冷清。香墨瞧着室内的苍松翠柏，虽然是绿意俨然，但于此时空空荡荡，更显天寒人寂，完全想象不到昨日香火鼎盛的模样。

恍惚时，已被封荣拉至大殿释迦牟尼佛像前，上香，下跪，祷告。

香火袅娜成一缕的薄雾，蛇一样地扭拂着，不知为何佛像面上就有了森森之意。

香墨忍不住侧头，正见到封荣眉目之间，带着温柔笑意，目不转瞬地望着她，而眼光却狂热异常。

她忍不住恍恍惚惚，几疑自己在梦中，总觉得不像是真的。

她疑疑惑惑地告诉自己，也许只是巧合。

出了相国寺时，雪仍是落得极薄，缱绻似的，浅浅淡淡。

然而一桥之隔的原本空无一人的柳荫牙道上，一串夜市竟霍然铺陈开来。仿佛连着天的灯光极耀目，染得满天的飞雪都成了一簇一簇的金粉，千点万点地撒进渭河，瞬息化成水，一圈圈散开去。而那灯火璀璨的夜市上如同相国寺一般，连一个行人都没有。有的只是一众僧侣，口念着佛号，端了银铜沙钵，浸以香水，杨枝洒浴。

香墨全身都在抖，如同筛糠。

封荣觉察了，朝她一笑，歪着头不解似的问道："怎么了？"

香墨声音都颤着，艰涩得只能吐出两字："真冷……"

傀儡似的只能被封荣牵动着，不知在空无一人的夜市上走了多久，封荣兀地止住脚步，转眸朝香墨一笑，一丝瑕疵都没有的无邪。

香墨只觉得脚下一绊，已跌倒在地，而封荣已伏在身上。

隐约的佛号声声就在耳畔，低沉鸣动。什么东西兜头盖脸地浇了下来，香墨却木然地躺在雪地上，不知道躲避，面颊已湿了一半。她想，竟连跌倒的地方都是一模一样的。

有声音极轻，几乎除了她自己，再无第二个人能听见：“你瞧，你只有朕。”

香墨的眸子中露出惊恐万分的神色，双唇颤动，却说不出一句话来。

挣扎坐起身时，金线的靴子就在香墨的眼前，靴底略有些湿，虽沾染了尘埃，却还是簇新的。香墨抬起脸来，仰视着伞下的他，而封荣的脸色比雪更苍白。

香墨缓缓起身，颤抖虽然止了，但眩晕的感觉越来越强烈，还未站稳就天旋地转得几欲跌倒，恰在此时封荣伸手拉住她，手劲大得让香墨的腕骨格格作响。

封荣强硬地拽着香墨走着，一气往河岸走去。她极目远眺，才恍然明白过来，河岸上已停了一艘官船。

香墨的手紧紧掐住封荣的手掌，封荣似感觉不到丝毫的疼痛，可她自己却痛得几欲晕厥。

雪稍大了些，落在伞上，细细地摩挲着。十四骨的纸伞颤了一下，抖落几滴雪珠。

香墨一路随行，身形摇摇欲坠。

她凝视着已经毫无表情的封荣，想，这个人再不是当年那个在雷雨交加中，被自己紧紧抱在怀中的孩子，再不是那个会对自己放肆恸哭的孩子。

“少爷夫人，买盏花灯吧！百年好合……”

声音突兀地响起，又突兀地断掉。封荣陡地止步，似这才觉察到什么，转脸时已是满面无邪的笑意。

“老丈怎么不说了。”

临近河岸的角落里，有一个小小的灯架，上面十数盏新扎的纸灯，素彩交加，虽质地粗糙，却扎得十分的精巧。灯光透过涂金粉彩绘牛皮倾洒下来，极是明亮。

卖灯的是个长髯老者，见封荣问话，一手捋着胡须，呵呵笑道：“少爷真会说笑，您夫人手里这盏倒比我这里所有的灯加起来还值钱呢！”

封荣来了兴致，拉过香墨走到老者面前，又将香墨手中没有宫廷徽记的明角灯递给老者，问道：“哦，这话怎么说？”

老者将瓜瓣式明角灯拿在手中，十分爱惜地摩挲了片刻，才道：“您这盏叫明角灯，那是用羊犄角做的。羊犄角并不如何稀罕，要知道朱门里的人家连窗户都是明角做的。可稀罕的是这手艺，把羊犄角熬化了，再冷凝成半透明的薄片，然后镶在灯笼框上，非有一双鲁班的手，是做不成的。”

“这我倒不知道。”

香墨在一旁看着笑得灿烂的封荣，心里千头万絮，好像一团蚕丝搅在一处，一牵一牵堆堵的胸口。

他知道所有事，却不知道自己手中的灯是如何做的。

“这么稀罕？我却不稀罕，拿这灯换你一盏青竹灯怎样？”

孩子一样的口吻，让老者忍俊不禁，直又塞了一盏扎成白兔式样的灯给封荣。

青竹灯里的烛也是劣质的，灯花不停“毕剥”作响，爆开了，亮了一亮，又暗去。

卖灯的老者得了便宜，话也多了起来：“今儿也不知吹了什么邪风，官府上门要我们出夜市，这鬼天气死冷死冷的，还一个人都没有，还好遇见了夫人少爷，真是我修来的福气……”

紧紧攥着手中的灯，香墨悠悠开口：“还不走，我们不是要坐船吗？”

“是啊。”

封荣此时方转眸看向香墨，声音轻细，听不出任何情绪。

如果你看着深渊太久，深渊也会看见你。

停在渭河上的是一条燕飞官船，船身刻着卷云纹，楠木雕成竹节漆绿的栏杆，两边垂下白绫飞沿。船舱仿若一间厅室，其内设了一个小花梨的炕榻，大得可坐上七个人。

舱内并未熏香，只有花几上红釉描金瓶中的四五箭素心兰，甘洌香气幽幽地向人直面扑来。这个时节，却难得素心兰开得极好，花瓣全素舒展，如同纱罗裁成。因烧制不易而得名“大红袍”的红釉瓷瓶，其色赤红若滴，仿佛一掬血水泼洒在其上，更是衬得浓密的兰叶青绿如云。

封荣拉着香墨坐在榻上，榻几上早就摆好了亮银的食盒，因船舱内并无人侍候，封荣亲自揭起盒盖。亮银食盒内就是一个镶成的攒盒，共有十二碟鲜果蜜饯和点心，两副银杯象箸，连着一个鸳鸯壶，都镶在里面，十分精巧。

封荣此时方才松开了香墨，浅斟低酌起来。

从船内望去，渭河岸上盏盏灯火不熄，暮雪如絮烟波无际。而渭河上又再无其他行船，又因河船底平，吃水甚浅，就似有了一只无形的手托着，稳妥得连杯中的清酒都不见一丝波动。

香墨脱去了斗篷，举杯一口气将清酒一饮而尽。

富贵天下最重养生，便向来不在冬日里饮冷酒，所以银杯子中澄净的清酒也是微温的，淌到肺腑里，渐渐变成一把火辣辣的刀子，割着胸口。

他们就这样一起面对面静静地喝着，像是在难得地享受这片刻的寂静，谁都不愿先开口打破一般，沉默了很久。

封荣时不时夹过来剥好的杏仁，最开胃的山楂蜜糕。香墨都不曾动过一口，只是擎着酒杯，转头望向窗外。

蓦地，封荣探身过来，距离那样近，含着酒意的热气直直地吹进了香墨的颈间，她不禁起了一阵奇异的战栗。

“胡人的戏子长得俊吗？可有我好看？”

一瞬间，香墨气息凝滞，好不容易经酒意红润的面颊，那薄薄的一层血色又迅速地敛去。封荣倒气定神闲，浅淡的三分笑意经唇渲开，倒似足有了七八分，所以话也说得极轻快：“都说你和舅舅为了争一个戏子反目，那戏子在哪，让朕见见吧。”

措手不防的直白，却让香墨迅速地冷静下来。她的嘴唇犹自发颤，张合着，慢慢地才发出声音，神情镇定地道：“堂堂万金之躯的陈国天子，也好意思拿自己和一个戏子比？”

封荣面上的笑渐渐收拢，凝视着她，说道：“你真的不知道？”

她并不答话，只定定地望住封荣。

雪渐渐下得大了，大蓬大蓬的，仿佛是有整整一个沙漠从天际直冲而下，这样的雪色和夜色中，封荣近在咫尺的容颜渐渐模糊，只有两泓桃花眸子留在眼中。他手指紧紧抓住她的腕，缠枝宝相花织金锦袍袖早被和尚洒下的杨枝水沁湿了，仿佛带着雪意的寒凉，轻触在她的肌肤上。香墨只觉得自己正被冰裹住，自己也正缓慢地、无可阻挡地凝结成了冰。

说什么呢？

封旭，几乎都被人遗忘的名字，似是除了自己再也没有人记得的名字，突然地迸出，几欲撕裂胸口。

然而，香墨始终未曾移动双目，一瞬不瞬地直视着封荣。明亮似耀的眸子，晃得封荣吃不住，先挪开了眼。

而只是这一转眼的功夫，香墨偏就看出了他的心思端倪，极度激荡的心，不期然地就渐渐平静。

此时此刻，她清楚地明白，封荣还不知道。

香墨就抽出手，将象牙筷拿在手中，轻笑道："你可知，一样的东西，分了地域风水就有了天差地别。就好像这山楂蜜糕，南楂不与北楂同，色比胭脂甜若蜜，于是，天家御厨就取了最好的北楂，做得这山楂蜜糕。"

话说到后来，望着封荣渐渐疑惑不解的神色，香墨已经笑不可抑，止不住地咳嗽起来，缓了半晌的气，方又说："还有这杏仁，北杏味苦有毒，多食可丧命，南杏咽如脂滑，沁润心肺。于是便取了微甜的南杏。还有这乌梅，南梅喜雨微，北梅嫌雪薄，说到底还是南梅占了天时地利人和，所以略胜了一筹。"

船舱内本有灯火，又加上他们带来的青竹灯和白兔灯，一时亮极了，那光芒反就极浅极淡，但香墨仍觉得自己的眼睛，有一种被灼伤的痛楚。

一段往事，猝不及防地扯出，亦只在不为人知的、隐秘的角落里，奇异地痛楚。

封荣仍是疑惑地看着香墨，看得久了，粲然一笑："说什么呢，朕都不懂。"

香墨瞳孔内清清地说："难得也有陛下不懂的。"

说罢，丢了象箸以指拈了一个杏仁递到封荣嘴边，笑语道："吃吃看。"

双耳坠的珠珰轻轻随着她的笑摇动，晃得封荣心头也是悠悠一荡，就势便把香墨揽到怀中。

晓窗外，落时似花，花非在蕊，花非在萼，骨中寒彻。直饶更疎疎淡淡，终有一般情别。

蓝青在睡梦中猛然惊醒，心胸狂跳，大汗淋漓。他披衣而起，打开窗户，雪色连着夜色迎面扑来，檐下铁马当当作响，他就一个寒战，忍不住颤颤发抖。

不自禁地，他想起昨日香墨在相国寺佛前的笑容，淡得没有一丝痕迹。蓝青并不知那是何种意味，只是有一种本能的恐惧，恐惧再也见不到她。

他要见她。

他一定要见她。

他推门而出，几乎是惊慌地走过雪地，因匆匆而起，穿的只是单鞋，片刻功夫就打得湿透，蓝青却毫无所觉，直直往绿萼轩奔。

正穿过长廊时，一个尖细的声音陡地响了起来："这是谁啊，这大半夜的，知不知道不能乱走?!"

蓝青回过神，看清楚了面前的大内衣饰的内侍，陡然就惊出一身冷汗。

他竟然忘记了陈国的天子还在！

长廊下本有一小间，如今因为陈国天子不时留宿，于是就改为了值夜的值房。而提着灯笼刚出门的十几岁的小内侍揉着眼，待看清了眼前的人一双幽幽蓝眸，想起隐约听到的传闻，不由哎哟地一声，就叫了起来："来人啊！快把这人拖走！"

太过尖锐的叫声便惊动了正巧出来巡夜的德保，德保皱起那张白胖老太太似的脸，抬手照着内侍的后脑就是狠狠一记，怒斥道："鬼叫什……"

话说到了一半，抬眼看到了面前的蓝青，剩余的话就哽在嗓子里。

德保不由将手中的灯笼举高，待蓝青面目更清晰时，那眼珠子骨碌碌地连转了几次，方才微躬身，开口勉力笑道：

"这位公子爷，前面您可不能走，听老奴一句话，哪里来的赶紧回哪里去吧。"

蓝青犹在恍惚，因而并未留意德保的神色，只长长一吁，说：“多谢公公。”

德保在那里怔了半晌，又见蓝青穿得甚为单薄，便把自己的斗篷解下来披在蓝青身上。这回不只是小内侍露了吃惊的模样，连蓝青都微微一诧。

德保看在眼内，暗暗一叹方要开口，又有内侍上前，掐着嗓子回禀道：“公公，太后身边的青青来了。”

德保顿时一个激灵，失声道：“叫她在前面等着！”

话音还未落下，一个略显尖利的女声就在来禀的内侍身后响起：“德保公公这是要赶我啊？便是您老两朝服侍御前，也用不着跟我摆这么大的架子，怎么说，你我当年都只是这陈王府的奴才不是？”

说着，青青已俏生生地站在德保眼前，下颌抬得略高，带了一丝讥傲。明明已是二十七八的年纪，却因妆容耀目生生就减去了岁月的痕迹。

因青青的身份较高，内侍们行过了礼，默默地站在一旁。

“可不敢，咱家哪里有这么大的胆子。”只有德保纹丝未动，面上带笑道：“咱家只是为你好，如今这里可不是陈王府了。这座府邸现今是御赐给墨国夫人的‘墨府’，就因为你我同是奴才，咱家才好意提点你一声。”

青青面色立时一变，眼底已难掩怒意，狠狠地喘了口气，才压住怒火道：“我可是奉了太后的懿旨。太后说万岁爷连着两个晚上没回宫，不放心才遣了我过来问问。毕竟昨儿方有新人进了宫，冷落了终究不好。”

德保皮笑肉不笑地做出为难的神色，道：“那可真不巧，万岁爷已经歇下了，待明早万岁爷和墨国夫人醒了，咱家会替你转告。”

此时青青却没恼，两眼紧盯着站在内侍们身边的蓝青，问道：“这是哪位啊？”

“哪位也不是，只是文安侯送给墨国夫人开心的戏子。”德保慌忙跨步站在蓝青身前，挡住青青的视线，笑说：“没什么事就赶快走吧，别宫里下了匙，你可就回不去了。”

青青的目光久久地停留在蓝青身上，蓦地换了口气，道：“那就烦劳公公转告万岁爷了，我是得赶快回宫，不然就真赶不上了。”

说罢转身就走，比来时竟更加匆匆。

等青青走了，德保若无其事似地对小内侍吩咐：“把公子送回原来的住处，快去。”

小内侍不敢违命，忙引了一脸茫然的蓝青去了。

德保这才匆匆转回绿萼轩。

冬日里的夜晚，凡是封荣在身边的时候，香墨总是无法入睡，于是便抱膝蜷坐着，黑发如衣遮蔽了赤裸的身体。

四下里一片静但并不黑，内寝之外的梢间上，两盏龙头仙鹤身乌龟座底的落地烛台总是彻夜长明，笼了轻纱变得极柔的烛光如梦似幻，铺展开去，透过重重帘幕，终于铺就在绣金床帐上，一朵极艳的花朵，将黑暗切得支离破碎。

香墨就有了些许恍惚。今夜的她尤其无法入睡，绿萼轩之内，廊下间外，值夜的不知多少，可静得连一点声音也没有。一片沉寂里，只闻得暗红铜炉内的炭火隐约噼啪和雪沙沙地打着窗子的声音。床榻的内里，睡梦中的封荣也不肯盖好锦被，一半抱在怀中，一半纠缠在腿上，裸露着上身，却睡得极恬。

香墨无声地抽出封荣怀中的锦被，为他盖在身上，掖在颈畔。手迟迟没有收回，紧握住锦被的边缘，俯身看着他的脸。

他的容貌，若说瑕疵，就是线条失之于尖锐，而此时双目紧闭，却缓和了下来，说不出的稚气。

这样的姿势维持得久了，肩胛和脖颈都隐隐酸痛，窗外，夜风不住地呜咽。

香墨的手指越攥越紧，紧到了手都开始微微颤抖，终于尾指上寸来长的指甲吃不住力，“咯”的一声折断在手内。只是这一点声音，却好像雷声轰鸣在她的耳内，震得香墨一时胸口发疼，但并不是万箭攒心的痛楚，只隐隐地绵绵地疼着。

陡地，内寝之外一声轻轻的咳嗽声响，香墨吓了一跳，忙收回手，往外看去。

床帐是轻薄的绣金的山水纱帘，昏昏的灯照着，帘外事物俱是模糊的。

可香墨知道，那声咳嗽是有消息传入，而又不想惊动封荣的暗号。

想了想，还是掀了帘子下了床，随手披上一件外衫，也不穿鞋，香墨赤脚踩着青砖地走到外梢间，不出所料地就看见了德保。

她问："什么事？"

德保并没答话，只往外间做了一个手势。

香墨一皱眉，但还是耐着性子随德保到了西次间，可等了半晌，仍只见德保一副欲言又止的样子。

香墨索性也不问了，东次间的百枝芍药地毯上，坐着三尊白云铜的炉子，她径自走到炉边，掀起为了防止火花迸溅而扣上的镂空铜盖，拿起一旁的红铜火钳子调起了炭火。

半晌，德保才轻轻咳嗽了一声，道："夫人，刚刚太后宫里的人来过了，想知道万岁爷什么时候回宫。"

香墨有些漫不经心地问："谁来了？李嬷嬷？"

"李嬷嬷年纪大了，走不得夜路，是遣了青青来问的。"

香墨并不上心，只随口道："她啊……"

因香墨随手披上的白绸外衫袖口稍长，此时调弄炭火便不大利索，德保见了，忙上前帮香墨卷了袖子。

待卷好了，才又似闲闲地道："说来赶巧了，正碰见了不知为什么大半夜要找您的蓝青公子。"

香墨面上并未露出半分异常，只手中无力，火钳子掉在了白云铜的炉子上，哐当一声。细小的火星子迸溅，耀出几点金光来，渗在乌砖的地上，凝聚成一朵小小的灿金色的云，旋即又消散无痕。

还不待香墨说什么，德保已经一脸了然之色地开口："夫人果然是早就知道的。"

香墨身子一震，冲口道："我知道什么？我什么都不知道！"

德保仿若未闻，只垂首恭声道："夫人当年是卖身进了陈王府的，所以没见过因疯疾被送出宫、在王府静养的端敬太妃。"

端敬太妃指的是宪帝的生母，据闻她只是一个宫婢，偶然被英帝看中，宠幸之后便丢在了脑后。只是她极幸运地在这仅有一次的宠幸中有了身孕，就是后来的宪帝。而不幸的是她在以后的宫廷生活中神智失常，渐渐疯癫，虽以后被还是陈王的宪帝接回府内疗养，但仍不见起色，终于疯癫至死。而因为这种不甚体面的病症，只能追封自己的母亲为宣仁温惠端敬皇太妃。

“蓝公子那模样，除了一双眼睛的颜色，真是和端敬太妃的品格一模一样。”德保说着，抬眼定定地望住香墨：“青青跟奴才一样，都是生在王府长在王府……”

一番话下来，香墨的手已不自禁地拢住了衣领，夜半冬寒好似穿过了炭火的暖意无声地弥漫过来，浸透了每一根骨，寸寸阴寒。

然而香墨还是轻轻一笑，那笑容却犹如万年冰封的湖泊，满目寒气。

“你跟我说这些个是什么意思？我还以为你一准会巴巴地跑到李太后那里去呢！”

德保微一诧异，须臾垂下脸，轻轻道：“太后娘娘那里自有人去，轮不到奴才的殷勤。而且……先帝爷临终的时候，最抱憾的就是子嗣单薄，也一直难过于燕太妃没能生个一儿半女……”

“够了！！！”

香墨喝住他的话，眼中，有一闪而逝的痛意。呼吸中都是苦涩的味道，哽住了喉咙，已然嘶哑。她的神色已变得极为可怕，牙是咬紧的，眉端扭曲着，长发散乱地贴住脸颊，随着她剧烈的呼吸起伏，厉鬼似的。

燕脂的痛，无法孕育生命的遗憾，她比任何人都要感同身受。那个男人，那个无法保护燕脂，以致让燕脂必须选择舍弃的男人，又如何会懂，又怎么能懂！

德保只是静静地立在那里，面容在昏昏的灯火下已成了模糊的影。

“奴才只想说，夫人无论如何打算都得快。”

窗外风声若断。

香墨看着他，胸口急剧起伏，眸子里捉摸不透的颜色复杂地沉淀，默不作声了半晌，才神色略略一松，勉强一笑：“公公忠心为主，这份恩德，香墨记下了。”

说罢，已推门而出。

许多年之后，蓝青依旧记得这个夜晚，她随着满天的风雪陡然扑入，连衣衫都未穿得整齐。

她只抓住他的手说："我们走，蓝青。"

最后"蓝青"两字咬得极重，仿若一种承诺。

那个冬日那么冷，而她却那样的热，慢慢地他已被那种深到骨髓里的炙热融化了。

空气里充满了风雪的泼辣甘甜，恣意在那所红墙翠瓦深处的房间。而那时那刻，仿佛整个生命的空缺都被填满了满足和快乐，让他永远无法忘怀。

"好，我们一同去陆国。"

而她却蓦然松开了他，灯火笼烟，人在朦胧中，看不见的痛苦，或许，本就未曾有过。

她缓缓摇头，浑身颤抖，不能自抑道："你不懂……"

许多年以后，他不记得她说话时的神情，不记得她说话时的语气，却清晰地记得那三个字——你不懂。

他那时不懂。

因为当年的蓝青，单纯愚蠢得如同一盏风中烛，只轻轻一口气，就会熄灭。

后来，他懂了，却只希望，一辈子都不要懂。

合之卷
独倚玉阑无语点檀唇

壹

东都冬日的夜晚分外的寂静，入夜的冷风夹着层层的雪花，让两匹乌黑骏马有些烦躁不安，沉重地喘着气。因为宵禁，早就没了人烟，因而当两骑的马车疾驰在长街上时，就格外的触目。然而巡街的御史侍卫俱都不敢上前，因早就识得了马车上触目如血色的“墨”字徽记。

墨国夫人胜宠，京华皆闻。

香墨坐在车内焦躁得不时掀了帘子往外看，雪下得大了，地上结了厚厚的一层，马车的前沿挂了两盏琉璃宫灯，此时照在雪地之上，眼前的一方雪就仿佛变成浅浅的赤色，亮在黑色的夜里。

身边有人抓住了她的手，安抚似的温暖，她不用转头也知道是谁。许多年后，当她想起今日，只记得那一年，那一夜，和一个人在艳艳红色的雪中奔驰而行。

可是有时候，梦就是梦，如同海市蜃楼，可看可思，却不可触摸。

“香墨，我们这是去哪里？”

蓝青轻轻地问，香墨转首淡淡一笑，并不出声。

去哪里并不重要，重要的是他必须去。

“别这么笑。以后，我一定让你由心里笑出来。”蓝青的手抚上香墨的脸颊，本满眼悲哀怜悯，可说到后来眉眼俱是恬适地看着她：“所以，在我面前不想笑，就不要笑。”

那样温软和煦的声音，如春日里的煦风，点点的暖意抚上脸颊。可香墨无法迎视那样清澈的目光，只能赶紧低下头去，不敢再看。

蓝青的这些许心思，她如何不懂。只是自己的惊惧，已经无人能洞悉。

进入一条胡同，走到中央，豁然开阔，现出一片朱门来，车夫回话道：“夫人，到了。”

话音未落，香墨已掀了帘子出来，连搀扶都不用，直接跳下了车。

蓝青掀开帘子张望了一下，但见朱门紧闭，门前两座青石石狮头上积满了雪，此时一眼看去，恍如白了头一般。而门上悬着青地大匾，匾上写着斗大的三个字：“贤良祠”。

正出神的时候，香墨一手挥开车夫，亲自上前叫门。深夜寂静，铜狮门环拍在朱门上的声音，格外心惊。

好半晌，才听到吱呀一声，边门开了一道缝隙，一个仆役探出头来，喝骂道：“敲什么敲，什么时辰知道吗？大半夜的敲死……”

仆役俱是随了陈瑞奔波千里来到东都的，如何不识得香墨，骂了一半便不由大吃一惊，戛然而止，赶忙道：“奴才该死，不知道是夫人。”一面说，一面往前飞快地跑到门房，叫道：“快去通报！墨国夫人回来了！”

香墨并不理会他们，只携了蓝青，匆匆往里走。

待到后院之时，安氏等人已然被惊起，披了斗篷站在廊下。

“哎哟，这是吹的哪阵风，把夫人您吹回来了？”

说话的并不是安氏，而是陈瑞的第七房新宠契兰，想是起来得匆忙，浅色的斗篷半搭在身上，露出修长白皙的腿，腿上还有一片嫣红，好似被人咬过的痕迹，红得透出血丝来。

契兰见了香墨也并不行礼，只高高地仰着头，尤其说“夫人”两字时冷冷一笑，极为轻佻，含着钩子的眼波斜斜流转，扫向安氏，眉尖上是一段妩媚的挑衅。

安氏脸色一变，但她自有矜持，只垂眸不语。

香墨已经顾不上她们，焦急的眼四下找寻，然而并未看见自己要找的人。

众人见香墨这样的神色，都不敢言声，最后还是安氏缓缓开口：“他已经歇下了……”

话未说完，就被故意与安氏作对的契兰截断：“老爷就在里间呢，要找你就自己进去吧！”

蓝青此时此刻已经明白了香墨要见谁，慌忙不安地攥住了她的手，冬日冰寒的雪让香墨感觉手心湿湿的，分不清是雪还是汗。而她只微微笑了一下，安抚似的，随即就跟随着前面引路的契兰匆匆走开。

到了西厢里间的房门口，契兰随意往里一指，不再多言，径自走开了。

香墨只能自己推了门进去，室内的灯早就都熄了，只余了半段红烛，昏昏蒙蒙，剩烛残香，淡淡的绯红中掺着一点点青灰，映在人的眸子里。

香墨偶一疏神时，那人已站在了面前。随手披上的白绸敞衫，披散的头发、鸦翅一般的黑眉和寒星似的眼睛。

是陈瑞。

香墨猝不及防，于是就只能那样无声地望着，明亮的眼更胜黑暗中燃烧的烛焰，已把夜色焚灭不复。

千头万绪不知如何说起，香墨就缓缓地坐在椅上，双手搭在椅子的扶手上，身子侧倚着靠背，看着雕花窗外，不说话了。

陈瑞却不耐烦打哑语，坐在香墨对面径直开口道：“深更半夜，我想你当然不是来给我送行，更不可能是来随我出京的。”

左手旁的桌上有温在暖炉上的紫砂茶壶，因陈瑞不喜绿茶，所以不出所料的，壶中正是今年的雨后金丝红茶。

明前雨后的茶芽过于细嫩，不耐久泡，叶底红匀的幼叶已全数舒展，叶边的金丝早已脱落了下来，浮在乌润的茶汤上。香墨端起茶碗细细地喝着，喝完一口，只得苦涩的茶香，正要再品，却看见一滴水，落在茶盏之中，微不可闻的一声，然后是层层的涟漪，泛起在水面，缓缓地推开去。

她下意识地举手摸上面颊，只余下了一行湿漉的泪。

半晌，才开口道："我是来求你的。"

陈瑞一愣，细细地看着香墨，道："求我？"

"是的，我求你。"

灯下的香墨被淡色丝锦绣着白色山茶花的斗篷罩住了身形，只能看见她桃红的裙子很长，让别人看不见她的脚。发髻似挽得仓促，并不十分整齐，单单的斜插了一只黄金花钗，花蕊衔着细细一绺流苏倾泻在她的耳边。陈国的朱门贵妇，比如安氏，都从幼年起精心练就了即便是满头的步摇、缀满了流苏也似无波的水，波澜不惊。而香墨的出身毕竟不好，所以发上金簪的流苏随着她的动作颤颤摇曳，但始终无法打到她的脸上。

陈瑞的嘴角微微牵动了一下，算是一个浅薄的笑容，缓缓地仿佛有些怅然地说道："这是你第二次求我。"

香墨不想陈瑞如此说，心猛然一抽，仿佛有一只极美的手攥住，染了凤仙花的指甲扣进了血肉里，疼得她狠狠地吸了一口气。然而面上还是盈盈地笑着，可是眼底却掠过一丝哀凉："明明不过七八年的光景，却像过了一辈子。那时，我第一次求你……我想保住自己的孩子，我想生下那个孩子。"

今日的陈瑞已过不惑，除却一女，再无所出。当年的她总还点着一点蓬勃的朝气，懵懵懂懂知道腹中多了一个小人时，虽然还未待见全貌，她已经觉出了一些欢欣的滋味。谨言慎行，昼夜提心，做着所有即将为人母者所应该做的一切。她时时刻刻都要告诫自己，哪怕以前不当心，此时此刻必要事事需防，人人皆戒。然而，那时陈瑞出征，不能也不肯护她，她一个人在妻妾群里……

眼睛看着香墨，陈瑞面色一凝，但随即微微一哂："你想生下那个孩子，不过是为了送给你妹妹。”

“所以你不肯保全我？所以我活该今生今世都有不了孩子……”

香墨的一侧是红烛斑斑驳驳的光，另一侧是连天连地的雪色，两种截然不同的光影，将她夹在其间，她的影就愈见单薄。而香墨微微转过头，意识出现一种迷离，她的眼睛看不清楚窗外的连天飞雪，却能看到细密的黄沙，漠北的风总是扑天漫地，卷着天上的乌云，卷着地上的黄沙，哪怕是糊了几层的纱帘，总还是会渗进屋内，涩涩粼粼。

香墨不觉攥紧了颈上系的丝绦。

孩子掉得很简单，一点麝香，浓重得似红还紫的黏稠，混着黑色。

她那时竟不恨不怨，只想，这世上的人和事，总天理循环报应不爽，谁也不例外。她亲自为燕脂备下麝香。而今，竟也被人下了麝香，所以谁也没什么好怨恨的。

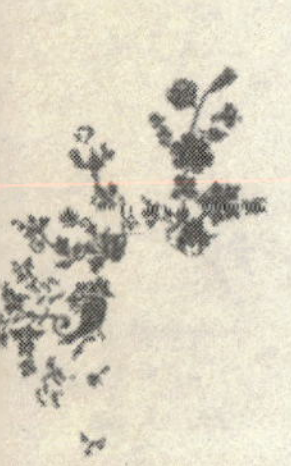

香墨凝神看去时，陈瑞坐在她的对面，十年前也是在这所贤良祠，那时正是红枫盛绽，她缓缓走上青石的台阶，她微笑着，迎向这个人。

而今，一株烛火照在他的面容上，削厉冷凝而波澜不起，像她初见以及十年中无数个日子所见的一样。

可是，人的心毕竟会变，如今她才发现，自己是恨着的。抑或者，早就怨恨，如今方知。

陈瑞的面色不露痕迹地一僵，几不可闻地哼了一声：“我一直很奇怪，不论当初还是如今，为什么你为了你的妹妹肯做那么多？”

香墨抬起头来，想说什么，却发不出声音。好一刻，才沙哑道：“也许你不知道，我娘亲本是书香世家，家道中落才嫁了我父亲。她是在我六岁上辛苦操劳积郁成疾死的，临死前她拉着燕脂和我的手说：‘你们是我的血中骨，你们是彼此的骨中血。无论失去了什么，到了怎样难堪的境地，都要记得，这世间你们还有彼此。’……陈瑞，你自幼父母早夭，并无兄弟姊妹，而你心中功名霸业早已填满，如今已经是功成名就，不出所料的话，想必也会是流芳千古的一代名将。可是，你知不知道这世上总有一个人肯毫无条件地爱你，护你，没有任何要求……不为身体美色，不为高官爵位，只是因为你是你，你遇到过吗？”

再好的烛毕竟也有那么一点点烟火，伴着天青瓷香炉里的残烟，层层叠叠地缭绕，最后和黯淡的夜色一起铺陈开来。

他们在这雾的两端，跨不过。

香墨的眼直直地看着陈瑞，突然一笑，没有妩媚嫣然，有的只是几分悲哀和怜悯。

“你没有，即便是你满心崇敬的恩师，也不是，对吗？可是我遇到了……燕脂……她为我做了那么多那么多，而我……而我的处境只要能再好上一点点，最起码那个孩子要是能生下来的话，我就不会只是一个可有可无的棋子，我就有了用处，燕脂就不会被他们害死，他们最起码会顾忌着我，不会那么早害死我的妹妹！”

说完，香墨垂下眼，乌黑浓密的长睫在脸上投下绒绒的影，可那眼泪还是流了出来，大滴大滴，慢慢渗进将她紧紧包裹住的斗篷上，再无踪迹。

陈瑞陡地起身，消瘦似剑的身躯割裂了天端银河一般的燎雾，大步来至香墨面前。他缓缓伸出手去，揽住了她的肩，清清楚楚地问道：“你究竟来求我干什么?!”

陈瑞的手并不如何用力，可香墨觉得那手已经抓住了她的骨，而他的眼有着慑魂的凌厉，特有的锋利，碰在眼中有摄人心魄的寒意。

香墨泪已经止了，可是隔着点点的泪光，此时却只想笑，终究无法笑出。

他们本是夫妻，他们同床共枕，他们肌肤相亲，他们彼此却不知道对方隐秘的心事。

隔着云母屏风，隔着镂花窗，守夜人在敲着竹梆，更声漏断。

“我求你，带蓝青走。”

陈瑞缓缓收手，倒似有些不可置信地笑了出来：“带他走？”

陈瑞一瞬不瞬地盯着香墨，而香墨没有直面看着他，靠在木椅的靠垫上，触时竟有微微凉意，方知背心冷汗已浸湿了衣裳，侧着脸重又看着窗外，手指似有似无地在扶手上一敲一敲的，极轻的节奏，跟她的声音一样。

“只有你能把他带出东都，只要到了西北就是你的天下，到时你送他出陈国……”

陈瑞的眉头不由皱得更深些，眼几乎眯成一线，仍旧掩不住眼底四射的精光：“你为什么这么心急火燎地送他出陈国？还特地深夜赶来求我？”

香墨依旧没有看陈瑞，暗下里心狂跳如奔，过了半晌她无声地喘了一口气，才开口说：“我喜欢他，我这辈子第一次这么喜欢一个男人，也因为这样，他不能留在东都。”

“香墨，别当我是傻子。”陈瑞冷冷一笑，凝着精光的眼瞬息转动，倒是笑了：“想要我帮你，就说出一个能让我帮的理由。”

说罢转身不再理会香墨，找出皂角巾束起了散乱的发，又拿起一件外袍信手披上，然后方重在香墨对面坐定，拿起金丝红茶，斜斜一挑眼角，呷了一口。

香墨就静静看着。

室内的天青瓷香炉里的残香，如同附骨之蛆，馥郁地浸淫在呼吸之中，几欲窒息。

香墨垂下的睫毛，眼睫的尾翼在她的脸颊上涂了一层阴影，泪再一次潸然而下。而她就看着，看着那些无色的液体在衣衫上缓慢晕散，像一只枯萎的手，茫茫然，仓皇辗转，却一生都抓不到梦境里那点温存。

“你欠我的，陈瑞，这本是你欠我的。不，我佟香墨算什么东西，不过是陈王府飨客的奴婢，贱人中的贱人……你堂堂定安将军怎么会欠我的？”

话说到后来，香墨慢慢抬起头来：“你欠的是那个已经成了型的男胎，生生自我骨肉中分离的你的骨血。如果出生，今年已经七岁了，你的儿子。”

她的声音放得十分轻缓，语调中甚至没有一点起伏，轻描淡写地说着，仿佛这是一件再平常不过的事情，却仿佛已经有了缺口的钝刀子，一分一分地挥向陈瑞，想要割开他的血肉。

一时间室内鸦雀无声，好似在滔天巨浪来之前的静谧。

窗上精工镂雕的喜鹊花枝，又称为“喜鹊登梅”。窗外雪光似越来越胜，那蔓蔓梅花的影落在香墨的面上，仿若一枝靥钿，细细描成。

蓦然，眼前暗了下来，她转眼看去，就见陈瑞已站在她的身前。灯光雪光俱在他的身后，本身就比常人深邃的眼此时更是让人看不清底。

桌上一盏极大的纱灯，残烛兀地爆出灯花，转瞬开了又灭，透过层层的纱绡，明暗渲成。陈瑞霍然挥手，宝蓝袍袖将纱灯打落在地，凝着斑斑红烛滚在香墨的脚前。

她清清楚楚地听见那人用熟悉的声音与她讲："我答应你。"

陈瑞的脸隐在晦暗不明之中，看不出有任何表情。他看身前的香墨有些朦胧，却也抑制自己，不再走近，只略沙哑着嗓子说："但是，条件必须是告诉我为什么，不然带着那个戏子立刻滚！"

香墨无意识地一直攥在襟口丝绦的手，此时方虚弱地垂下，张了张嘴，仿佛半晌才找到自己的声音："他不是戏子。先帝爷曾追封自己失足落水而死的长子为青王，你记得吗？譬如芝兰玉树，欲使其生于庭阶耳。"

话音停顿，香墨开始怀疑自己是不是错了，她不该告诉陈瑞，这个秘密应该永远地被埋葬着，才是最安全的。

然而，当足够漫长的光阴让香墨回过神来时，她已经知道，此时此刻，当她迈进贤良祠的刹那，就已经没有了选择。

于是，香墨缓缓道："蓝青就是封旭。"

闻言之后，陈瑞只觉得自己的太阳穴陡地开始突突激跳，一种似乎被闪电击中的感觉一瞬间贯穿了全身，眼里难以抑制地闪烁着贼光，亮得恐怖。香墨并未瞧见，仍旧垂着头，用极轻的声音道："蓝青就是青王。他没死，他逃脱了李太后的加害，但是失去了自己的记忆。可我知道，现在李太后也知道了，他就是青王。"

窗外，细看亮的并不仅仅是雪光。原来五更已交，曙色降临，七重夜尽。长风卷过泼了满天满地的雪，抽在窗格子上，"沙沙"地响着。

陈瑞面上闪过一丝难以琢磨的复杂神色，垂眼掩住眼底的漩涡，眉头轻皱，又展开，问得平静沉着："有何凭证？"

"当年英帝爷赐给三名皇子——陈王、郑王和肖王三枚玉佩。尤是陈王的先帝爷按照天家传长的惯例给了封旭。后来郑王和肖王因篡位而被流放，死在蛮荒之地，玉佩被送回东都之后，英帝爷亲手砸碎。于是，这玉佩就只剩下一块。"

香墨起身走过去把窗户支起来。窗外满天都像是染了白色胭脂，仍旧

有着些许墨色的晨曦，将她的身形勾勒如剪影。

香墨淡然道："那玉佩……自幼就挂在他的颈间。"

说完回首，面上含笑，仿若胭脂花开，一时明艳。

陈瑞嘴角泛起一个微笑，那笑意愈来愈深，终于忍不住，他仰首哈哈大笑："你放心，我会带他走。"

一双炯炯的眸子，里头仿佛有变幻莫测的火苗，只待东风，便以熊熊之势焚尽一切。

香墨这才真真看在眼内，心底莫名地害怕起来。

过了好半晌，不想却听陈瑞低声道："你我夫妻十年，今晚是第一次，你在我面前落泪；也是第一次，你对我说了这么多。"

香墨已走到门边，闻言止步，但并未回首，只对自己一笑，言："说是缘浅，却是缘深，一个女人的十年，那是我韶华最好的十年。"

笑得甚至有些残忍。

然后推开门，再无他顾。

冬日寒风扑在面上，入骨地痛。

陈国历二百三十四年，腊月初十。

将近晌午时雪仍然下得很大，密密覆在东都北城巍峨的玄德门城楼上，映着猩红的墙砖，耀人眼目的白。

东都的九门在辰时初到申时末虽都有官兵把守，但并不限制人的出入。而此时，官兵开始疏散进出人等，按规制，这是封疆一级的大吏进出东都了。因陈国历法载有明文，只有皇室仪仗和一品以上大员进出时才会禁止出入，待仪仗或官驾过去后方解禁。

玄德门前一排马车慢慢驶来，车窗外沿的铜铃沿路发出轻微而连绵的叮当声响，提醒着被侍卫拦在两旁的百姓车内人的尊贵身份。

蓝青坐在车中，呆木地不言不语，他的身旁坐的就是陈瑞。

蓦然，原本走得平且稳的马车很缓慢地停了下来。

陈瑞并不担心，只沉声问道："怎么了？"

马车的侧帘外骑在马上的侍卫回答："大人，是相府的轿子。"

陈瑞这才一惊，急忙掀了帘子下车。

风呼啸而来，仍能看见一顶蓝呢大轿远远地就落下，管家领着四个轿夫四个侍从守在一旁。杜江被人搀扶着，颤颤巍巍地走了过来。朱色的貂氅向来只有二品以上的大员可用，此时貂氅在风里飞振，杜江步行间露出其下的朱红官袍衣摆，两种火艳艳的红色混在一处，雪色茫茫中尤为触目，也愈见杜江步履维艰。

"恩师！"突兀地，陈瑞心里有些东西触动得厉害，一撩衣摆就跪在了雪地上，道："昨日去看恩师，恩师还病在床上……"

亦步亦趋随行的管家忙弯身要代杜江去搀陈瑞，却被杜江挥手止住。到底是自己弯身，亲自扶起了陈瑞。

"起里来，起来。"

说的时候，白须颤着，大如霜花的雪筛下来，随着风的流动，在他的面上慢慢地展过，更见年岁。

陈瑞站起身，忙又一躬身揖礼道："天寒雪大，还要恩师亲自来送，弟子真是罪该万死！"

杜江颤巍巍的手伸出来，帮陈瑞拂去乌纱帽上的落雪。

其实拂去又落，并没有用处。

"白头师弟相见难，来送送，我也安心些。自从你弃文从武，戾气胜了，就倦怠了书文。我平时总是教你读读《论语》，你也总是嘴头答应，不肯上心。"杜江说着，将管家呈上来的一只狭长木匣接过，用枯瘦的满布着老人斑的手将匣交在陈瑞手中："这部道德经是我亲自抄的，你好好读，修心养性，知道吗？"

陈瑞只觉得心里突然被人猛捶了一下，含着钢刀的风骤然凶猛地扑来，耳边无数的呜咽。他再一次跪在雪地上，叩头道："弟子谨记您的教诲，请恩师保重，弟子去了。”

说完再不看杜江，上了马车。

一行马车护卫出了玄德门，而此时雪却渐渐停了。

出了东都并不是马上就荒凉起来，城外里余开阔之后，绵延数里遍布商铺。因是腊月将尽，家家户户都在张罗着过年，集市上或是红纸的窗花对联，或是彩衣布料，还有人领着小孩子，在挑缝得并不如何精致的虎头帽子。

陈瑞始终将匣子捧在手中，但并不打开，转眼看着蓝青掀了帘子出神地望住窗外的样子，不由皱紧了眉，半晌之后出声说：“原来我们在漠北，我曾送给她一匹马驹，起名为飞天。她非常喜欢飞天，喜欢得好像那不是一匹马，而是她的……亲人。”

陈瑞并没有说“她”是谁，因为他相信蓝青一定知道。说到后来，陈瑞微微地眯起眼，仿佛陷入了回忆之中：“后来，她骑着飞天私逃往东都，在戈壁里迷了路。七天七夜，我找到她的时候，她竟然还是活着的。可飞天已经死了，你可知那马是怎么死的？”

过了半晌，蓝青也没有转过脸，陈瑞并不介意，面上仍是惯常的冷冽之色，声音也如常：“她咬断了飞天脖子上的血脉，但并未全部咬断，怕一下子血流光了。在飞天将死未死的痛苦中，她喝着它的血，等着我的到来。”

蓝青只隐隐约约地听在心里，并没有任何触动。手一直掀着帘子，看着满眼繁华、生机万丈的景象。

他只是想，那个人留在东都，而他一个人走过这些繁华，要去一个她不去的地方。

许是盯着看久了，眼前就一片模糊起来。

回到墨府时，雪未停，夜烛刚熄天光已亮，风急，云重，万物飘摇。

绿萼轩并不是一派死寂，即便侍婢内侍俱都屏着呼吸，可香墨刚进了门，隔着很远都能听见乱摔东西的响声，价值连城的玉石瓷器掼在乌砖地上，当当的声音，就好像砸在自己心尖上一样。

入了内寝时，窗外雪光虽亮，室内绣着缠枝花的帘幕重重，影影绰绰就隔得暗了，而她就朝着那暗，一步步走去。

内寝里熏的依然是紫檀香，漏夜残香一分一分，毫不留情地散发出浓浓的香气，熏得香墨几乎透不过气来。她鬓上花为黄金，受了寒，通体就是冷的，霜雪黏附在其上，并不容易化开，此时染了昏暗的淡青，仿佛花蕊凝出的蜜粉，随着她的脚步一点点晕开。

封荣只着了中衣围着锦被蜷缩在床上，刚将内侍呈上的一套御用明黄茶具扔在地上，见了香墨进来，双目仍是茫然地看着她，却挣扎着慢慢爬下床。

地上尽是碎磁片，德保怕封荣划了脚，慌忙跪下去，把自己的手垫在了封荣脚下。

一时血色蜿蜒。

封荣这才觉得了，又缓缓地收回脚，自顾自地拖着锦被，蠕到床榻的角落里，小小声地嘟囔着："下雨了……下雨了……一会就要打雷了……"

香墨的面容隐在阴影处，辨不出什么神色。

德保也顾不得手上的伤，忙唤道："万岁爷，夫人回来了！"

封荣也不理会，依旧自语似的："讨厌下雨……会打雷的，讨厌讨厌……"

说着，好像真听到了雷声，他不停地打着哆嗦，害怕极了，死死地抱着头。

香墨眉目里却蒙上不尽的悲哀，她轻轻走到床榻旁，低低地唤了一声：“封荣……”

封荣却猛地一头扑进香墨的怀中，仰起脸来，迷蒙着眼说：“你还记得吗，香墨？你离开府里的那天，就下了一夜的雨，一直在打雷……天都漏了似的……”

封荣身子在瑟瑟发抖，连着香墨都不由自主地抖了起来，她已经分不清是谁在颤抖。

“今天也在打雷，比那时还响！可你不会走……不会走……”

嘀嘀咕咕、细细碎碎地说着，香墨低头时，正看见有一滴水滑落在玉镯上，洇湿了他系在手腕上的金丝如意结腕带。待凝眸细看时，封荣却已经呼吸匀净地睡去了。

一旁侍婢这才敢上去为香墨脱了斗篷，又呈上了一碗消寒热酒。

香墨接过，一饮而尽。酒意辛辣自肺腑散开，身子渐渐暖了，倦意亦一瞬间全涌了上来。

她伏身在封荣的肩上，静静地合上眼。

窗外飞雪满空来，触处似花开。

香墨渐渐睡去，却仍是蒙蒙的……

思君如流水，何有穷已时。

思君如陇水，长闻呜咽声。

思君如明烛，煎心且衔泪。

思君如孤灯，一夜一心死。

思君如夜烛，煎泪几千行。

思君如满月，夜夜减轻辉。

陈国历二百三十四年，腊月二十二。

入了三九，大陈宫御苑之内的玉湖就彻底结上了冰。

香墨拢了貂裘坐在玉湖中心的西水榭内，水榭和烟波碧水阁由一座桥相通，四周仅有护栏而没有墙和窗，倒是很像一座湖心凉亭，四面通风，按理说应该很冷，可水榭内四角早就放了四个炭炉，并在桌上支了小炉，烫了一壶合欢花浸的酒，那香气几乎要将人熏得醉了，倒觉不出天寒地冻来。

香墨坐在西水榭内，便可以直接看见正在玉湖上内侍簇拥、乘着冰床尽兴的封荣，拉着冰床的却是两只毛色黝亮的黑犬。

因封荣御驾前来，玉湖上早早就用水泼洒了冰面，补上了原本的坑缺，此时一眼望去整个玉湖平滑如镜，宛如一块巨大的玉石镶嵌。午后阳光映照，衬着描金宝顶，绘彩龙舟似的冰床滑行如飞，仿佛是白玉盆内点了一颗金珠子，流彩浮动。

滑了半晌，封荣似想起什么，命人将冰床停在西水榭前，朝水榭里的香墨叫道："香墨，来！"

香墨额上围着紫貂昭君套，一色紫貂的斗篷围着，腰上束着一条玫瑰紫的绦子，自石青刻丝银裘皮裙直耷到靴上。她一手托腮支在桌上，闻得封荣呼声转眼，正好一阵风起，风比起前些日来又冷厉了许多，吹得残碎的雪屑穿过水榭，香墨下意识地抬起手，挡在额际。从指缝中望见，封荣面上笑意正浓，那双桃花眼眸都眯了起来。

"香墨快来，这狗拉的冰床有意思极了！"

香墨平日就最不耐冷，此时越发觉得倦怠厌烦，只淡淡地摇头说："你自己去，我在这儿看着你。"

封荣索性自冰床一侧的琉璃窗探出手："不怕，好玩极了！"

香墨一眼望去，只见明黄缎子间伸出牙雕般的一段手腕招舞着，腕上一只白玉镶金的玉镯，玉色如冰，仿佛将满玉湖的雪色都给压了下去。她心下一动，却依旧蹙着眉端，轻哼了一声，说：“不去，我才没兴致去喝那冷风！”

封荣面色就不由一黯。

方还要说话，一个清脆的声音已先一步传来：“皇上，臣妾陪您坐，可好？”

玉湖上为了方便皇帝下了冰床行走，自湖边由东至西铺了一条大红地毡，一名宫装女子着了双芙蓉绣靴无声无息地走在红毡上，宛如步步生花，更显旖旎风情。

待走到近前，女子屈身一福，行的只是一个常礼。

封荣见她脸颊丰润，肌肤如凝脂般，也并没有十分装扮，只手里拿了一条内造的绢帕，帕子一角缀着赤色流苏，而那执帕的指上足足留了两寸余长的丹蔻指甲。略觉诧异，也不由得多看了两眼。

随侍的德保见封荣一迟疑，眼一转就笑吟吟地走上前，行礼道：“奴才拜见淑媛娘娘。”

封荣这才想起来，含糊地道：“啊，魏淑媛啊，腊八那天倒是见过你。”

说完眼睛扫向香墨。

香墨仍旧懒懒地坐在那里，并不起身，蜜色的面颊被午后薄灰色的阳光勾勒得格外清晰，微微眯着眼睛，仿佛漫不经心似看非看的神情。

魏淑媛也随着封荣定定地看着，便想起了宫内私下的传言，恭维道：“墨国夫人气度天然。”然而更多的则在说这样的神色为：“狐媚虎伥”。

此时，即使在陈国皇帝面前，香墨也依旧如是：“就让她陪你去吧。”

魏淑媛款款一福，便就着德保的手，十分利落地上了冰床，坐在了雕龙御座的封荣身旁。

驯狗的内侍一扬鞭，黑犬驯化得熟了，配合地往前冲。

魏淑媛本端端正正地坐着，不想冰床一起跑，冲力甚猛，她“哎呀“一声，向一侧跌倒，摔在了封荣的身上。

封荣顺手搂过她，扬声大笑。

寒风飒飒穿过，颠簸中魏淑媛自他怀中偷眼看去，俊美已极的面孔近在咫尺，双眸摄人心魄的如同神祇一般，一刹那魏淑媛竟被镇住。

又绕着玉湖跑了两圈才停下，魏淑媛随在封荣身后下了冰床，大约是跑得太急，只觉得头晕目眩，一手撑在宫婢身上，忙把眼睛闭了。

封荣并不看魏淑媛，直接进了水榭。

内侍赶上前伺候，先是呈上一块热棉巾，封荣接过来抹了一把脸，推开了随后送上来的热酒和果品。这边魏淑媛就亲手端过一盏温茶，封荣朝魏淑媛一笑，这才接过。

一边的香墨犹在嗑着瓜子，白瓷的果皮盒子她偏偏不用，脚下的青砖上瓜子皮嗑了一地。魏淑媛一双眼睛自香墨身上一转，面上神色丝毫不露。

封荣一口气喝了一盏茶，方喘了口气，说道："把那狗牵进来，朕看看。"

德保忙招手，驯狗的内侍牵了一只黑犬进来。封荣见那黑犬光亮的涂了墨似的皮毛软绒颤动，因驯化得熟了，老老实实地蹲在地上，四只爪子上还包着青色布套，十分乖的模样。封荣蹲在狗面前，摸着它的头，问道："它叫什么？"

驯狗的小内侍向来在外苑当差，第一次得到这样的恩典，已经只会匐跪在地，浑身发颤连头都不敢抬，好半晌才抖着声音回道："回皇上的话，它叫阿虎。"

"阿虎啊。"

一旁的桌上一色以玛瑙细琐入釉烧成的蛋白汝窑盘子，莹润犹如堆脂，盛了各色的点心小菜。封荣也不拿筷子，自其上捻起了一块糟鹅掌，一副笑嘻嘻的模样送到黑犬嘴边："来，虎兄弟，多吃点跑得更快。"

十数随侍拱手谨立的内侍宫婢闻言先是吃惊，跟着就忍不住想笑，却偏偏有本事忍得纹丝不动。

魏淑媛拿着桃红的绢帕掩了唇，红红的流苏在唇边荡了荡，才生生地逼回了那抹笑意。

只有香墨因瓜子磕得口干，正含了半口的茶水，此际全喷了出来，伏在桌上咳个不停。

魏淑媛细不可察地蹙起眉，眼底压抑着极深的鄙夷，却不浮上来。

封荣被唬得亲自在她背上拍了好半晌，香墨这才喘过气来，反手“啪”地拍开他的手，扭着脸说：“快别碰我，跟个畜生称兄道弟的皇上，我都嫌弃你寒碜！”

香墨因适才呛咳了一阵，脸上洇了两团红晕，如同沁了水的胭脂在宣纸上晕开，含了水银似的明眸乍看嗔怒，细看却微微含笑。

封荣便没说话，只出神地看着香墨，看着看着，唇角的笑意就敛了。

始终随侍一侧的魏淑媛倒是怔了。自从她腊八皇宫夜宴见到封荣，少年天子的脸上就总是笑眯眯的，然而此时只这么一瞬就敛去了笑意，像换了一个人一般。魏淑媛就不由得使劲咬住了唇。

西水榭里的众人正心思各异时，李嬷嬷已走了进来，对封荣和香墨见过礼，笑道：“皇上，太后有旨，叫您去康慈宫坐坐呢。”

转眼又看见魏淑媛，刚又要拜下去，魏淑媛连忙上前两步，亲自搀住李嬷嬷。

李嬷嬷也不推辞，就势拉着魏淑媛的手笑说：“淑媛娘娘也在，那赶巧了，太后也传了您。”

刚说完，耳边忽地听闻尾音长长的“啊”声，转头看时，原是封荣大张着嘴，打了一个大大的哈欠。

李嬷嬷这才有些讪讪地收回握着魏淑媛的手。

封荣并不着急，喝了几盅温热的合欢酒，满桌的酒菜甚为精致，可他挑挑拣拣，只吃了几个鹌鹑蛋。磨蹭了好半晌，直到德保轻咳了几声，眼见着拖不过去才站起身。

封荣向来半刻离不开香墨，拉了香墨往外懒洋洋地挪动脚步。魏淑媛、李嬷嬷等人便只能跟在他们身后，一路慢慢向康慈宫而去。

此时暮色渐重，远处隐隐有一片鸽哨传过来。满眼的积雪未融，穿过一座月洞门，康慈宫的院子里青柏含素，直排在眼中，倒似开败了一般。

守在廊下的内侍见了封荣刚要宣报，正碰见青青领着几名宫婢用攒心梅花的漆盘捧着锦盒出来，迎面碰见封荣不由一惊。

封荣并未在意，只微微一笑问：“这是做什么呢？”

青青忙福身回道:“这是风吉进上来的薰香,说点了蚊虫再不近身的。此时虽是寒冬,太后怕西郊皇陵还是不太干净,特地吩咐奴婢等人为万岁爷预备着。”

说罢,正对上香墨似眯未眯的一双眼,青青一抖,忙又垂下头去。

封荣这才想起来三日后的腊月二十五,正是每年照例往东都西去约一里的皇陵谒陵的日子,因而也并未瞧见她们的神色,顺嘴夸道:“倒是你可人。”

青青听了,忙将手里的托盘交给一旁的宫婢,笑道:“奴婢虽感激万岁体恤奴婢们,但也请万岁您别忘了太后娘娘的一片心才好呢!”

说着亲自上前去打起了帘子,向殿内报道:“太后,皇上来了。”

康慈宫内李太后依着背靠与引枕歪在炕上,皇后杜子溪陪坐下首,除却随侍宫婢,同魏淑媛一起新晋的范婕妤和方婕妤也围在她身侧伺候,想是知道今日会见到封荣,俱都珠围翠绕,招展胜花。偏李太后只穿了一件青呢对襟外褂,格外素净,倒仿佛无数繁花簇着一枝绿叶。

谒陵之前宫中惯例要斋戒沐浴三日,李太后对封荣嘱咐了两句,转眼又对杜子溪仿佛很关切地笑着道:“谒陵须得三天,皇后久病身子骨弱,我看就不必去了。”

一直拄着下颚半伏在桌子上没精打采的封荣,此时在雕花侍女屏风阴影中抬眼,看了杜子溪一下。

杜子溪仿佛未曾觉察李太后在说什么,对着侧案青瓷瓶内几枝斜插的重瓣硕艳蔷薇花,出神了半晌,才静静地答:“祭祀先祖的大事,一年才得一次,儿臣分属应当。”

李太后眼波一闪,面上笑意不变:“不勉强就好。”

说罢又似是漫不经心地望向香墨。

香墨将手炉递给旁边的宫婢,拨了拨耳发起身盈盈下拜道:“臣妾就不去……”

话没说完就被封荣接了过去:“你随朕去。”

封荣已坐直身子,咬嘴唇的头微微地偏了望住香墨,带了一点点的祈怜似的笑意。

香墨觉得心中一阵烦闷，正要开口，已被李太后止住："你去也好。"又对封荣道："你父皇，祖父，祖母，都需祭拜，不得两三日是回不来的。有她在你身边，到底是细心些，省得操心。"

封荣见香墨不语，便当是应了。扬唇一笑，又趴在桌子上，径自弹起了碟子里的桂圆。

香墨落座之后，微微扬唇，一缕笑意漫漫地透出来，片刻之后仿佛心血来潮地忽问了一句："不知青王在不在祭拜之列？"

李太后手里接了方婕妤奉上的一盏雀舌，因正热就用杯盖撇着茶末，闻言手一抖，白瓷的茶盖落在地上，摔得粉碎。

宫婢慌忙赶上前来收拾。

李太后的脸色却丝毫没变，笑意十分从容，摆了摆手，淡青的袖随之抖出水样的波纹，挥退宫婢，并不看香墨，说道："皇陵是历代皇帝嫔妃安葬之处，且那孩子年岁未足便已夭折，祭祀了反倒折了活人的寿数。"

香墨的嘴角愈渐上扬，做出静心倾听的模样，似是无意按了一按鬓角，只觉紫貂昭君套下已是密密的一层汗。

李太后将手中半缺的茶盏轻轻放下，又对身侧魏淑媛轻声道："我和皇后一走，后宫就空了大半。魏淑媛，这里就属你位份最高，琐碎的事情就交给你了。"

魏淑媛不慌不忙地起身下跪，叩首起身，看了一眼李太后复又垂下眼睛，敛衽微微一礼，才道："臣妾谨遵太后懿旨。"

这样严谨的礼数、温软的回答，叫李太后说不出的舒适熨帖，不由满面含笑。

魏淑媛抬眼看去时，只见落日余晖由雕花长窗渗入，一片光影中皇后也正静静地凝视着她。

杜子溪唇际微扬的笑容，若有若无地悬在淡漠的脸上，不知为何，魏淑媛突然感到心底掠过一阵寒意。

良久，杜子溪说了一句甚为客套的话："倒是要辛苦魏淑媛了。"

李太后转头又对范婕妤、方婕妤叮嘱，两人娇声细语地和着魏淑媛间歇插入的声音，一时康慈宫内莺声燕语，十分热闹。

香墨和杜子溪各居一首，地下的蔷薇金鼎里焚着百花香，香烟缭绕，渐渐洇开来，似乎是无数透薄的纱扯在静寂宫阁中，隔着两人仿佛如沐春风的笑意，倒胜似一出最完美堂皇的戏。

伍

是夜，内侍提着十二对宫灯，簇拥着封荣的御辇来到了坤泰宫。下了御辇，封荣并不着急入内，只仰头看着这个历代皇后居住的宫阁在夜色下阴影重重，疏疏冷冷的星光下压脊金兽独立飞檐上，狰狞欲脱。

封荣止了内侍通报，刚进了殿，守在殿门外花白了头的女礼跪在地上，拦住他道：“陛下！大祭前三日须得沐浴斋戒，这是祖宗遗训！”

坤泰宫的殿内本寂然无声，女礼突兀的声音格外叫人觉得凄厉，封荣却视若无睹地径自入殿。

杜子溪早闻了声音，由女官搀扶跪在殿门旁。封荣快走两步上前，弯身亲自搀起了她。

偌大殿中本只燃着两盏灯，越发显得晦暗空荡。盈盈起身的杜子溪，面颊迎着灯色，让她的人仿佛一个剪影，似真似幻的立在封荣眼前。

杜子溪并未垂首回避，那双格外漆黑的眼直直地迎视向封荣，安静到了极处的神色。那脸色就竟无一丝血色，下颚尖削若戳，有如冰雪雕琢的人像。

封荣心里一惊，脸上却笑道：“子溪，好像胖了些，脸色也见好了。”

封荣语气轻柔，一双眸子晶亮，在灯光下十分柔暖，杜子溪心中一暖，就也笑了出来：“皇上看起来也胖了些。”

杜子溪这一笑仿如冰雪开融，春风拂过一般光彩照人。

封荣不由揽住她肩，拥着她在桌边坐了。

“朕很久以前就说过，你可以叫朕‘封荣’。”

杜子溪下意识地唇一动，到了唇边的两字好似重有千钧，哽得无法吐出一字。

此时，女官用冰瓯雪碗呈上了两碗玫瑰卤露，杜子溪面色一凝，冷声道："你怎么也糊涂了，皇上不喝玫瑰露，去换君山茶来。"

女官又慌忙退下，封荣和杜子溪两人相携而坐，转眼就没有话说。

沉默了半晌，杜子溪欲站起身，说："奴才们到底笨手笨脚的，还是臣妾去亲自泡给陛下好了……"

"子溪……"封荣猛地拉住她，几乎是低低地哀求着："陪朕坐坐。"

封荣的手指微冷，紧紧地握住她，杜子溪看到他翠绿的扳指在自己手上幽幽闪光，淡金仿佛成了白色的两重纹龙的袖与自己的袖几乎纠结在一处，惯常熏的百合香内就氤氲了清甜若蜜的佳楠香气，突兀地微刺着呼吸。一阵轻微的颤抖，衣袖窸窸窣窣，却分不清是他的还是自己的。

烛火浸过五色琉璃灯罩，如同滟滟的虹展在眼中，又渐渐模糊。

杜子溪沉默半晌，缓缓抽出手，自桌上拿起一个橘子，亲自剥了皮，又细细挑去白色筋络，奉给封荣。

封荣嚼在口中，一股甜意在唇齿之间直漾开去，不自禁地笑了起来，无忧无虑地道："真甜。"

一双眼睛如水清澈，可以映见世上的万化千端，又染不进一点混浊。

烛光一明一暗，在她的脸上投下一片阴影。杜子溪忽然觉得一股积酿已久的毒忽地在胸腹崩裂开，浇在五脏六腑。

好半晌，杜子溪才一叹，说："陛下想的就是妾所想。"

细细品味这句话，似乎什么都说了，又似乎什么都没说。

她声音轻不可闻，说到最后一个"想"字时，已似叹非叹，几乎微不可闻。

封荣心中一颤，慢慢伸开手臂搂住杜子溪，唇刚欲欺下，女礼嘶哑的声音又在殿外传来："陛下！大祭前三日须得沐浴斋戒，这是祖宗遗训！"

女礼已侍奉三朝，督导历代皇后礼节言行，在坤泰宫杜子溪也要礼让于她，女官内侍亦是不敢上前阻拦。

封荣只恍如未闻，女礼又高呼道："皇后娘娘！祖训不可违！"

封荣不由一僵，杜子溪一排细细的齿紧紧咬住下唇，片刻之后，才听见她轻轻地一声长叹。

“陛下，宫中规矩，祖宗遗训不可违。”

封荣定定望住杜子溪，缓缓地收回手，道：“那朕走了。”

不等她答话，径自出了殿门。由内侍簇拥着，刚上了步辇，杜子溪抓了件明黄的外衫追了出来，想是跑得急了，呼吸已略见了急促：“皇上，夜寒风重，多加件衣裳。”

德保代封荣接过外衫，便示意步辇起驾。

夜风如割。

内侍无声的影波澜不惊，只有手持的宫灯明黄如团团日光，划过逐渐改变的景色，始终照着前路。

外衫并不是旧衣，簇新的团龙纹，堆绣着的每一片龙鳞极为精工细致，衬得峥嵘龙神宛若鲜活腾起，想是刚做了没多久，可穿在身上居然刚好合身。

封荣微微一震，转头看去时，杜子溪依旧站在坤泰宫前的玉阶上，她似乎就只是呆呆地站在寒风中。洒金的石榴红裙，裙摆如同一朵风中花飘飞，轻盈得几欲飞去。夜色深重，即便御辇前后宫灯如明珠闪耀流动，他也无法看清她的神色，只能望见她的发上那一枝殷红的凤展翅飞舞，炎炎欲燃，灼痛了他的眼。

按规制，那是只有皇后才能佩的。

随侍女官手执宫灯，连绵焰色将杜子溪的影就投射在玉阶上，单薄得像个孩子。

封荣不由得想起多年以前的那个寒冬的傍晚，她坐在昆仑奴的肩上，一条单薄孔雀罗裙，绿缎子的绣鞋。神采奕奕的一双眼眸仰望住私逃出东宫的自己。蓦然，耳边一阵铃声脆响，却原来是她锦袖滑至肩胛，紧贴在臂上的十二圈的金锻花钏铃，清脆作响。那时，绚烂晚霞似一匹妆花绫落在她的周身；那刻，宝石般璀璨的双眸压下了半天霞光。

天家规矩向来繁琐，祭祖斋戒沐浴三日之后，腊月二十五的三更过半，李太后、皇帝皇后携宗室先至奉先殿上香祭祀，行礼毕宣旨之后，才驾马仪仗车辂，逐室番衮出行。

天将亮未亮，一点启明星挂于天际，绘伞盖香案、开道骑从、导驾官员与挽辂仆从并玉辂，车声蹄踢，却只有轻微而连绵的声响，间夹着偶尔的鸡鸣马嘶，愈见寂然无声。全套仪仗一行一行，何止千乘万骑，迤逦于晨雾之中，又溶于白雾之中，似永远看不到头。

香墨歪在自己的车驾之内，阖着眼困意未消。陡的，随着一阵冷风霍然而入，一人挤到了她的身侧坐下。

香墨眼也未睁，就蹙眉含着厌烦地问道："有玉辂不坐，跑来跟我挤什么？"

话说得虽冷，人却已经依进了封荣的怀中。

封荣着了一身祭祀的衮冕，明黄锦缎虽软，但华彩丝线织就的蜷曲龙纹峥嵘伸展于上，摩挲着肌肤并不十分舒适，然而香墨还是闭着眼紧紧依偎着他。

封荣在她耳畔轻声问："想什么呢？"

太过于温软的呼吸，似春日里随风而来的柳絮，拂过耳畔，痒得她未经思量就开口说："我本不该来……"

可话一出口，念已一惊，又生生忍住。

有些话，毕竟不能对他说。

只坐直了身子，挑起半扇车窗帘。

眼前视野之内，宽阔的官道本是走熟了的，而今帷帐蹕路，倒有一多半不认得。不远处就是皇帝所乘的玉辂，攒簇镂金莲叶翻卷盛放，华盖覆钩，飞琼散玉的四柱栏槛镂上玉盘花龙凤，宛如鲜活。

紧随于香墨车架之后的是谓之"次黄龙"的仪仗，次第高旗缀五色结带，迎风光彩煌煌。五彩执扇上绚烂精绘龙虎山河，蜿蜒如潮，目迷五色地纷纷带过，正是一行天家富贵卷。

帷帐之外的蚁民，怕是一生也不得见。

看着那一角终于泛了一片洗旧的白，香墨唇角隐约泛出笑意，放下车帘。

车内一下子暗了下来，封荣被晃得一眨眼的工夫，香墨已回身投入他怀中。

她一手抚摸着封荣胸口织锦缎上的锦簇龙纹，仿佛万里江山一点一点聚集指尖，反转即覆。

此时指下的胸膛是温热的。

“皇上说过，我只有皇上。所以我自然也只能想皇上。”

香墨的性子本是忽冷忽热惯了的，封荣早已习以为常，可此刻她目中波光闪动，似乎有什么熠熠的光芒在昏昏的车驾内一瞬间亮了起来。封荣就有些动容，禁不住伸手，将她紧紧抱住。

好半晌，才道：“文安侯佟子里已先到了皇陵，这次祭祀的事宜朕特地交给他筹备。”

陈国谒陵遵祖训，男子白日祭拜，女眷夜间祭祀。唯有皇后可以与皇帝白日至皇陵。

仪仗入皇陵外围，南面早已设一大幕次，谓之“大次”，帝后须得在此更换祭服。朱衮龙凤服，中单朱舄，纯玉佩。

封荣因久不上朝，一日的繁琐礼节下来，就累得没有什么精神。

皇陵外早就搭好行帐，警跸护驾的车马仪仗皆停驻围外。祭祖期间虽给香墨单设了营帐，可香墨行囊早被安置在了皇帝的御帐之内。

封荣蔫蔫地躺在榻上，香墨勉强喂了他几口粥，才算吃了。待香墨换好礼服出帐准备夜间祭祀时，正碰见一个小内侍拿托盘捧着白玉兽的香炉进帐。

白玉兽口吐出缕缕略略泛蓝的轻烟，香墨不由回眼看了一下，一时只觉得小内侍眼生，刚要张口唤住，那边青青已笑着走上前，行礼催道：“夫人，太后娘娘和皇后娘娘皆已准备好，就差您了。”

香墨就顾不得小内侍，随了青青而去。

皇陵内坛前，坛下有一小幕殿，谓之“小次”。小次前内侍卫执拂成列，显得十分肃穆。李太后和杜皇后，百官臣僚的命妇都已至此处等候祭拜，见香墨迟来，面上都不露声色，只吩咐一声开祭。

祭坛方圆三丈许，夜幕洇浓，由坛上自坛下掌起了两行沉青纱的宫灯，仿佛两条碧绦迤逦铺陈。因乐执事并不是内侍，回避女眷，坛前就张挂了

素白丝幔，为免丝幔飘飞，幔下坠了金角子，隐着背后宫架，一列钟磬琴瑟，铮铮琮琮之声随风而来。礼部前导官躬身着太后皇后以及众家命妇，于登坛之前三拜九叩之后跪酒，进爵盏。

乐声止，才登坛。能登上祭坛的只有李太后和杜皇后两人而已，众家严妆礼服的命妇只能跪于祭坛之下。

而礼部祭祀官读册，所有人只得肃然跪听，不能有丝毫的倦怠畏冷之色，否则就是失仪。

冬日冰寒，积雪已经早早铲尽，可夜霜深重，密沉沉压下来的灯火一照，青条板上又结下冷莹如玉的薄冰。虽然命妇祭祀整套礼服繁琐沉厚，头顶金冠，两串镶宝的珠子系在下颚，朱红领圈袖沿寸阔的堆叠花边之上，又有紫貂出锋，膝下设了绸褥，可跪得久了潮气翻将上来，还是冷得瘆人。

香墨在一众命妇之间抬首，瞄见东南角落三牲案匣之后，有一极小的朱漆牌隅西面立，题着“大陈宪宗皇帝第四妃燕妃之位”。

看清十三个隐约并不分明的金字，呼吸就骤然被一只无形的巴掌捂住。恍惚时，耳边只听祭祀官喝曰：“赞—拜！”“起……”之类。

前后左右，入眼的只有命妇们阴重的朱红礼服，好似一条越走越窄的独道，将她夹在通向混沌的路途之中。

香墨跪拜就迟了。

就在此时，乐声突止。

一片寂静里，众人皆跪唯独香墨站立，极为触目。

另一边丝幔之后的乐执事竟顾不得避讳，面色惨白地匆匆奔至祭祀官面前，耳语几句。

祭祀官面色大变，扑至李太后面前，大声回禀道：“司祭编钟无故齐齐断裂，整整二十七个。”

说罢呈上一个断裂的编钟。

李太后起身接过了编钟，打量了片刻，就双手各执半个断裂的编钟，转身举给众人。

编钟两角本缀以赤红流苏，迎风烈烈地映着青灯，红得好似霞光绚烂，却都不及裂口平滑没有一丝缺口来得触目惊心。

几乎所有人心里都想，这是天怒。

祭祀官跪在地上，大声喊道："国之不祥，必有妖孽！整整断裂了二十七个编钟，必是二十有七年华之人！"

众命妇此时俱都被搀扶起来，闻言一时哗然，半晌之后慢慢地就都把隐匿着惊惧兴奋的目光飘向香墨。

祭祀官又拿出了早就准备好的册子指着香墨，结结巴巴地道："太……太后娘娘，皇后……娘娘，这里只有……墨、墨国夫人二十有七……为我大陈万年、万年昌隆国运……此妇当诛……"

祭祀官勉强说完，就趴伏在地，甚至不敢抬头看香墨一眼。

香墨不禁扯出一抹笑，想，竟然唱了生旦净丑的一出全本戏。

李太后也笑着，居高临下直视向香墨，视线里也是毫不掩饰的杀意。

香墨仰面迎视，一阵麻麻的凉意慢慢爬上脊背。眼渐渐模糊，只瞧见李太后镶滚繁复花边、绣工华美的朱绂腰带起了一点波澜，一时唯闻轻风环佩之声，却原来是她缓步向下走了几个台阶。

"来人。"

随着李太后呼唤来至香墨面前的是几名内侍和捧着一碗漆黑药汁的李嬷嬷。

李嬷嬷堆叠满褶皱的眼冷冷地望着香墨，问道："你自己喝下去，还是我让人帮你？"

祭坛上下静寂如死，青纱灯完全没有温度的光投落在香墨面上，愈发显得面若死灰。

即便是这样，香墨依旧执拗地丝毫不动。

见香墨不肯接过毒药，李嬷嬷已经一示意，内侍一拥而上，架住了香墨。她被压跪在地，头上的赤金冠就跌到了地下，依旧的光华潋滟。

李嬷嬷拿了药碗强压在香墨唇上。

重重灯火下，香墨眼前的李嬷嬷肤发皆青，夜叉一样的狰狞凶悍。

李嬷嬷将碗逼向香墨，那白瓷碗的边缘已经贴在了唇边，碗沿湛蓝的缠枝描花甚至清楚可见。瓷片冰凉，温热的唇被激得一阵颤抖。

不就是死，香墨想，不就是死，她不惧。

可不由自主的，她还是拼命地咬住嘴唇。

香墨眼瞧毒药就要灌进了唇，突然听到祭坛上面皇后出声道："母后。"

皇后的九凤金冠按规制和太后所佩不同，攒珠九凤精巧的赤金凤口，抽出蛾须一般的细密珠幌，半遮住杜子溪的面容，让人瞧不见她的神色，只听见珠幌后沉静得不含一丝起伏的声音说："且慢。"

李嬷嬷的手不由顿住，所有人的目光从香墨移至杜子溪的身上。

李太后猛地转身看向杜子溪，犀利地含了刀剑似的眼神在她的面上打了个转，又缓缓地若有所思地收了回去："皇后，这是天示的不祥，祭祖之时法器无故断裂，必得有人献祭上天，才能平息他的震怒。"李太后说着就将断裂的编钟递给了杜子溪，随即漫不经心地轻笑一声："皇后你多年无子怕也是违了天意，怎么如今还要明知故犯？"

煌煌如昼的青纱灯笼罩着珠幌，阴了杜子溪大半张脸，所有人只能看到她晕了绯色胭脂的弧迹正好划破她嘴角，仿佛是若有若无的一缕笑。

皇后猛然将编钟向地上掷去。

金石碰撞的声音传开。

命妇们吓了一大跳，立时悄无声息。

谁都知道一年大半时间都在病中的皇后，为人阴郁喜怒无常。

果然，就听杜子溪冷冷笑道："不过是断了几口编钟，补上不就得了，哪里用得了生祭这么大的阵仗？"

李太后并没料到会遭到当面的顶撞，一时气得变了颜色，转念间却并不再与杜子溪纠缠，对李嬷嬷喝道："你们愣着干什么，还不送她上路！"

杜子溪上前一步，伸手拨开面前的赤金珠幌，露出消瘦秀丽的面容，也喝道："我看谁敢动？！"

李太后再顾不得天家的仪态，尖细眉梢高高向上挑起，如同她的声音，现出锐烈的锋芒："灌下去！"

李嬷嬷不敢迟疑，举着碗就往香墨的口中灌去。

内侍施力压住香墨，让她无法挣扎。香墨不由闭上了眼，死死咬着唇。

冰冷的白瓷在唇际越陷越深，牙关咬得太紧，迸出的血珠子已经自碗沿缓缓流了下来。

杜子溪眼中冷到了极处的光一闪而过，亦扬声呼道："来人！"

祭坛之前的皇陵四周，植有数百株松柏，朔风中枝杈上夜栖的鸦突地被铿锵轰鸣，动人心魄的甲胄声惊起，乌密的振翅的黑影霎时涂在殿脊之上，连唯一的星子之光也遮蔽了。

李太后自祭坛往下看去，数十名甲胄涂金的兵士团团将李嬷嬷等人围住，静夜里，手皆已按在各自的玄钢刀柄上，只等着杜子溪一声令下，预备着出刀染血。

鸦声阵阵之后，四处都是可怕的沉寂，静得连呼吸的声音都能听见，命妇们更是面面相觑。

看着被吓白了脸的李嬷嬷等人不由自主地放开了香墨，李太后抽搐着唇角，喝道："皇后！"

杜子溪一手拢着面前的珠幌，依旧是静静的模样："母后忘记了，这次驻夜警跸本是我杜氏族人。"

"很好！很好!! 很好!!!"李太后怒极，一连说了三个"很好"之后反而笑了，抬手指着祭坛下没了内侍支撑趴伏在地的香墨，纹金绣凤衣摆裙裾俱都瑟瑟轻颤："我问你，你是护定她了？护定这个抢了你丈夫的贱妇?!"

杜子溪眉梢一挑："护定了又如何？"

李太后将指着香墨的手，缓缓移向杜子溪。

官家名门贵妇，举止坐卧皆有规范，往往只要不经意做错一个手势，就会被传为笑柄。可今夜，这已不知是李太后的第几次失态。她却顾不得许多，往日里冰封压抑的眼里骤地燃起可怕的光热，摧枯拉朽地焚烧着眼前的一切。

"那我告诉你，我是杀定了她，今日杀不了明日杀，明日杀不了后日杀。我不信你和你身后的杜氏能一生一世护着她！"

相对于李太后失去了冷静的声音，杜子溪的声音却沉了下去，仿佛是有些疲倦，连尊称都忘记了："那子溪就和你来个一生一世之约又如何？"

李太后定定地看着杜子溪，半晌之后阴暗的脸色骤然敛去，又恢复了平静："来人！此次谒陵主办文安侯损毁祭祖之物，廷杖五十，以示惩戒。"

五十廷杖可轻可重，端得看施杖之人的力度。而在场所有人都知道，佟子里怕是活不过今夜。

李太后拂袖而去，众家命妇也识得颜色地迅速退了下去。一直一手拢着赤金珠幌的杜子溪，这才放下手，任由赤金重新遮住大半面容。然后，在女官的搀扶下走下祭坛。

衣乱发散的香墨勉力抬起头，低声道："多谢皇后娘娘救命之恩。"

杜子溪缓步行至一直伏在地的香墨身前，脚步未有丝毫停顿，自她身边走过。

香墨转头，只见杜子溪的翟纹袆衣裾迎风缱绻如飞，香墨一震，望住她背影，静静开口："恨我还要救我。"

搀扶杜子溪的女官闻言吃了一惊，杜子溪的脚步也停了下来，并不回首，沉吟片刻，只说："我为何不能恨你，又为何不能救你？"

她冷笑了一声又道："在这人不人鬼不鬼的地方，谁会白白施恩？施恩自然望报。"

此时方有侍婢上前，搀扶起香墨。她浑身无力，只能靠在侍婢身上，喘了半晌，才说："滴水之恩涌泉相报，香墨自然会肝脑涂地。"

"这可不敢，我答应了人，你要是肝脑涂地地死了，我可怎么向人交代？"

杜子溪又一声冷笑，方才回过头，平淡的语音里，竟然带着些微的脆弱。

离得近了，即便赤金珠幌也遮不住杜子溪的面色，比之香墨上次见时似乎又单薄了几分，在如昼青纱灯照下，分明已经被熬干了一般。更衬得那一双眸子，苍寂得发瘆。

香墨一愣间，杜子溪已转身而去。身影在料峭的风中，轻飘飘地仿佛履不沾尘。

究竟隐了多少思绪，无人知晓。

香墨只是想，到底是轻看了她。

陆

李太后回到营帐好一刻，青青才得了信，进到鸦雀无声的帐内，不敢多发一言地跪在了地上。

李太后高居其上，久久不曾出声，青青时不时地去窥视她的神色，可眼前的李太后面如止水，凝定得像一具石像。明明是三九严寒，青青的汗却一点点渗了出来。

半晌，李太后才缓缓开口："佟子里死了没？"

青青闻言，一哆嗦，讷讷答道："回主子的话，没死……"

李太后注视着青青，紧紧抿着的唇角似是没听懂她说什么，思忖了一会儿，才问："怎么回事？"

"万岁爷醒了，给拦下了，说坏了几个编钟犯不着动这么大的刑，还、还说谒陵祭祖不宜血光。"青青连头也不敢再抬，结结巴巴地回道："就……就……就罚了文安侯皇陵殿外申饬罚跪一夜……"

李太后露出一丝莫测的笑意："皇帝怎么会醒？"

"奴婢已经在香里下了十足的分量，按说万岁应该能熟睡一日才对。"

李太后面上依旧笑着，藏在宽大袖下的手却紧紧攥住，劲力渗透了肌肤一点点渗进骨子里，衣袖却不见丁点抖动。

她今日已失态太多次，不能亦不可以再动怒。

怒到了极处，记忆偏偏有如浸在水里的画似的，一点点晕开了……

当年未嫁时，皇宫私宴御苑，为诸王选妃，同龄的手帕交哪一个不是梅粉华妆，玉燕钗梁，盛装锦簇。

春日里樱花正好，仿若柳絮因风，呼吸间就剩下了花香。樱花的瓣好像三姐盛装的面容，却被素纱双绣芙蓉的纨扇掩了，亦掩住三姐面上浮起的淡淡嫣红："小妹，你瞧郑王是何等伟岸……"

低低的仿佛比梦呓的声音还轻，怕是连她自己都听不真切。

后来，三姐到底成了郑王正妃，一门两王妃，那时的李家何等荣耀。

陈王……她的夫君总归有对她好的时候。

晓妆初画眉，新婚的俊秀陈王，朱绣蟒袍，金玉腰带，一只拿着螺黛的手绷得紧紧的，仿佛全身都在使劲，生生捏断了几个螺黛。

她一忍再忍，才忍住了即将溢出的笑意。久在闺中安静习礼的她第一次知道，原来一个人可以如此满心满意的欢喜和快活。

那时心里只想，凤求凰，认兰情……栽花潘令，真画眉郎。

再后来又怎样？

三姐随夫流放，玉颜云鬓衰，早早背弃了韵光，连尸身都葬在了千里之外不知名的地方。

而她……画眉人去，有恨无人与说。

来凤楼里依旧是精致奢华，白玉紫檀的十八折扇屏风，雕的是鸳鸯比翼。

而她，不如画底鸳鸯。

多少年来的习惯，每每觉得自己喘不过气来时，就会想起往昔的时日，恍如一梦。

日日的风刀霜剑逼得她从梦中醒来时，往昔的甜蜜就成了毒，日日夜夜沁溺着心肺，唯一一点的快乐永永远远逝去了，带来的是更多的忍无可忍，又终须再忍的痛。

时日一久，快乐也变成了不快乐。

痛满溢着，再一次提醒着她，忍，只有忍。

可青青知道，李太后露出这样的神情必是杀意已决的时候，吓得冷汗湿透了衣衫，连连叩首惊道：“主子息怒！奴婢另做了手脚，总之她是绝对活不过今晚！”

帐内两盏大如团月的绡灯潋潋光晕跳动，将李太后端丽的影投在铺了锦毯的地上。青青觉得眼前的影晃动了一下，她一惊抬头，却只见李太后已经端坐于上，纹丝未动。

青青忙又叩头下去，道：“主子您是知道的，万岁爷从来不喝玫瑰露。”

李太后被细密皱纹浸透了的面容，在明亮灯色下，并不见丝毫喜色，倒仿佛有了怅然之意。

御帐之内红案碧妆台，千金一尺的鲛绡纱只做了帐帘子，垂了云母幌。衬着金炉内雕成了兽形的白碳，在九寒中硬是积了暑意，奇巧奢靡之极。

被搀扶回来的香墨，抿了一口侍婢呈上来的玫瑰露，就拿帕子掩了唇，呛咳不止。

正赶上封荣自帐外进来，不顾香墨挥手，就上前亲自拍着她的背，急道："怎么了？咳嗽得这么厉害？"

咳了好半晌也不见止，急得封荣几乎跳着脚唤道："德保，快去宣御医！"

"别去。"香墨一手攥紧了手帕，一手忙拉住封荣，哑着嗓子道："惊吓了一下，没什么大不了的。"

封荣弯身仿佛哄着幼童一般哄着她："你别孩子气，还是快宣召御医……"

这样的语气反倒添了一把火，香墨不由得就怒道："让太后看我的笑话?！杀不了我，看我胆小如鼠地吓病了？"

转眼又见德保在那里踌躇不定，便厉声道："还不下去！"

香墨的脾气一动怒，德保也不敢再停留，忙匆匆行了一礼，退了出去。

封荣一瞬不瞬地望住香墨，半晌叹了一口气，抱紧了她的肩，前额搁在香墨的肩上喃喃地说："有朕在，谁也害不了你。"

"即使巴巴地去求皇后？"

香墨忍着咳嗽，嗓音也就艰涩，手顿了顿，终于做出回应，将封荣紧紧搂在怀中。

"做皇帝做到你这个份上，也真是……"

话未说完，封荣就伸指按住她的唇，另一只手缓缓伸出，将香墨早已凌乱的发扯了一丝。指尖像是在擒了绝世珍宝一样，慢慢打圈，缠绕上自己的手指。

香墨并不看他，只死死地依偎着。

封荣的肩始终是单薄的，今后怕也再不能更浑厚了。

封荣亦发觉，香墨原来也是一副细弱的肩膀。

他就不由地笑了。

笑意干净得看不到一点阴霾，灿若初晨阳光。

风自帐外来，白玉兽的香笼里早就只剩了一掊残烬，烛也将尽了，映出两个人的影，单薄得纠缠在地上。

间间歇歇是香墨的闷咳声。

这是蓝青第一次见到沙漠。

曾经，他问过香墨，西北沙漠是什么样子。

她仰面望着天空，思量半晌，一开口，眉梢眼角一点点地紧蹙，只得一句：“大漠沙如雪。”

如今想起来，并不遥远的记忆，蓝青本以为自己俱已经忘记了，没曾想如今又都记了起来。这段记忆已遥远得仿佛沙漠中的海市蜃楼，失而不得，遥不可及。他突然就想笑，只是连自己也不知，是为那些回忆，还是为眼前的景色。

二月，泱济沙，胡风吹。

泱济沙漠的白日极热，夜晚极寒，四季的更迭在此似乎都发生了滞留。

沙撕裂了蓝青的绣缎靴子。

那双缎制的软底靴子并不适合粗糙的沙砾，所以很快它就残破不堪，蓝青的双脚已经磨出了血泡。可是他没有停下，甚至没有放慢速度，因为他现在是同一老一幼拴在绳子上系在马后的囚犯。

泱济沙漠灼热荒凉，而一天之前还同蓝青乘在马车上的陈瑞脾性则同沙漠的气节截然相反，阴霾冰冷，变幻莫测。

陈瑞突兀地将他丢下马车，扔在一老一少两名囚犯之中，冷冷地说：

“你们三人中有一人是李氏的密探。我最痛恨这些老鼠一样的东西，所以，密探死，另两人活。不然，都得死。”

仍是一头懵懂的蓝青刚要开口，身畔的穆燕老者已经抢先喊道：“冤枉，将军！当着卡哒尔王发誓，我不是密探！”

“卡哒尔王?”一瞬间，陈瑞的眼扫过蓝青，他的眼睛像黑夜里的天空，危险且深不可测，笑得极冷：“那么就让青王保佑你能活下来吧。”

后来蓝青才知道，穆燕人把西北这片仿佛渺无边际的泱漭沙漠称为卡哒尔海。卡哒尔在穆燕语里是青色之意，卡哒尔王在穆燕语里就是青色之王，是穆燕人心中最尊崇的守护之神。

白日里的天空，蓝得没有一丝的杂质，澄明如镜。

沙，却是如雪。

烈日浑圆硕大，几乎贴在了沙漠上，蓝青和老者、少年都已经是遍体鳞伤。走得双腿已经失去了知觉，几乎就是被马拖曳着前行。蓝青以手遮住眼，仰面望去，耀眼的赤红色阳光，像是一泼滚开的水洒在身上，让他觉得自己的魂魄都要被烤了出来。精疲力竭的魂魄都似乎在体内四窜，仿佛意想脱离身体的痛苦。蓝青依旧只是想笑，笑自己终究只是个一无所长的——废物！

恍惚间想起，东都应该是过了新年了吧，只听人说过，东都的夜，在新年中，千灯流丽，华光彻夜。而他，终究是无缘得见。

脚下一个踉跄，几乎摔倒在热毒的沙上。身后唤作戈登的少年，伸手一推蓝青，压着嗓子，声音轻得只剩一股气：“贵族的少爷，走快一点，别连累着我们吃鞭子。”

刚说完，骑马巡视的侍卫的皮鞭已经落在了蓝青的身上。啪的一声脆响，抽到伤处的时候，没有大痛觉，大约已经麻木了，可身体仍会不自觉地一抽。

蓝青缩了缩肩膀，喘着气回头道：“我不是贵族少爷。”

入眼的戈登同他一样鞭痕累累，十五六岁的文弱模样，有着一双陈国人特有的深黑的眼睛，像很剔透的玻璃珠，说不清为什么，蓝青突然打了个冷战，也许因为戈登迎着日光的眼睛太亮，仿佛有刀锋般的光芒藏于其中。

"我也不是密探，不也落得这个下场。"

戈登用微弱的声音说完，眼光扫过蓝青的手，已经干得裂开的唇若有若无地扯出讥讽的笑意。

蓝青顺着戈登的视线看去，自己的手指是成年男子特有的微突指节，十分白皙，看上去并不像久事劳作的模样。

蓝青不由面上一热，脚步就慢了下来，此时兵卒的鞭子就又落了下来，他猝不及防，一个踉跄，走在前面的唤作加尔根的穆燕老者回身扶了他一把，才不至于跌倒在沙上。

蓝青站稳之后连忙道谢："多谢老爹。"

加尔根并不说话，只摇了摇头，继续佝偻着身子走着。

蓝青继续问："你……也被冤枉是密探？"

加尔根仿佛没有听见他在说什么，蓝青虽觉得尴尬，但仍不气馁地继续问道："老爹家里还有什么人？"

过了好半晌，久到蓝青以为他不会回答时，加尔根才缓缓叹了口气，低声说道："儿子媳妇都死了，还有两个孙子，最大的才五岁，指望着我才有口饭吃……"

说到最后，嗓音已忍不住哽咽，加尔根的双拳已经紧紧地攥在了一处。

系在他们三人手腕的绳子一动，蓝青下意识转头，拴在最后的戈登眼里分明漾着一层泪膜，却死死地、倔强地忍住。

此时泱济沙漠已是近晚，天际的火烧云，盈着烈烈的一层金晕。一只秃鹫远远站在砂岩之上，等待着死尸的果腹。

大漠万顷，似是永无尽涯。死寂一片，没有生命，没有哀乐。

而他们只是如沧海之一粟的褴褛的囚犯，或许连今晚都无法活过。而他们的苦难在这浩瀚的泱济沙漠之中，却渺小得连一点痕迹都没有。

越来越虚弱的蓝青心不禁沉沉下坠，直直坠入深不见底的恐惧之中。

他只能说："没事，只要我们三人同心协力，一定都能活下去！"

太阳还未落山，队伍就停下开始扎营。

三人累得瘫倒在沙丘上，望着一对对兵卒整齐划一的熟练扎营动作，加尔根突地说："前面就是月亮谷。"

戈登闻言瞬间惊恐地瞪大双眼，不知为何就有了一种绝望。

蓝青还没明白出了什么事，就见对面一队兵卒走了过来，领头的校尉不急不缓地开口道："将军说了，老鼠可不能与我们扎营，到月亮谷祈求卡哒尔王的恩泽吧！"

说罢，兵卒扯起绑住他们的绳索，加尔根沉默而顺从地站起身，戈登周身颤抖，突然拼命拽着绳索挣扎起来，仿佛被射杀之前的野兽，因为知道面临死亡，所以用尽最后一点气力挣扎。几名兵卒上前，毫无容宥地同时挥下手中的皮鞭，一阵抽打皮肉的迅猛响声之后，戈登趴在地上，紧紧地咬住下唇，不肯漏出一声哀鸣，但仍有液体流出他的眼睛，落在了漠漠黄沙上。

三人被拖拽着往西北穿过沙山，远眺过去，在黄昏的凉风下，似是平缓月牙形岩崖，被落日熔成红色，分外狰狞触目。兵卒们停在比较低矮的隘前，马上的校尉几乎是悲悯地望住他们说："愿卡哒尔王庇佑你们。"

校尉再没有多看他们一眼，领着兵卒们仿佛似见了鬼似的匆忙拨马自顾走了，不一会儿翻过沙坡，再也瞧不见了。

已经遍体鳞伤的戈登，抖着身子望着眼前血色的月亮谷，微声说："我们可以不进去，可以不进去的！"

"不进去？"加尔根望住他，不知是对他还是对自己嗤笑着说："回头就是陈瑞的驻兵，回头是死，进去也是死，问题只在于你想怎么死！"

戈登不再说话，少年已经绝望的面上渐渐腾起了一种倔强，沉默了半晌，反在踌躇不前的蓝青和加尔根之前，率先迈步进了月亮谷。

天边第一颗星孤零零地升起了，跟在戈登身后的蓝青抬头，黑暗衬着霞红的天幕。赫然那荒凉丘陵的脊线上，一群野狼的身影恍惚展开。蓝青竭力睁大两眼，看着那群身影在视野中越来越大，终于像一团乌云遮蔽了天际，拉下了暮色。遥遥几声狼的嚎叫，好似寒冰从头淋下，比二月的沙漠夜晚的风，还要冷。狼啸只持续了半晌的功夫，终于完全沉寂下来了，却使蓝青身体上每一寸皮肤都觉得发颤。

"这就是月亮谷，卡哒尔海里最大的尸床。"

加尔根的语调单调得好像常年行走沙漠的老骆驼一般，已经失去了起伏，可却把恐惧深埋在每个人的骨血之内。

谷内仍有几株枯死的树，树下是残缺的人骨，戈登抖着手折下树枝，自怀中拿出火折子，就要点火。

蓝青一惊，忙出声道："不能点火！"

戈登回头怒道："不点火怎么驱狼，你想被活吃了?!"

"饿极了的狼群，你点了火也没有用……那里，那里的谷道狭长紧促……"说到后来，风已经越来越大，带来的寒冷，几乎使他连站都无法站稳，蓝青喘息着，声音细不可闻："即便是狼来了，也只能一次通行一只，我们避在那里一定没事！"

戈登和加尔根这才看见月牙形的崖下，只容得下一人侧身方能通行一处的裂缝，通进混沌的黑暗中去。

他们再顾不上其他，忙拉着蓝青审慎地走了进去。裂痕像蛇身一样蜿蜒伸展，渐渐扩大成一人身宽，周折几转之后，霍然一处圆形谷地，竟可容身。然而他们并没有逃脱升天的欣喜若狂，谷内仍旧被啃得残缺不全的人骨仿佛在告诉他们——末路穷途。

就在绝望和恐惧化为染毒的细长手指伸进每个人的心口时，蓝青又喘息着开口道："我们拿石头把入口砌住，砌得越高越好，狼跃不过来。我们三人同心协力挨过了今晚，明日一定可以逃脱！"

这时已是无从选择，三人拿着被暴晒得枯燥的石头，奋力堆砌，只消片刻就将出口堵住有一人多高。又点了火堆之后，连日鞭策劳累的三人，皆如同散了架子的木偶，无力地瘫在了那里，连思绪都无法再动。

半晌之后，加尔根方支起身，苍老的脸庞在耀耀的火光下朦胧模糊，看不清有任何神情，他对蓝青缓缓开口道："你懂得倒是很多。"

蓝青一愣："都是别人教给我的……"

轻细的声音仿佛一簇沙，刚自唇中吐出，便被迅疾的夜夺去，消失在茫茫沙漠之中。思绪却不由转动，刚入沙漠之时，同乘一辆马车的陈瑞几乎是絮叨似地不停说着，他本不在意，极好的记性却不由自主地听了进去，至今竟成了救命的良药。蓝青仿佛抓住了什么，焦渴模糊地蔓延，却始终无法抓住头绪。

谷地里随意砌起的火堆，燃着干燥的枯枝，不时炸起火星，隐隐带有血腥的味道。风里如最出色的穆燕舞娘的火光跳跃在蓝青面上，稀薄得好似烈日下的一捧湿沙，虚幻得吸食了他全身的温暖，涓滴不留。他无法抑制地颤抖着，心口处一跳一跳地寒冷，咽喉里好像进了沙子，每一次下咽，都胀满刺痛。此时蓝青清楚而绝望地知道，自己病了，并且很严重。

年迈的加尔根看着蓝青良久，方长叹一口气，费力地将穆燕人不管多灼热都要披在身上的狼皮袍子脱了下来，盖住蓝青。然后才说："在天亮之前，绝不能睡着。"

虽这样说着，蓝青眼前的世界还是不由自主地渐渐暗了下去。

恍惚过了很久，再睁眼时却只是一刹那，夜色洇浓，眼前的火堆依旧燃着，望去正像一支巨大的赤金色纱织舞在不歇的风中。

除却毕剥燃烧声，却还有一股奇异的簌簌的声音。蓝青半撑起身时，看见戈登正在一个还算光滑的石头上，磨着一把匕首。匕首的刃口在橙红的火焰下泛着，像天际细小的弦月。

磨着刀的戈登见蓝青目不转睛地望着，便弯起了犹显得稚嫩的唇角，露出一抹讥讽的笑意："父亲说过，在这片泱济沙漠之中，死在人的手里是一种荣耀，死在畜生的口里则是勇士的耻辱。这匕首上的细槽，只能放出敌人的血，我们习武世家，绝不害怕死，死与睡着时一样宁静。"

仿佛是应着戈登的话，耳边又突地涌进一声狼嚎，竟似离得极近，动人心魄，惊吓得蓝青不自觉地吞咽了一下。

戈登沉默良久，气息短促，却仍是倔强地扬着头，说："父亲死在战场上，死在穆燕人的手中。这是我们家族的荣耀，而我，绝不要成为家族的耻辱，绝不！"

忍着泪的极亮的眸子，几乎压住了所有的星光。而那种倔强已和绝望水乳交融于一处，再无法拆分。

蓝青再不忍去看少年，抬头望向天空。泱济沙漠的夜晚，星空出奇的低，仿佛触手可得，密密的星子织成银河，时光都似在这极美的景致前驻留，天地、时光，在这一刻，仿佛都凝聚在无涯的星海中。

记得仿佛也是这样低垂的星空，仿佛也是这样的篝火，有一人曾依偎在他的身旁……

今时今刻，她已与自己远隔万里……

喉中如含了沙的刺痛一直延到胸口，像是有人拿剪子从口中一直剖到心窝里，一路撕心裂肺的牵痛……

二月的东都，墨府书斋外有一株桃花已经早早绽放，在刮在面上犹刺痛的料峭风中，颜色明如旭云朝霞，掩映假山逶逦，曲廊飞檐，别样一番妖娆风姿。

一个冬日都懒懒的香墨难得好兴致叫人研了墨，调好了颜色，只穿了家常的宝蓝外衫，执笔来画。

案上错金缕银的熏炉，极尽奢华，袅袅升腾出来的却是一股幽香，几乎淡得被香墨衣袖间的香压了下去。

“什么香这么淡？”

随侍的侍婢忙答道：“这是芸香，香气虽薄，却可驱书蠹虫。”

香墨的笔尖慢慢地拖出，洋红调了胡粉落在名为“缃素”的浅黄色细绢上，不洇不凝，滟滟极了的好颜色，香墨看着，心里反倒渐渐烦躁起来。索性转笔换了墨，来画桃花枝干，偏巧墨凝了。端砚旁的紫铜鎏金蟾蜍，腹中装满着水，伶俐地吐出水泡，供侍婢研墨之用。

待侍婢调好墨，香墨已经搁下了笔。侍婢又忙着捧了香墨的手，将两只手涂了胰子，连浸两盆热水，方涂上脂膏取了一方雪白的棉巾擦净，又取了镯子戒指等物服侍着她戴上，香墨不耐烦地反手推开，对在厅内候了大半晌的针工局上的人，淡淡道：“什么东西巴巴献宝似的拿来？还当我稀罕不成？”

针工局的范内侍忙上前行礼，满面笑地答道：“也算不得什么宝贝，只不过最珍贵的是万岁爷对夫人您的一片心！”

说着一摆手，身后四名小内侍上前，抖开了一直捧在怀中的绣锦。

一副等人高的牡丹锦绣图就霍然缭乱划过香墨眼前，一层一层的牡丹，堆脂浓艳，在锦缎的湖上如浪般跃跃流动。

初看时，香墨以为近百朵牡丹皆为绣工，可细看敷色自然，几十种颜色的晕色混着金银丝线填合进去，彩繁富丽，花瓣叠坠的似是随时要绽开下来，竟是经纬织就。

香墨不由地就叹了一声："好织工！"

范内侍笑道："夫人好眼力，这幅'春日锦'可是江南制造局连月赶工而得。万岁爷知道夫人喜欢牡丹，可偏巧今年的御花房不争气，连烘了几百盆子都没成。万岁爷就又下旨给江南制造局。夫人您可不知道，这种织法叫做挖花，十几把大梭子同时织底纹，又用十几把小梭子各穿不同彩色的丝线和金银线织花。除了江南那几个老织工，再无人会织！又要在一个月内织成，可真真是难为死他们了！"

范内侍絮絮叨叨的声音并未入了香墨的耳，她全副心神都被春日锦吸引去了，手指爱惜地抚摸过不惜工本织就的郁郁牡丹。丝绸的微冷，却让她的指尖发烫。划过重重绚丽，忽地不由停在一处白牡丹上。

"这本绣残了？"

牡丹腻白无瑕的花瓣上几点轻薄蓝迹，像不经意滴落的蓝色残墨。

范内侍并不惊慌，反而得意一笑："夫人细看看。"

说罢，着人呈上了早就预备好的一副西洋的鎏金镜，香墨擎在手中，凝眸细看，方才看到攒如幼蝇的四个小字。

"雪拥蓝关？"

范内侍十分自骄地回道："正是，这本就叫雪拥蓝关。真正的花上只有几个蓝点子，取了韩愈韩湘子的典故，方得了这个美名。织造局那些死脑子就按着真花来做，真倒似绣残了一般。到了京里，我们针工局又绞尽了脑汁，才想出了这个绣工！"

香墨并不觉得范内侍说得如何动人，但斜睨了他一眼，忽就嫣然一笑。范内侍本已偷谤她到底岁月不饶，可此时这一笑，浓目艳眉，笑靥直如面前的春日锦，十分的妍丽动人，回味悠长。

范内侍竟一时失了神，不停嘴地说道："夫人大抵是不知道，这本雪拥蓝关是当日燕太妃娘娘最喜欢的。这翡翠色太薄，蟹壳青又太厚，到底拿菘蓝草现染了蓝，方蓝得既艳，又不压了银丝风情，又用最明亮的金缕丝把花提了，才出了当年的燕太妃娘娘最喜欢的这本雪拥蓝关的精妙之处。"

侍婢一旁急惶惶地使着眼色，见他一张老嘴没个把门似的不停，气得底下狠狠地掐了他一把。范内侍痛得"哎呀"一声，才惊觉自己说错了话，慌忙跪在地上，连连叩首："老奴该死，老奴该死！"

到了最后连声音已发不出，茜纱窗外只有风声，并不急促，断断续续地传到书斋之中，更显得此时寂静如死。

香墨半阖上眼睛："怕什么，说的是我妹妹，有什么好忌讳的？"

偏那几簇蓝一团碧翠似的，烙在了心里，便是闭上眼睛，眼前仍是那犹鲜跳若脱的颜色。春如江水碧如蓝，依稀赛过牡丹的容颜如生时一般，只是迟日催花，恨芳菲世界，游人未赏，都付与……

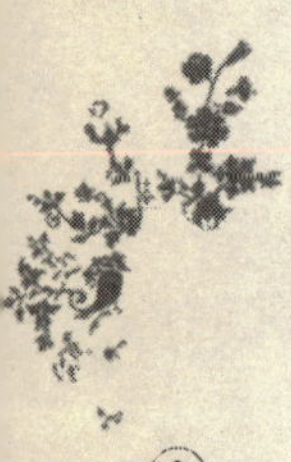

香墨低叹一声，自语喃道："只是她却并不喜欢牡丹，她喜欢的是什么，怕是除了我没人知道了……"

事到如今，又有谁知。

侍婢见她感怀，忙上前岔开话，笑道："瞧这春日锦真是漂亮，奴婢的眼都被炫花了。说起来，也就这牡丹的富丽繁华衬得上夫人了。"

话音刚落，香墨只觉一股馥郁的佳楠香直沁入鼻端，一双臂已经揽住了她，耳边呼吸潮软："确实也就你衬得上。"

香墨一颤，转头但见封荣一身日常白绢长袍，唯腰间是绣工细致华美的明黄腰带，为御用之色。而他目光温和如水，一双眸子里只能瞧见她的倒影，直要望到人心里去似的。

她呼吸一紧，只道："一边去，少来烦我。"

香墨抽出帕子掩着唇咳嗽了两声，宝蓝薄丝的袖子自腕上滑下去，腕上指余粗的四龙戏珠金手镯，更衬得肤色若蜜。

自祭陵之后，香墨一直倦懒，极不耐烦封荣的纠缠。封荣见怪不怪的，只撇了撇嘴，站在她身旁。

"听人说，西北的军饷又发不下去了，你还有闲工夫在我这儿？"偏偏香墨最见不得封荣这副模样，便眉头微微一皱，道：“西北和穆燕人的仗还在打，这节骨眼儿连我这妇道人家都知道……”

封荣素来对这些没兴趣，听得不耐烦，以手来掩住香墨的嘴，向她说：“好了，你总不会入朝做首辅，别人的事你操心也没用的。还是说说我们今日玩些什么吧？”

封荣肤色本就极为白皙，此时着急双颊好似染了胭脂，薄薄的一层红晕，更显得那双眼似极了水底下细细的沙子，软得让人要沉下去了。

玖

香墨又咳了两声，疲倦地坐在椅子上，半晌，有气无力地出声：“你到别处去玩好了，别让我看见，省得大家都心里厌烦！”

封荣并不走，只轻轻地咬了咬嘴唇，在地下蹭了半晌的脚，可看香墨的神色又不敢说什么，最后只得转身去了。

香墨瞧着封荣背影，恍惚间，似有莫名起伏，然，旋即敛去了，唯有刹那。

转眼只对犹展着牡丹锦的内侍道：“收起来吧。”

一片春日便笼了起来，没入繁花的阴影。

香墨撑住头，坐在那里，只片刻功夫就听见隐隐喧哗笑语声破窗传来，仔细听又听不真切。

香墨迟疑了一下，问道：“外面怎么了？”

侍婢们俱都摇首称不知，香墨只能起身，早有侍婢掀起书斋门处的一绛色纱盘银丝的帘子。

书斋外碧油栏杆下，俱是花砖砌成，借着日光看过去，一层层细腻青色的浮雕重瓣，好似到了水花池子一般。廊庑下摆着几缸红鲫锦鲤，此刻封荣正领着十几名内侍围在一最大的鱼缸旁，喧嚷着什么，地上画出一个方框子，一个圆圈子，方框子和圆圈子之间堆满了银叶子。

香墨一袭缎地绣花的裙上系着玲珑坠角的如意荷包、翡翠玉佩，又有镂空忍冬花结挂链银香球，还未行至封荣身畔，封荣就自一阵环佩之声认出她。待香墨来至身畔，就伸手扯住香墨，指着鱼缸里十余尾红鲫锦鲤，低低地道："来，朕告诉你，这尾叫做飞浪，这尾叫做鸢尾，这尾叫红里霞。没有飞浪的时候，红里霞可是这鱼群里的老大，谁也打不过他，他想欺负谁就欺负谁。偏他喜欢鸢尾，可是鸢尾偏就不理他。后来飞浪来了鸢尾，鸢尾喜欢飞浪。红里霞就生气了，就总是找事跟飞浪打架。"

说到高兴处，封荣在香墨耳边抿唇轻笑："这不，又打起来了。"

那尾青色的飞浪锦鲤乍看时好像一片湛绿的叶子，真的正和妍丽如霞的红里霞红鲫打得正欢，而一尾鸢尾焦虑地绕在两鱼身畔，不停徘徊。眼见着红里霞不敌飞浪，节节败退，封荣也急了，自香墨头上抽了一根玉簪子，眼睁得大大的，不由分说地就连连戳着飞浪。飞浪无端遭了黑手，自然不敌溃败，垂头丧气地沉到了缸底，那尾红里霞则得意地飞游在鸢尾身畔，仿佛一朵艳艳的花儿偏偏绕上了蝶。

守在一侧的德保，忙转身对一众内侍道："万岁爷赢了，还不快给银子！"

一众内侍只假作哭丧的模样，将地上圆圈子与方框子之间的银叶子划至了圆圈子内。

封荣却甩袖道："都赏给你们这帮奴才吧。"

内侍们忙又做出一副兴高采烈的模样，跪在地上三呼万岁。

香墨本欲怒叱他，然而忍了忍，终是没忍住笑，用衣袖掩住了口，笑倒在封荣怀中。

拾

午后的日光正好，仿佛熔化了的金液照拂而下。封荣玩得倦了，就在书斋窗下本有的软榻上小睡了起来。香墨并无倦意，只坐在榻旁。倒不是她不想走，而是封荣一手紧紧攥住她腰间的攒芙蓉花宫绦，无法脱身。

到底是二月里，风还微寒，书斋的窗子便关了起来。遮不住的阳光自窗下的鱼缸折射到窗棂，透进来时便轻漾起了流光的水波，散入寂寂室内。书斋内的炭炉烧的是上用的红罗炭，雕为憨态可掬的十二生肖兽形，无烟无尘，大部分已化为白色的灰烬，只余下融融暖意。

只是太暖了，呆得久了，便仿佛被抽走了全部的气力。封荣最不耐热，转身的工夫就踹掉了身上的锦被，香墨弯身拾起，刚轻轻盖在他身上，就又被封荣反手挥落了下来。香墨不由蹙眉，沉吟了片刻，对侍婢吩咐道："去找柄扇子来。"

侍婢虽不解其意，但还是转身去找，不消片刻就呈上了一柄薄绡团扇。

香墨接在手中，却微微出起了神。

手中是一柄白扇，其色如月，并无一丝精绣繁巧，有的只是淡淡的一抹龙脑香味——正是当时那把香雪扇。

侍婢见香墨神色不对，忙轻声道："因这日子还寒，扇子便都收起来了。夫人如不喜欢，奴婢这就去再找一柄来。"

香墨垂眉，只略略挥手，侍婢不敢再言，福身退下。

香墨闲淡地摇着一柄香雪扇，若有似无的微风拂动，姿态雍容雅静。熟睡中的封荣不再挥开身上的锦被，唇畔渐渐含了一缕笑。香墨看在眼里，唇边也浮起一丝淡薄的笑意，好似含着龙脑的风是拂在自己的身上，拂去如薄罗卷在身上的一层暖意。

正巧德保掀了帘子进来，看在眼中，便忍不住叹道："宫里的娘娘们对

万岁爷好，谁不都放在明面上，生怕别人不知道，生怕万岁爷不知道，偏万岁爷知道也当作不知道。倒只有夫人，对万岁爷的好都藏在暗处，躲在万岁爷看不到的地方！万岁爷想知道，也不知道！”

香墨缓缓敛了笑意，侧脸道：“什么知道不知道的？你这做人家奴才久了的人，越老越伶牙俐齿，且真是越来越多嘴了。”

话里已不禁隐隐带了一丝羞怒。

搁下了扇子，又问道：“我让你准备的东西呢？”

“早就备下了。”

德保四下张望了一下，见无人在书斋内，方从怀中掏出了一个青花小瓶。

香墨忙起身，刚站起却觉得腰间一紧，低头看去，那十二彩虹色的攒芙蓉花宫绦竟是缠在了封荣的腕子上，绦上玲珑坠角的如意荷包紧握在封荣手中，荷包上的流苏绕在他的指间。香墨有意轻轻一扯，可霞色雪色纠缠，竟无法分离。

香墨虽没有回头，但仍听见德保轻轻的一声笑。她暗自一咬牙，索性伸手解了腰上的十二色攒芙蓉花宫绦。待回过头来时，神色已一如既往的淡漠，说一声：“跟我来。”

“是！”德保向来机警，忙将手中的青花小瓶又揣了起来，捧了新沏了雨前龙井的紫砂茶盏随香墨来到了外室——这样，随侍在外室的侍婢便知道香墨要慢慢细品一盏茶，用不着随侍，悄无声息地退下了。

香墨坐在外室的紫藤长炕上首，指着下首，说道：“你也坐吧！”

德保不再推辞，半侧着身子坐着，又从怀里掏出那瓶子药，放在炕几上，低声说：“这药到底是毒，夫人常年这么服用，终归是不好。”

香墨慢慢伸出手去，自瓶子里倒出的颗颗皆赤红如血的药丸。书斋外室的窗亦折着射入鱼缸的阳光，含着水纹的光顺着香墨的高挽的发滴淌，流过麦色的肌肤，从指尖落下，荡漾起一波波的光纹，最后落在赤红珍珠似的药丸之上。那气味极是幽香，只是闻着，心就跳得急促起来。

香墨黑亮的眸子，现出一点寒光，幽邃而凛冽：“我要是不服，怕是早死在那碗玫瑰露上了。”

仰首吞了几丸下去，从袖笼里抽出手帕掩唇咳了几声，半晌才缓过一口气：“只是她们千算万算也没算到我自己在服毒，更何况他不也是……”

不等香墨说完，德保便压低了声接了过去：“万岁爷不一样，那是御医们定时把脉调配着来的。夫人到底是暗地里偷着服用……”

香墨忽然轻笑起来，笑声虽压得极低，但她的宫妆髻上的一支凤形的金步摇衔的一串足金流苏，随着她的笑声，剧烈地晃动，浮凸现出细密金丝上原本鲜明精巧的刻纹，便有了一种惊心的缭乱，德保慌忙垂下眼，不敢再去看。

笑着笑着，药力就悄然而上，心脉急促跃动得几乎让她无法呼吸。听着自己越来越狂烈的心跳，像是瞬间开了个空洞……她竟不觉得难熬，每至此时，胸臆中一直发出濒临断裂的呻吟的那根弦，方才得以缓歇。

蓦然，门外一声低咳，德保慌忙起身，道：“怎么了？”

绛色纱盘银丝帘子后面的侍婢回禀道：“夫人，坤泰宫里来人了。”

香墨这才渐渐止住笑，抬眼和德保对视一眼，轻轻撸了撸鬓角凌乱的足金流苏，方才起身而出。

候在绿萼轩的是皇后杜子溪的贴身女官。

女官本姓杜，是杜氏族人，自十六岁入宫起，已整整二十五年，如今因姓氏犯了皇后的名讳，宫里人就都称一声丽女官。

香墨刚坐定，丽女官便自绣墩上起身，却并不行礼，只直视香墨道：“皇后娘娘叫奴婢转告夫人，她病得久了，脏腑沸腾，难熬得紧。所幸最近知道一味药引子，能治愈她的病，还望夫人替娘娘取来。”

香墨自椅背上稍一欠身，眉尖微蹙，问：“什么东西那么稀罕，宫里的御药房竟没有？”

丽女官望住香墨，唇际凝出薄薄的笑意，答：“并不稀罕，只不过是一味紫河车罢了。”

香墨眉头似是不经意地微微一挑，过了片刻方道：“谁的？”

那目光渐渐凌厉，仿佛明角窗外愈来愈紧的风，爆发出骇人的寒意。丽女官只是静静地看着香墨的脸，既不惊也不惧，仿佛说的是再平常不过的话：“范婕妤的。”

听到丽女官这么说的瞬间，香墨本擎着茶盏的手僵硬了一下，随即，就仿佛没什么事似的继续细细抿了一口。

指甲叩在了茶托上，轻轻一声脆响。

薄瓷在日色里闪耀着剔透的光，修长的指尖一点点因为用力而发白。

茶盏缓缓放回黄梨桌上，丽女官已不耐，带着一丝讥诮的味道问道："夫人可明白皇后娘娘的意思了？"

香墨不置可否地笑着，只是闲散地坐着，半个身子斜倚，宝蓝的袖笼在黄梨扶手上，微微抬起下颚，从眯起的细密睫毛间看着丽女官，道："我自然是明白。"

香墨弯弯画

香墨所求不多，即使在她代替妹妹燕脂走向一个陌生男人的怀抱时，她盼的，只是妹妹的幸福周全。出身卑贱的女子，在这世上不过是供男人游戏的工具，她明白。

可燕脂啊，却低低地允诺：“姐姐，我要保护你！”

于是，她眼睁睁地望着她，诱主，蒙宠，恃宠而骄，满门皆荣……无可奈何。

十年浮生，恍然若梦。

直到燕脂的死讯传来，香墨才猛然意识到多年忍辱负重的可笑。

所以，当那有着天空颜色眼眸的男子望向她时，她扭过头……因为这青色的眼睛和十年前被她亲手推下碧液池的碧绿眸子重叠在一起……即使他愿许她一生。

所以，当多年前那个在雷雨天会躲在她怀中哭泣的少年再度拉起她的手时，她没有逃开……因为他身着黄袍，接受天下人的仰视……即使他的爱阴晴莫测。

香墨弯弯画，燕脂淡淡匀。多少权谋争斗、情恨纠葛，终究还是埋葬在了雕梁画栋的宫阙深处，淹没在霓裳羽衣的浮华背后。

乱山何处觅行云？又是一钩新月照黄昏。

敬请期待《香墨弯弯画》下卷

我感激一路默默陪伴我的读者，感激那些滴落的汗水和淌下的眼泪，感激所有的，偶然的，铭记此生的遭遇……

——悄然无声

淡淡诗情，锁住一片墨色。

锦绣宫廷，她由滴墨晕染，终成一幅水墨山水。

那寂静的傍晚，残阳如血，透出刀光剑影的杀气，香墨从远处向我们走来，那墨色的身影寒光四射。

我愚钝，不知道悄大如何造就了这样一位女子？她娇柔却不乏豪气，弱小却充满智慧，狠毒却不忘善良……她是个矛盾的集合体，这种种矛盾让香墨的形象渐渐丰满，最终如珍珠般熠熠生辉。追随墨儿走来，一路清香四溢。

一串沉香佛珠散了一地，一个隐逸女子从此开始步步为营。

香墨是封荣幼时的一个灵魂寄托，是他一个爱情的符号，是他一个心灵的港湾，是他一种无法言说的情怀……他对她充满着渴望与向往。当这头囚禁在皇宫的幼狮终于长大，变做懂得猎取自己欲望的兽，他便向香墨展开了一张漫天大网，想用情、用爱、用谋略、用一切可依凭的东西把这滴温润如玉的墨困在网中央，可是滴墨有形，墨香无形，当香墨看尽花开花落，看遍世间风景，又怎能甘愿就这样轻易地向命运臣服。

“当那兰膏雁足灯台的泪珠滚滚而来，凝了一地，满眼皆红。”香墨是无奈的，她的心被无情的命运纠结成一团，那似血丹红、殷殷点点的墨迹，无法绘出她人生的苍凉，那凄美的红烛熬尽了她所有的柔润、温婉，从此她仅剩铮铮傲气、哀哀怨气、潋潋媚气、柔柔骨气和一腔无法表达的怒气，她模糊的面容无法表达这许多的情绪，于是，她将一切掩去，以淡然示人，我们在墨色中只依稀辨得出她清丽而苍白的身影。

她与封荣所有的纠缠，是否有爱也有欲？她是否爱上了这个嗜血的困兽？她从没问过自己，只是不人停应对着他的索求。然“午夜梦回依稀看见那双碧绿的眼，心中就百般煎熬，辗转不能再眠，惊痛难度……”她爱上了蓝青，却无法爱上自己。

夜如墨泼，玄色弥漫，更深露重，我们该为香墨加一件外衣，这样一位女子，独立于深秋之夜，脱离了宫廷阴谋，不再工于算计，愈显得孤单、脆弱。

试想，烟雨江南，啾啾鸟语，香墨着一身白衣，黑发如瀑、衣袂在风中飘扬，伴着铮铮琴声，乘小舟而去，从此与蓝青归隐，该是怎样一幅美景？

“远处仍有唱声传来，断断续续，声声切切。夜幕下笼成九重深梦，天欲寒，人自断肠。”这一切都是幻想，在现实中她失笑出声，原来自己的一切竟是一场戏。这份失落的心情让墨色更显空灵，这一幅山水立现诡异，让观者无法把握，无计摆脱，只能哀叹，这幅画恁的只见墨色？

封荣，蓝青，哪个人能知道，那一幅水墨山水是否胜过如画江山？

轻叹一声，也罢，也罢！用一滴如玉玄色，慢慢晕染，勾勒，你我闲暇时刻，沏一杯茶，慢慢细品。

By 人间小可

这文章是极好的，真想好好夸赞一下悄大的文笔，但心里想了半天，却只能说一句：真是好！

好在，文章并不是如何华美隽永，只是一味从头到尾的凛冽之气。无论欢喜忧愁还是生老病死，都是一股浸入骨中的浅痛，许是悄大自家的风格？喜欢呐，喜欢。

这故事中的人物，就像是命运转轮下一道又一道的印子，挣不开，躲不掉，注定悲哀。

也许是心里有了这般宿命的念头，看的时候并不难过，无论好的，坏的，总是得经历一回，不只这故事中的主角，现实当中，生活也不过如此。看悄大的文字，哀而不痛，是否我已经老得渐渐坚强起来了？

两个男主，看下来，蓝青天性当中，自然良善的一面似乎更加突出，连香墨也会在再遇封容时想起他，现在漂泊在皇宫之外自由天地当中的一个胡人，怕是总会让身不由已的香墨从心底勾起一点向往吧？离开那样的家庭，失去记忆的他却能更加正常地成长。跟封容比，他，很好。

但我心里更喜欢的，或者说更放不下的，却是封容。就像在一群叽叽喳喳天真活泼的小孩子当中，要是有一个总阴着脸往死里调皮的异类，总能更引起你的注意不是？

一个出身帝王之家，长相绝美却又得不到母爱的小孩，长大成了皇帝也是一味地胡闹。是的，封容就像小孩一样，杖毙一个侍者是胡闹，燕脂的死是胡闹，强留下香墨也是胡闹。那样肆无忌惮到天真的行为，隐隐透着的，却是一颗敏感、寂寞、想得到爱的心。这样的孩子，长大也不会是一个做男朋友的好对象，但出现在一个故事当中，却让看故事的女人，心里也会跟着痛。他对香墨的爱，当中或许还有着对“母亲”的眷恋，这很正常，十岁男孩心中那对自已真正温柔过的唯一一个女人，还有一声惊雷后无意窥见的那一抹嫣红，就像播下了一枚种子，在十年的时间里独自等待它慢慢长大，在再次见到香墨的时候，所有的思念终于都修成了正果。

其实我是觉得，香墨谁也不爱。她最爱妹妹燕脂，可那是骨肉天性。这样一个玲珑剔透的女子，心思更是百转千回，从陈王府到将军府再回到东都，她在哪里都是如履薄冰地活着，顾着这个想着那个，总是为着身边的人而活，让周围的一切人都喜欢她，却从来没有过不管不顾的热情——为自己。

可能最契合香墨天性的就是回东都的这段时光了，她作胡姬打扮，做的是“劳动人民”的工作，除却心底对妹妹死讯的忧伤，那可能是她最为自由自在的一段生活了。没有算计和隐忍，和蓝青之间那一段发乎情止乎礼的感情，也是她在从未有过的宽松环境下自然而然的产物吧。

不过前后十年，却好像经历了一世沉重。很喜欢这文，也喜欢看悄大的留言，胡言乱语，一点心思，总之请大人加油！

By 猪头小麦

香墨弯弯画，感觉上隐隐地透出一股股墨香。它发散的气味，不是新鲜的墨，而是陈年老旧的墨。像是很久远以前，就被写在了古老泛黄的纸上，到了现在，那纸已容不下新的墨迹，若是添加了新墨，便是要晕开模糊了。

我们只能观赏已经写好的词句，像是香墨，只能回顾过去，然后循着“命”这本书的字里行间一步步走下去。故事牵扯得很深也很浅，虽然是闺阁之怨，但还扯上了江山社稷。后宫女子不该有情，李太后不该，杜子溪不该，但香墨不能也没有。

“都是一般的命啊。”我在《香墨》看到一半的时候，突然地想起了这句话。它，可以用来形容所有人。燕脂、香墨、封荣、蓝青、太后、杜子溪、莫姬……不都是一样么？都是一般的命呵……

香墨，她平庸却美丽，冷漠却多情。我，只能用“人”来形容她了。她是人，一个活生生的人。她心底藏着人无比复杂的矛盾。她的心思犹如猩红的丝线，松散地缠在一起，却怎么也解不开。

香墨骨子里透着独特的韵味——妩媚，坚强，果断，艳冶，加上恰到好处的温柔、恰到好处的泼辣，浑生成一幅泼墨画，由浅到浓，绮丽地铺开。她是一朵黑色曼陀罗，没有牡丹的倾国富贵，没有幽兰的飘逸出尘，也没有寒梅的孤傲清高，却独具风情，诱惑无边，让人欲罢不能。那一种风情，使得她的美丽变得流光溢彩，扣人心弦。香墨对于男人来说，无疑是极具诱惑力的，陈瑞、封荣、蓝青，且不说是否都爱她，但都迷醉于她独有的风情中。聪明的女人让人欣赏，美丽的女人让人悦目，美丽而聪明的女人，让人心动。

我喜欢香墨，原本生活在社会的最底层，没有身份，没有地位，甚至连身子都不是自己的，她却能在卑微中挣扎求存，苦苦守护着她的家人。她没有善良到自不量力，却也不会良心泯灭；没有狂妄到自以为是，总能够宠辱不惊。最喜欢她在李府中的那一幕，面对那些权贵的取笑羞辱，皆能坦然处之。

对于文中三位与香墨有关的男子，我最喜欢的是封荣，说不出该如何形容他，总觉形象很鲜明。蓝青的面目到目前为止，还比较模糊，说不上喜欢，也说不上讨厌。至于陈瑞，说真的，我本不讨厌他，总在想，十年的夫妻，陈瑞对于香墨到底有多少真情？也许或多或少有几分情意，但还不至于刻骨铭心。

故事越来越精彩，期待后续发展。

By zhelin

“雷”是起初封荣与香墨相依的起因，从刚开始的王妃到后来的太后，封荣的母亲都算计少了一件事，就是香墨这看似忠心耿耿的奴婢对儿子的影响。

封荣是一个很妖邪的少年天子，似是对所有东西都无所谓，却又知道一切的前因后果，喜怒哀乐全部藏在嬉皮笑脸后。而他对于香墨，到底是相爱呢，还是只因幼年惊雷时牢牢记下的温柔。

悄大最厉害的地方是没有长篇累牍地说情话，但眼神的一个转瞬，都能化作深渊里的挣扎。

我喜欢封荣，他虽然生活在社会的最顶层，有权，有势，却活得身不由己，甚至连婚烟都充满了谋算。睨傲天下的他，却能在心中留着一方清净的天地给予自己最爱的人。

相雷与共，在雷声响起的一刹那，封荣躲进了香墨的怀里，这也注定了两人轮回的方式。

By 月亮糕

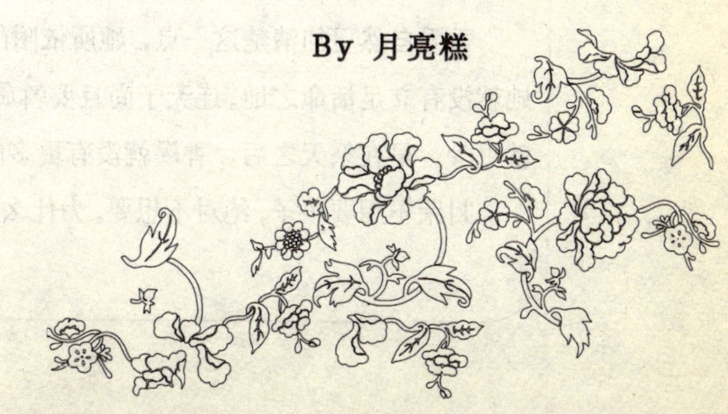

一直都揪着心在追《香墨弯弯画》，随着香墨的喜而喜，悲而悲，伤而伤，感而感。说句没良心的话，我对香墨的注意比悄大还要多。

已经养成了一种习惯，日日上得晋江，一边更文，也一边打开《香墨弯弯画》。若有更新，便会欣喜若狂，若没更新，便是重复又重复地看。

时时在想香墨喜不喜欢封荣，究竟封荣是大智若愚还是真如悄大表面写的一样——是一个顽童。想得入迷时，连梦里也不得安宁。

雕梁画栋的宫阙深处，在霓裳羽衣的浮华间，会有人终得其所。因为有人说过，好运只会光顾脸上经常带笑的人，所以某人小小地要求一下，结局来个皆大欢喜吧！让看你文章的人，都能感受到曲折的经历后终会出现彩虹。

By　月亮

香墨并非没有主见，她是没有选择。朝廷的局势非常清楚地体现出两大派系的斗争：太后的李家和皇后的杜家。作为皇帝的封荣很清楚这一点，所以他所采取的态度非常含糊也非常微妙，他与太后之间的矛盾其实不可调和，所以他在某种程度上更加倾向于杜家。封荣是在等，等待自己实权到手的时刻，在这之前，其实他能做的不多。不然，在祭天的时候，就不会是由皇后杜子溪出面拯救香墨。

香墨自然更加清楚这一点，她所依附的，是封荣。倘若封荣不要她，她就没有立足活命之地。连天子尚且要斡旋于两大派系之间，香墨的选择就更少。早在祭天之后，香墨就没有更多的选择。

封荣不想要孩子，绝对不想要。为什么他允许杜子溪和香墨一次次地去使得有孕的妃嫔流产，又为什么太后想要孙子？难道她是为了天伦之乐？当然不是！

太后膝下只有一子，就是封荣，这也是她为什么一定要杀死蓝青的原因。并不是因为蓝青看到了什么，而是因为他也是王爷的儿子。所以封荣虽然和太后有矛盾，但太后却无可奈何，因为只有她的子嗣是皇帝，她才是太后，不然，她就无所依凭。一旦封荣有了儿子，太后就有了另一个选择——废了封荣，以幼子取而代之，幼子的生母是太后，而李太后就可以以太皇太后的身份把持权力。杜子溪虽然有皇后的名分，但是皇帝尚且退位，杜子溪自然也将被架空，可以说，虽然封荣未必会憎恨孩子，但是，那些太后为他选择的女人所生下的孩子，对他来说，不仅仅是自己的子女，也许更多的是威胁。

By姜鹊

很久以前看过悄大的《胭脂蓝》和《菩萨蛮》，很是喜欢。

这篇《香墨》，有华丽哀婉的文字，如烟般的女子，还有宫廷的无奈与抗争。很强的女主，命运尽虐，却似荆棘般迎难而上，活得精彩，活得自在。

欲望充斥其中，在这么一个漩涡中如何能抽身？蓝青应该就是封旭吧，那被香墨悬在心头的碧眸，如今回归，不知道后续会如何发展。现在

的蓝青是香墨的柔软所在，但世事总是多变的，也许，当蓝青忆起一切之后，会是香墨的另一个恶梦吧！现在的香墨在封荣的娇宠下可以骄傲，可以任性，却得背负魅惑主上、红颜祸国的骂名。一切源于封荣，却要让香墨去承受，只缘封荣位居顶端，香墨只是一介弱质女流。所幸，香墨的心还没被化去，还有回旋的余地。

燕脂，香墨娇艳无双的妹妹。她的羞涩被逼成后来的大胆，一步登荣，十年宠幸，却最终香消玉殒。无法很准确地评价这位女子，只觉得很悲哀！当她伏身在陈王脚下献媚时，以为初时的小兔子变成了心计颇深的狐狸。看过香墨的剖析才明白，这只狐狸还是与香墨同出一源，本质仍是白兔。初时的委身只是为保障最亲的姐姐，以色侍主是她唯一能做的。爱上封荣，甘心被利用，死或许是她留下的最后的温柔。那个白玉镯，也许只是为了让香墨不要恨封荣留下的，真是个傻女孩。

封荣，陈王之子，现任皇帝，初时娇憨、妖媚，但帝王之家的孩子如何能单纯？幼时经历的阴谋陷阱，强势毒辣的母后，位居高位的帝王之学……一切的一切都让这个原本单纯的孩子比狼还狠！想要的一定要得到！本以为他只是个沉溺温柔乡的王，所以才会占了燕脂。可悲的是，我的思想还是太单纯了些，这个阴谋密布的地方怎会有这般无缘无故的事，燕脂的死只是他唤回香墨的手段，可怜了燕脂！

阴谋阴谋，很期待下面的故事！

By 小米

图书在版编目(CIP)数据

香墨弯弯画(上)/悄然无声著.—北京:中国画报出版社,2007.9
ISBN 978-7-80220-184-2

Ⅰ.香…　Ⅱ.悄…　Ⅲ.言情小说—中国—当代
Ⅳ.I247.5

中国版本图书馆 CIP 数据核字(2007)第 135392 号

作　　者:悄然无声
特约编辑:困于 1984
封面设计:熊　琼
版式设计:利　锐

香墨弯弯画(上)

出 版 人:田　辉
责任编辑:刘晓雪
出版发行:中国画报出版社
(中国北京市海淀区车公庄西路 33 号,邮编:100044)
电　　话:88417359(总编室)、68469781(发行部)
印　　刷:京都六环印刷厂
监　　印:敖　晔
经　　销:新华书店
开　　本:787×1092　1/16
印　　张:15
版　　次:2007 年 11 月第 1 版第 1 次印刷
书　　号:ISBN 978-7-80220-184-2
定　　价:20.00 元